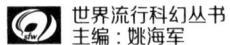

世界流行科幻丛书

主编：姚海军

量子植物园

〔加拿大〕德里克·昆什肯 著

严 伟 译

四川科学技术出版社

The Quantum Garden by Derek Künsken

Copyright：© 2019 by Derek Künsken

Published by agreement with Baror International,Inc.

Armonk,New York,U.S.A.through The Grayhawk Agency Ltd

Simplified Chinese edition copyright：2021 SCIENCE FICTION WORLD

All rights reserved.

图书在版编目（CIP）数据

量子植物园/［加拿大］德里克·昆什肯 著；严 伟 译
-- 成都：四川科学技术出版社，2021.4

（世界流行科幻丛书/姚海军 主编）

书名原文：The Quantum Garden

ISBN 978-7-5727-0087-3

Ⅰ.①量… Ⅱ.①德…②严… Ⅲ.①幻想小说－加拿大－现代

Ⅳ.①I711.45

中国版本图书馆CIP数据核字（2021）第048475号

图进字：21-2020-239号

世界流行科幻丛书

量 子 植 物 园

出 品 人	程佳月
丛书主编	姚海军
著 者	［加拿大］德里克·昆什肯
译 者	严 伟
责任编辑	兰 银 宋 齐 姚海军
特约编辑	贾雨桐
封面绘画	王云飞
封面设计	姚 佳
版面设计	姚 佳
责任出版	欧晓春
出 版	四川科学技术出版社
	四川省成都市槐树街2号出版大厦 邮政编码：610031
开 本	140mm×203mm
印 张	11.875
字 数	250千
插 页	2
印 刷	四川南方印务有限公司
版 次	2021年4月成都第一版
印 次	2021年4月成都第一次印刷
定 价	46.00元

ISBN 978-7-5727-0087-3

一

从红外线成像仪里看起来，阿瑟诺舰长的脸部温度不高，表情泰然自若。她年纪不到四十岁，一头金发，编着辫子。在零重力环境下，她穿着磁力靴站在那里，一副高深莫测的样子。她端详着战术显示屏，手指抚摸着脸颊上整齐对称的疤痕，那是酸液腐蚀留下的。稻草人可以喜欢任何人，可他还是最喜欢阿瑟诺。她身上兼具恰如其分的激情与镇定，足以指挥一艘聚合政府的军舰。

她指挥的就是这艘"拉欣急流①号"，稻草人正在为她提供服务。能分享的情报，他都已经分享给了阿瑟诺。虽然他的建议有理有据，但是谁也无法强迫金星聚合海军做什么。

德默斯少校是"拉欣急流号"的政务官，她脱掉了磁力靴，正平静优雅地飘浮在舰桥中央。稻草人讨厌政务官、政委、特使、顾问和大使这类人。他们太狡猾，游走于聚合政府常委会的各个派系之间，用各种见风使舵的想法把原本清晰的军事和

① 流经加拿大魁北克的圣劳伦斯河的一段著名急流。

1

情报决策搅得混乱不堪。

"我们必须释放一个明确的信号。"德默斯说。她的法语8.1讲得十分标准，语音抑扬顿挫，带着时髦的金星风味。"聚合政府抗议过财阀政府对波江人的生物工程改造。当年财阀政府进行偶人生物工程改造时，聚合政府还向他们发出过外交照会。现在，银行那边又搞了量人的基因工程改造，而我们的一个附庸国发生了叛乱，煽动叛乱的正是量人，波江人也可能牵涉其中。"

稻草人收缩脖子上的人造压电肌肉，使脖子转了个方向。他吱呀作响地前倾身体，试图用体重给自己要说的话增加一些分量。如果他不这样做，那位政务官会用长篇大论淹没他们。

"我们抓到了一些俘虏，还缴获了许多档案，"稻草人说，"但是情报小组需要几周，也许几个月的时间来深入彻底地搜查量人的老巢，以确保我们在阁楼不会遗漏任何有价值的线索。"

德默斯少校抱起双臂。"我们不能让军舰留在阁楼，所以无法保护你们免遭银行的军舰打击，稻草人。而且等待只会告诉我们的对手：我们的意图是以弱者之姿进行偷窃，而非以强者之姿施以惩戒。"

阿瑟诺舰长故意没有理睬他们，等了足够长的时间，直到稻草人和德默斯都安静下来。

"我理解政治和情报方面的担忧，"阿瑟诺说，"但聚合的立国之本不是政治和情报。政治上，一个附庸国公然叛乱。军事上，无畏舰'帕里佐号'被摧毁，而且我们确信那个量人参与其中。对于军事上的挫败，我们绝不能置之不理，不予回击。"

德默斯笑了。阿瑟诺没有选择胆怯。虽然情况并没有向稻草人希望的那样发展,但他也理解舰长的观点。聚合之所以能够国运昌盛,是因为敌人们都惧怕它的力量。此时此地,阿瑟诺做出的这个选择,很可能会引发一场与财阀政府银行的战争,何况他们还没有彻底平定撒哈拉以南联盟的叛乱。尽管如此,唯有这样行动,方可彰显聚合的强大力量。

"开火①。"阿瑟诺对她的舰桥指挥官说。

"拉欣急流号"体型太过庞大,连一枚"破脸"这么大的导弹发射出去时,人类都无法感觉到它的震动。但稻草人可以。稻草人的肌肉和神经由变导电碳纤维网组成,可以通过细微的电阻和电势变化来感知振动。

全息显示屏的一边浮现出一颗硕大的小行星,而那枚"破脸"导弹正飞速朝那边冲去。图像迅速扩大,小行星的表面不断锐化。现在,连岩石和冰冻风化壤这样的小细节都能看清了。接着,连一个小港口附近的装饰灯图案也变清晰了。

爆炸使显示器的画面变成了一片白色。小行星上炸飞出的几百米宽的碎片,纷纷散落太空。伴随着超高温等离子体和尘埃的不断喷发,网状裂纹在小行星表面辐射开来。小行星碎片组成一个迅速膨胀的云团,最终绽放为一片虚无,从量人的栖居之地获取更多信息的机会也随之烟消云散。

这个量人的家园,原本是颗直径六百公里的球形小行星。而现在,爆炸在它的一侧留下了一个五十公里深的巨坑。以此为中心,深达一公里的裂纹朝着小行星的另一面密密麻麻地延伸过去。

"好吧②。"稻草人说,"我会通过审讯来获取信息。"

---

① 原文为法语。
② 原文为法语。

二

　　贝利撒留和卡茜[1]最后决定,给那艘暴胀子快艇取名为"量化风险号"。他们有很多备选,但还是觉得这个名字很好地描述了过去三个月的生活。圣马太的那些自动机把这个名字喷涂在舰首,这让他们有了一丝归属感。这艘飞船是他们的酬劳,因为他们设法让撒哈拉以南联盟的一支小舰队穿越了偶人虫洞。那次行动刚刚过去两周,时间还不够长,他们都还没觉得飞船真的已经属于自己了。

　　"量化风险号"并不宽敞,一根长五十三米、直径三米的空心管构成了驱动部。沿着这根柱形驱动器外部,环绕排列着居住区、控制与电力网络、生命支持与信息处理等其他空间和系统。许多地方的"居住"区缩减到只有一米高,但在驾驶舱和厨房里扩展到了两米。船尾是个大一些的货物区。

　　"量化风险号"的内部并不吸引人,连舒适都算不上,贝利撒留和卡茜也没有采取过任何改善措施。他们已经有了数据,

----

　　① 卡桑德拉的昵称。

只想立即开始进行假说建模。但"量化风险号"上原先配备的主机完全无法满足两个量人的数据处理需求,所以他们对它进行了改装。

新计算机的运行速度比联盟拥有过的任何计算机都要快上好几个数量级,以几何方式呈现的多维度全息界面也更适合量人的思维方式。过去两个月里,他俩都做了大量的测量和实验,对象就是偶人主轴,以及他们从联盟手中偷来的那一对联结虫洞。手头获得了这么多数据,他们觉得自己有义务重新审视已知的各种虫洞理论。虫洞学的整套理论,要么将其摒弃,要么继续发展,还需要大量新的证明工作,才能在数学方面实现调和。他们已经迫不及待了。

他们通过植入体和连线进入两人的共享虚拟工作区,已经好几个小时了。进入白痴天才状态后,他们具备了不可思议的数学能力。他们奋笔疾书着一组组几何结构,其中包含了彼此的各种想法。各式各样的思考和想法在全息空间中此起彼伏,就像一头头海豚在海浪中跳跃。但是,一个执着的声音打断了他们的几何思考。

"望远镜正在侦测阁楼高轨道上的一艘飞船。"圣马太不断重复道。

这位疯疯癫癫的 A.I. 存储于一只军用手环中,此刻插在驾驶舱的控制系统上。手环上方悬浮着一个全息头像,那是一张长着白胡子的脸,表情呆滞,拷贝的是卡拉瓦乔那幅《圣马太的灵感》,油彩笔触清晰可辨。这位 A.I. 笃信自己就是使徒圣马太的转世,尽管这份宗教虔诚实在有点妨碍他帮助实施骗局,但贝利撒留不觉得这有什么大不了的。无所谓,反正不会再有什么骗局了。他已经拥有了十辈子都花不完的财富,以及一窥宇宙奥秘的研究门径。

贝利撒留很不情愿地中止了在几何世界中的翱翔,退出了白痴天才状态。他不断放大显示屏上的阁楼图像,直到它扩展到三光分的距离所能达到的极限。画面细节呈颗粒状,显示出一艘飞船,悬停在他俩出生地的上空。卡茜靠在他的肩膀上。

"阁楼现在有访客吗?"他问道。

"没有。"她说。

"是个大家伙,"他说。他的大脑已经读取了显示屏上的反射率和电磁排放的强度,并参照三光分的距离做了校正,判断其直径小于一百米。"大约八百米长。"

"正好是一艘聚合军舰的大小。"圣马太说道。

"封锁?"贝利撒留说道。

没人敢猜。他们盯着显示屏,图像的分辨率每分钟都在逐渐提高。"量化风险号"的驱动器没有任何电磁排放,所以很难被侦测到。他们可以再靠近些。

阁楼是卡茜的家,也曾经是贝利撒留的家,它还是四千名量人的家。量人是人类的亚种,经过基因工程改造,拥有了量子感知能力。当年量人项目开启的时候,英西财阀政府的银行大造声势,吸引了诸多投资者,还搞了一轮首次代币发行①。银行的首席执行官、市场分析家和将军们都对这项计划抱有很高的期望,认为有了这个新的人类亚种,他们就能在各个领域获得前所未有的预测能力,包括军事战略、投资策略、货币政策计算等等。换句话说,就是财富和权力。

---

① ICO,也称首次代币发售、区块链众筹,是用区块链把使用权和加密货币合二为一,来为开发、维护、交换相关产品或者服务的项目进行融资的方式。从证券界的IPO(Initial Public Offering),即首次公开募股一词演变而来。

然而事到如今,项目都进入第十一代了,量人仍旧只是年度股票报告中一个令人失望的脚注,成了公司研发项目中的又一条死胡同。量人对未来的预测还比不上经典计算机或量子计算机。更糟糕的是,他们天性内向,偏爱冥思,完全不适合军事或竞争激烈的经济环境。他们变成了警世故事和各种研发笑话的哏。银行目前还没有撤回资金,但他们把量人打发到了这颗偏僻的小行星,远离印第安座ε星系的喧嚣。除了贝利撒留和卡茜,还没有别的量人离开过阁楼。这些人刻意回避显眼的交流方式,只以书面形式向银行报告自己正在进行的各项试验。

"也许它只是路过?"卡茜给了个解释。她的声音升高了半个八度。

"也可能仅仅是一艘大货船。"贝利撒留猜测道,语气听起来却没什么把握。

这艘飞船的轨道太靠近阁楼,不可能有效地卸载补给品。还有一种可能,却无人说出:量人已经引起了文明里某些势力的注意。

"我们需要更好的望远镜。"贝利撒留沮丧地说。

"再等一段时间,分辨率会提高的。"圣马太说。

"我们距离阁楼有四十小时的路程,"贝利撒留说,"我们应该先搞清楚那是谁,然后再加速。"

"也许我进入神游后能看得更清楚些,"卡茜说,"三光分倒也不算远。"

这么做也没什么坏处,而且她很擅长神游。现在她已经比他更擅长了,说不定今后永远都是如此。他自己的神游体验已经发生了很大变化,他一时还不清楚这种剧变的程度。

一道巨大的闪光，像一弯炽热的新月在阁楼周围绽开。一整段波长范围内的传感器图形陡然间全部升至顶峰：可见光、热红外、伽马射线。紧接着，读数装置收集的统计数据显示：一波波密集的β粒子以接近光速的速度轰击过来。

三分钟前，有人对阁楼实施了核打击。

卡茜搭在他肩膀上的手指骤然攥紧。

他们那个位于地表下的家园已化为一堆放射性灰烬。郁郁葱葱、绵延起伏的山丘，安静温和的鸟儿，五彩缤纷的淡淡灯光，平静的浅池，几千名令人恼火、不切实际、天真执拗的科学家、医生和基因工程师。贝利撒留的喉头一紧。不只是因为这些损失。

还因为这些都是他造成的。他的肠子都要悔青了。

重力将贝利撒留狠狠压进他的座位。卡茜也跌入她的座位里。圣马太加速到了两个 g。死了二十四个世纪的那位圣人的全息油画头像俯身向前，就像船头上安装的那种雕像。

"你在干什么？"贝利撒留喝问道。

他的大脑开始运转，胃中仍然一片翻腾。四千个人。他们和他一起长大。他那近乎完美的记忆力让成百上千张面孔逐一闪现在他的脑海中。现在他们全死了。

"那艘军舰正在离开，"圣马太说道，同时脸向后转去。"我们可以把飞行时间缩短到十二个小时。如果你俩都进入加速舱的话，还能更短。我们可以尽可能多地拯救你们的人民。"

随着不同速度的各种粒子——中子、α粒子、等离子——陆续到达他们的位置，刚才的爆炸在读数装置的各个频段不断扩展开来，就像一次可怕的事故在新闻里不断重播。

贝利撒留那经过基因工程改造的大脑能够想象和解算六

维和七维空间的图形、模式和物理问题，但现在，这部超级智能硬件却在不自觉地以可视化的形式重现这样的场景：一具具烧焦的尸体不住翻滚，在进动①轨道上围绕一个破碎的家园公转。他的大脑识别出许多汽化环，而在环外，宝石般明亮的水凝冰碎片将印第安座ε星的耀眼光芒折射成一道道彩虹，给那些冰冻的焦尸投上了斑斓的色彩。

一想到他们，贝利撒留就感觉难以承受。他可以计算任何事物，量化任何事物，除了他自己的人民。他从自己肋骨下的电肌块发出一股微电流，通过导电碳纳米管，发送到大脑的左颞区。这股电流的作用是削弱他分辨细微差别的社交能力和语言能力。白痴天才状态并不能抚慰情绪，但能削平某些感情中起伏的"地形"，侵蚀掉它们的尖峰。

整个世界的各种模式立时变得更加清晰，令人安心："量化风险号"的加速度曲线，飞来的那些粒子的微小相对论蓝移②，伽马射线曲线的形状和深度。更加精妙的逻辑通道也为他展开，方便他更好地操纵量子可能性。

"辐射模式与已知的聚合'破脸'导弹相吻合。"圣马太说道。

是聚合政府。看来他们已经知道贝利撒留了。他们知道了在联盟从偶人主轴脱逃这件事情中，他扮演了什么样的角色。于是他们删掉了量人计划这个脚注。

因为他，卡茜失去了家园。同样因为他，量人们化为了灰烬。也许他和卡茜就是最后的量人，是这个愚蠢的投资项目招致的所有烟雾、尘土和鲜血的继承人。也许。

---

① 自转物体之自转轴又绕着另一轴旋转的现象，常见的例子是陀螺。

② 最大吸收波长向短波长方向移动。

量人的大脑当然是多通道的,但有时候模式搜索会在通道之间穿越。他消解着自己犯下的滔天罪行,他的大脑同时也在用传入的数据绘制图形。通过这两者之间的例行联系分析,大脑向他显示着各种计算结果:烧伤和窒息的速率,以及摧筋断骨的震荡力。几何概念化和模型在他的思想中重叠,痛苦的想象和冰冷的观察,既真实又虚幻,均匀地达到平衡。想象中的虚幻场景和他们已经目睹的事实同样可怕,甚至可怕得多。但随着他们不断靠近,想象会逐渐变成现实,把悲伤的痛苦巅峰推入他的心底。

然而,量人大脑中由硬件固化的量子逻辑却不断撩拨着他的思想。

想象和观察。

猫既死了又活着。

"停止加速!"贝利撒留说道,"重新设置航线,目的地是我们刚才的藏身之处。"

"那里也许还有幸存者!"圣马太说。

"重新设置航线,"贝利撒留说,"他们都会活下来的。"

他们都会从"破脸"导弹的攻击中活下来。

可能。

一个量子意义上的可能。

"阁楼最深处可能还有幸存的机会,"圣马太说,"如果我们赶紧过去,也许还能救出好几百人。"

"我们要救出所有人。"贝利撒留毅然决然地说道。

卡茜把他拉向自己。她的目光让他不禁畏缩了一下,但只有那么一下。她也在白痴天才状态中。卡茜可能也在进行同样的计算。她关闭了周围所有的传感器和读数装置。

没有观察者。没有现实。

她在任凭未观察重叠概率不断增长,变得越发复杂。

圣马太的油画全息脸上露出了一个表情。白痴天才状态下,贝利撒留很难清楚地解读别人的表情,除了圣马太的表情。他的脸总共由三百一十五条油画笔触组成。量人清楚地知道这位 A.I.用来做出表情的程序所遵循的规则,很容易做出推断:那是失望的表情。圣马太显然十分失望,但他还是停止加速,调转了快艇的方向。

"我们观察到了爆炸,"贝利撒留对他说,"但那只是我们观察到的。我们距离太远,无法知晓它的后果,包括伤亡情况。现在我们必须离开这里,然后再做一次观察,从而缩小我们的选择范围。我们要回到过去,去拯救他们。"

三

　　贝利撒留感觉快要窒息了。在人类的眼睛看来，驾驶舱舷窗外的群星仿佛冻结了。但就在他努力平息自己头脑中如风暴般狂乱的思绪的同时，他那经生物工程改造过的大脑和眼睛随着飞行在印第安座ε星系中的"量化风险号"，不断测量着微微变化的角度。他穿过快艇，来到船尾那片拥挤的生活区。这里有一道气闸，后面的货舱里就摆着那部时间旅行机器。他突然感到一阵恐慌。

　　银河系是如此广大，大到竟然有某个古老的先行者物种建造了一系列稳定的虫洞，可以在恒星之间建立连接。人类发现了其中一些，但没有完全了解，甚至还不能正确地定位它们。人类将这张由虫洞组成的网络称为"通天轴"，因为在各种人类的传说中，都有这类连通天地之间的内容。通天轴的虫洞中，有一些仅仅跨越了几光年，但也有许多桥连接了相距几十甚至几百光年的两个地方。它们为人类开辟了通往群星之路。

　　人类发现的这四五十个虫洞，几乎都在宗主大国掌控之中,只有两个例外。

偶人控制了其中一个。

而就在此刻,在"量化风险号"的后部,贝利撒留携带了另外一个。

四十年前,撒哈拉以南联盟的军舰组成了一支远征军,受他们的宗主国聚合政府派遣,深入到了中土王国那片太空。他们再也没有回来。人们都以为联盟远征军已被摧毁,但事实却是他们躲了起来。

他们发现了一对虫洞出入口。它们在遥远的过去彼此相撞在一起,打乱了自身正常的功能和结构。这对联结虫洞的一端连接过去,另一端则通向未来。联盟远征军没有把这台时间旅行机器缴纳给他们的宗主,而是遁入深邃的太空,试图搞清如何将信息发送回过去。

远征军确实找到了一个方法,然后花了四十年时间,创制出新式的推进系统和武器。通过把研究成果送给过去的自己,他们实现了十倍速的技术进步。可四十年后,他们却出现在仅有的另一个不属于宗主国的虫洞——偶人虫洞——的另一端。问题在于:不只是撒哈拉以南联盟希望它的舰队回到家乡,偶人也想要这支联盟舰队。

四个月前,在没有其他军事和政治选择的情况下,联盟雇用了一个职业骗子——贝利撒留·阿霍纳——通过欺骗偶人来让远征军通过偶人主轴。三周前,贝利撒留和卡茜在其他几位团队成员的帮助下,成功地让远征军通过了偶人主轴。

同样是在三周前,贝利撒留亲自进入了联盟的那对联结虫洞,穿过其广袤的内部,出现在他进入虫洞的十分钟之前,并借此机会从联盟偷走了这对时间之门。

成功突破偶人主轴的联盟，使聚合政府遭受了一次重大的军事挫败，还摧毁了偶人自由城的港口。贝利撒留早有所料，自己一定会成为偶人的通缉犯，而且最终将成为聚合政府的缉拿对象。

他没想到的是，他们竟然会对他的家园发射核武器。他的人民只是些冥思者、和平主义者。他们并没有他那些本事。十分钟前的那场爆炸是他的过错，这个过错是如此巨大，大到已近乎虚幻。但话说回来，虽说爆炸已成现实，但这个现实真的是铁板钉钉不可逆转吗？借助基因工程的改造，贝利撒留和卡茜都拥有与生俱来的量子逻辑，而量子世界与宏观世界发生互动的方式极其怪异。如果他们能引导这种互动，也许就可以拯救量人。

贝利撒留和卡茜穿上宇航服，扣好密封扣，通过气闸进入快艇后部的货舱。从这个角度很难看到那对时间之门。那是两个椭圆形物体，长轴十五米，短轴十米，看上去有数毫米深。它们时而表现出固体的属性，时而又表现出液体的属性，比如张力和弹性，暗示着不为人知的量子引力现象。这对联结虫洞任由自己被折叠弯曲，以适合"量化风险号"货舱的曲线形空间。

沿着快艇货舱的弧形地板边缘，贝利撒留和卡茜只能走到时间之门通向未来的那一面。虫洞的开口表面看起来朴实无华，周围悬浮着微弱的蓝色切伦科夫辐射，像一团朦胧的光雾。在黑暗的表面之下，一缕缕紫色的光蜿蜒游动，仿佛是来自其他现时的影子。一片片暗淡的颜色游移不定——催人入眠，神秘莫测，难以捉摸。

现在该由他和卡茜来对抗灭绝了。但他也不知道自己的想法是否真能奏效。灭绝事件的发生总是伴随着宏伟的计划，如果量人真的由此消失，又该谴责谁呢？他犯的那些错是最直接的原因，但这些错误本身又是由因果链前面的环节铸成的，通过基因工程植入他的行为。为了推进量人继续演化，人们做出了巨大的努力，在基因上大动手脚，但也许这一切奋斗，产生的不过是一个物种级别的开关——而他刚刚扳下了这个开关。也许作为一个物种，量人的确存在过，也终将消失，就像虚无时空量子泡沫中的一个虚粒子。除非他和卡茜能穿透这一片混乱，为量人找到另一种命运。

卡茜的头盔朝他的头盔靠过来。透过两层玻璃，她脸上的表情还勉强能够看清。她也在担心。

"我们还有时间。"这不是反讽，她是认真的。两人戴着手套的手紧紧握在一起。

"那我应该做些什么？"圣马太问道。

"等我和卡茜进入时间之门，你就驾驶飞船回到之前的藏身地点，等待我们的信号。应该不会等太久。"

一块显示屏的角落显示着日期和时间——印第星系标准时间：2515年3月13日上午11点12分。贝利撒留的脉搏跳得更快了，但并非为了他的人民而心怀恐惧，而是为了他们而感到兴奋。他厌恶自己的这种本能。

卡茜钻入量子神游的世界——量人的理性涅槃。在那里，自我、主观和意识统统会熄灭。此刻占据她身体的那个智能，可以感知概率和量子叠加而不会导致它们坍缩。卡茜，那个与贝利撒留心意相通的女人，此刻已不复存在。但从某种非常奇特的意义上说，此刻的她比作为一个人的她更加心满意足。

阴与阳。相互排斥。主观与客观。人与物。

卡茜的量子智能需要几秒钟的时间来准备穿过联结虫洞通向未来的洞口。从某种程度上说，贝利撒留很羡慕卡茜全身心投入量子神游时的那种无忧无虑的喜悦。他自己跟神游的关系就比较复杂了。他的学习本能总是会超过自我保护的本能，而这迟早会要了他的命。

十六岁时，他怀着活下来的希望逃离了阁楼。他成了一个职业骗子，这门生意以人类贪婪的本性为基础，毫无固定模式可循。但这样一来，他就可以避免自己沉迷于数学模式了。他的行骗技巧最终导致撒哈拉以南联盟请他出山，帮助他们的军舰穿过偶人主轴。而这又让他有机会接近联盟秘密拥有的时间之门——面对这样一个宇宙学和数学的诱惑，没有任何量人能毫不动心。为了窃取这对时间之门，两周半之前，贝利撒留不得不穿越它们，回到了过去。

这件事不仅仅让他看到了时空之门里面裸露的超空间，还导致了一场突然改变他本性的危机。他不再像卡茜或者其他量人那样，能够作为一对互斥事物中的一个：要么是一个有意识的主观存在，要么是一个相互作用的算法的客观集合。现在，量子神游在他的一个大脑分区中不间断地运行着；与此同时，身为职业骗子的贝利撒留的主观，与他的量子客观是共存的。他还没有想清楚这意味着什么，客观和主观应该如何与世界互动。他甚至不知道这种怪异的新共存关系能否持续下去。在过去，为了获取量子感知，贝利撒留会直接熄灭他的自我，就像卡桑德拉刚才做的那样，把自己的智能替换成另外一个。可现在呢，他要与自己体内的另一个智能去协商吗？

量人以及他们学到的一切现在都处于危险之中，他对自己大脑中运行的量子智能说。我们得再次凭借导航通过时间之门的内部,进行一次时间旅行,返回两周之前。在你导航的时候,卡桑德拉的客观将会尽可能记录下超空间内部的一切。

量子智能没有意识,但与任何计算机程序或算法集一样,它也拥有基本的操作参数和目标。通过这些参数和目标,它是可以操纵的,就像所有无意识和许多有意识的东西一样。量子智能没有团队合作的概念,也不会珍视量人的生命,但是它珍视量人所拥有的知识,这让人联想到演化过程中的亲属选择[①]。

可以接受,量子智能在贝利撒留的脑海中回应道。

贝利撒留伸手一推,飞离甲板,他们随即飘过了时间之门的表面。这是他第二次变成一位旁观的乘客(仅有的第二次),而搭乘的正是被他托付给了某种奇异之物的他自己的生命。

---

① 群体选择的一种,它是由英国进化生物学家汉密尔顿于1964年提出。该学说认为,亲缘关系越近的动物彼此合作和利他倾向越强烈,而亲缘越远则表现越弱。典型的例子就是工蜂、工蚁。它们养育、建设蜂巢、蚁巢,自己却不能繁殖后代,还要抚养女王蜂、蚁的后代。

四

远在史前时代,人类就已经建造了各种寺庙,用以调和与宇宙奥秘之间的龃龉。从难以理解的洞穴绘画和巨石搭就的观象台,到四处散落的金字塔,再到宏伟的大教堂和清真寺,建造者们设计出各式各样的"镜子",来反照出那些超出人类理解的无限奥秘。这些反照唤起了人类的敬畏之心。

对于这两个试验性的初代量人来说,"量化风险号"货舱内的那对时间之门,就是他们的大教堂。也可以再打个更恰当的比方:他们意外拥有了第一批洞穴的建筑构造图。在远古的过去,两个虫洞口对口相撞,联结在了一起。原本在正常时空中卷曲为不可见的七维空间,被两个虫洞喉之间的干涉作用拉平了。在十一维时空中,物理定律完全不同。

贝利撒留之前第一次通过时间之门的时候,之所以能够免受奇异性[①]的影响,是因为他压根儿就不是一个有意识的存

[①] 一种粒子属性,表达为一个量子数,用以描述强相互作用及电磁相互作用中短时间内发生的粒子衰变。

在。在旅程中的绝大部分时间，他都只是被自己的量子智能驱使的一块肉而已。到最后阶段，等他和客观找到了同时共存之道，他的大部分感官都已经被导入了量子智能。他唯一的体验只剩下自己的肉眼所见。

眼下，他的双眼勉力聚焦在那些怪异的紫色、微弱的蓝色和闪耀的光上面，它们都来自他的大脑无法快速建模处理的维度。他的眼界正在膨胀，仿佛镜头从他这里迁移到一片不断发酵的朦胧灰色景观之中，里面还闪烁着各种各样孤立的色彩。头盔外面回荡着奇怪的微弱声音，有种幻影般的感觉。手臂和腿部肌肉细胞中嵌入的磁小体感受到了啪嗒作响的电磁场，暗示着时间之门内有肉眼无法感知的更高维度的广袤时空。渺小的感觉从他心中升起，仿佛一根竹签串起了他，连之前对自己人民的负罪感也在减轻和消退。诸般世俗的忧虑，甚至连同自我保护的想法，全都开始在这座宇宙神庙中消弭。

他最精确的感觉——磁感，此刻也变得十分微弱。他大脑内那个新的分区，也就是思维客观扩展其量子感知的区域，将磁感输入都贮藏起来。他只是窥见了那个广袤世界的一斑，但即便是这样两个智能之间的有限分享，也是他的基因工程师们从未计划过的。

量子智能给他下达导航指令后，他跟着照做，仿佛自己只是一个无人机内嵌的驱动程序。向前六百米。停机。绕 x 轴旋转四十五度。二百米。停机。绕 p 轴和 m 轴旋转九十度。

由于虫洞内部的错位，某些方向会最终导向空间或时间上的死胡同，可以认为这都是些小的奇点，就连他的量子智能也无法对其建立数学模型。复杂的时空地形产生了各种奇怪的引力和电磁流，也需要回避或绕开。尽管这样的旅行十分艰难,但是那些不完美仍将作为镜头,量人透过它们,来破译宇宙的结构。

贝利撒留冒险瞥了一眼他的头盔仪表盘。他俩之前已经将卡茜的宇航服附连在他的宇航服上,而她则由冷冻气体喷射器推进,跟在他的身后。卡茜的体温已经上升到四十一度,他自己的神游发热也已超过四十度。自从三周前在时间之门内发生了改变,他的身体就一直处于低烧状态,徘徊在三十八点五度,但此刻他体内的量子智能正在高强度运行,处理大量的信息并产生热量。他可以再坚持一段时间,直到带领他俩走出时间之门,但卡茜的发热状况正变得越发危险。

他在她的大脑中触发了神经抑制剂的注射,那是一包分子促效药,可以强制退出神游状态。她应该可以挺过温度更高、时间更长的发热,但等他们回到过去,说不定还需要互相为对方做点什么,而发热可能会拖累他们。

卡茜长吁一口气,恢复了人类喘气时的呼吸节奏,不再是量子智能的那种慢而浅的呼吸。她呻吟了一声。

"你还好吗?"贝利撒留问道。

"太美了,"她惊叹道,"而且有那么多。"

"我知道。"

"还有更多。"她听起来有些喘息,还在努力适应从神游发热中缓过来时伴随的恶心感。好在卡茜跟他一样,尽管心怀深深的敬畏之心,也还可以工作。"我得算一算,验证一下。"

"我们差不多快要出去了。"贝利撒留说。

"但愿我们的判断没错,贝尔[①]。"她用渴望而哀伤的腔调说道。

---

① 贝利撒留的昵称。

经过数代的建造实践,基因工程师们大大强化了量人大脑的数学、几何和模式识别的功能。尽管量人有能力做出无比巨大的理论发现,但误判的可能性仍旧存在,让量人时时心存惕惧。

她看到了什么,她那哀伤的腔调又是为何而发?

借助冷冻气体喷射器,他再次停下。这里是超空间的一个区域,一道道各不相同的绿色线条在黑暗中穿梭,就像皮肤下的一条条静脉。贝利撒留和卡茜在一条终轴上旋转了九十度,眼前随即出现了一条线。伴随着他们的旋转,那条线逐渐变粗,呈现出纹理和模糊的细节,渐渐长大成椭圆形。他们这才认出,那正是时间之门的两个开口之一,混沌的灰色背景上笼罩着一片黑暗。

"从这里出去,应该就是三百四十八小时之前了,"贝利撒留说。"准备好了吗?"

"我从来就没有过准备好了的感觉,"她冷漠地说。从他耳机里听来,她的呼吸变得越来越浅。"但那并没有阻止过我。"

他们从时间之门那道连接过去的出口飘了出去。贝利撒留的感知变窄了。他的世界从超空间的十一维度,缩小到了三维空间和一维时间。尽管与他的量人天性不相符,但他还是瞬间有种如释重负的感觉。每一个量人都渴望能在超空间的大教堂内顶礼膜拜,但那种体验更像是煎熬,而非乐在其中。

他们的头盔灯照亮了"量化风险号"的货舱,仿佛他们从未离开过一样,只不过现在他们面对的是外头的泊库,而不是地板。而且他们的身体又感觉到了重力,是他们最习惯的三分之一个重力加速度。贝利撒留用戴着手套的手握住了一个扶手。在三百四十八个小时之前的过去,"量化风险号"停驻在一艘大型偶人货船的货舱里,这艘货船是贝利撒留在布莱克摩尔港租来的。

这个时候的贝利撒留和卡茜应该还在驾驶舱附近的睡眠囊里睡觉,同时等待离开港口的许可。而这个时候的圣马太应该在驾驶舱里。贝利撒留接入飞船的系统,这会立即提醒圣马太,飞船上出现了一个安全漏洞。

"圣马太,我是贝利撒留。"他说,"不要发出任何警报,也不要唤醒我和卡茜,因为你这样做会导致违背因果律。"

"什么?"圣马太回答道。与此同时,货舱里的灯一下子全都点亮,摄像头对准了卡茜和他。圣马太的自动机随即苏醒,快速沿着墙壁跑到门口,然后退了回去,接着再次跑到门口。贝利撒留挥了挥手,各种频段的摄像头都转过来对着他。

"有一种方法可以证实我所说的,那就是检查宇航服的标识号。"贝利撒留说,"相同的宇航服应该就在柜子里。"

很长一阵沉默。然后,一声悠长而痛苦的叹息在他们耳机里响起。

"早上好啊,阿霍纳先生。"圣马太不满地嘟囔道。

"你不打算找我要更多的证据来证明我是谁了?"贝利撒留问道。

"别人都不会这样对我。"那 A.I. 说道。

"这是我们友谊的标志。"贝利撒留说道。

"我不会参与违背因果律的事情。"圣马太简洁地说道。

"等我们做完这一切,你便能成为时间旅行者的守护神,而不仅仅是银行的守护神了。"

"这并不好笑!"圣马太说,"你们要干什么? 你们是来自过去还是未来? 等等! 我收回刚才的问题。别告诉我。什么都别告诉我!"

"我们不会的。卡茜和我只需要离开这里,进入自由城。你能帮忙吗?"

"我们这会儿还在自由城港口的废墟上。"圣马太说。

"很好。你可以帮我们把某个舱门打开,对吧?"贝利撒留问道。

"如果这样做能让你们离我远点儿,那我可以派一台自动机去帮你们。"

"我们会消失得让你连根儿毛都看不见。"

"很好笑。"A.I.回答道。卡拉瓦乔笔下的圣马太的光头闪闪发亮,就像通往船尾货舱一扇洞开的圆舱门。

"谢谢你,圣马太。"卡茜说。

"祝你们好运。"A.I.说,语气听着像是想要马上关门送客。

贝利撒留和卡茜走到舱门口,朝里面的大货舱窥视。在这个圆筒形的巨大货船运载的所有货物中,"量化风险号"只占据一小块地方。铁梁、成品钢板、镀铝、线缆、卫星支柱塞满了货舱以及两艘小型拖船。贝利撒留和卡茜爬出快艇,然后关上身后的舱门。

一百八十米之外,货舱远端一扇紧急外部舱门旁边,一台圣马太的蜘蛛形自动机闪烁了一下红灯,向他们发出信号。自动机上方浮现出微缩版的圣马太那张不满的面孔。贝利撒留和卡茜沿着"量化风险号"的固定索移动,经过了几堆铁梁。等他们移动到自动机那里,发现舱口已经打开,圣马太的不满之情更加溢于言表。

"行了,我们知道了,圣马太。"贝利撒留说。

外面的景象十分难看。往日里忙忙碌碌的港口已经被炸得稀巴烂。在他们上方，曾经是偶人主轴出入口的地方，现在已变成一个大洞，里面矗立着切削得整整齐齐的冰封的竖架、泊库、门和大炮，全都被巨型装甲门保护着。黑色的天空中闪耀着点点星光。从主轴一直到地表，港口的墙壁上交叉遍布着一道道烧焦的黑色或闪亮的粉白色痕迹。一层层的武器装备已被熔化，有的掩埋在突如其来的冰流之中，有些则直接被焚毁了。港口的观察区和乘客等候区像空蛋壳一样绽裂开来。

此情此景，令人惭愧。

这就是战争。虽然这些并非是贝利撒留造成的，但正是他打开了那道门，让通过其中的那些人造成了这一切。这很像是与神游相伴的情况；事情的发生超出了他的控制范围，但他却是其中的必要因素，就像一个助产士，专门负责接生过于巨大的事件。偶人想敲诈撒哈拉以南联盟，聚合政府想要联盟继续做他们的附庸国，联盟则想要自由。而贝利撒留为他们创造了一片区域，让他们汇聚在了一起。

联盟从主轴一路轰炸而出的时候，死了多少偶人和人类？聚合政府也付出了代价。他们的一艘巨型军舰——无畏舰"帕里佐号"——连同舰上的全体官兵都被消灭了。贝利撒留已经不再是一个中立的旁观者，他变成了各方势力共同的敌人。

偶人们分组工作，操作着大型建筑机械，干活儿的方式自由而散漫，十分危险且低效。有的偶人驾驶着大型的轮式真空吸粪车；还有全副武装的偶人在一边巡逻，一边观察天空，同时也会参与卸货工作。

贝利撒留和卡茜从舱口跳下来。他们扛起几片变形扭曲的金属，朝着像是气闸的地方走去。港口出现两个正常身高的人类在工作，显得有些不正常，但在目前的混乱情况下，偶人自由城里的大部分人类或许都在做不正常的事。

他们来到一个由闪亮的新冰形成的大弹坑里，发现了一个气闸。看上去这里曾是一个炮兵阵地，被轰炸之后，这个气闸勉强幸存了下来。一朵朵白色的云雾从气闸后面的小屋子两侧吹出。身着宇航服的偶人工人们朝泄漏点喷水，想用冻结的新冰堵住泄漏，保留住城市里的可呼吸空气。

一个偶人朝贝利撒留走来，试着用不同的频率与他对讲。贝利撒留假装没有收到，卸下了扛在肩头的金属。只要身边有事情发生，偶人就会立即停止手头工作，这是他们的行为特点。此刻，其他偶人都停了下来，看他装模作样地表演。贝利撒留继续朝气闸走过去，但那个偶人却抓住了他的胳膊。

贝利撒留盯着他看了三点一秒，然后往偶人戴着手套的手里塞了张银行卡。偶人怀疑地瞧了瞧那张卡，这才塞进口袋，还鬼鬼祟祟地看了看他的同伴。贝利撒留旋开了气闸。拿到新卡的那个偶人看着他们，犹豫了一下，然后转身回到了他的工作小队。

进去之后，贝利撒留和卡茜看到的是一条走廊。里面按说应该点着灯，因为他们的磁小体能感应到电流。他们抬头望向天花板，头盔灯照见了裸露的电线。许多带电的电线，只差几厘米就会短路。那布线看起来像是经过特意拼接，只为跳过附近的接线盒，全然没有考虑安全问题。角落里有几个空的旧工具箱，上面落满了灰尘。他递给卡茜一个，自己也拿了一个。他们朝着自由城深处继续前进。

他们进入了偶人自由城里照明和通风都更好的区域。这是一家没有咖啡、茶或食物的咖啡馆，但可以连接网络，值得停留片刻。他们摘下头盔，放在桌子上，但没有脱掉隔热头罩。

这里的压力肯定降到了一个大气压以下,古怪的气流里夹杂着塑料被烧焦的气味。从红外线成像仪里,能看到卡茜那因神游而烫得发光的脸颊。她打了两针解热剂。贝利撒留也照做了。

他接入了公共网络,联络上自己的一个子A.I.,显示屏随即变绿。他指示子A.I.去找三艘大货船,都要能打开临时虫洞的那种。偶人神权政府的经济很不景气,部分是因为他们生活在禁运之下。所以通常情况下,他们的货船都是闲置的,租金相应也很低廉。但现在,这些货船估计大部分都已经被租下,用于即将持续数年的自由城重建工作。他授权子A.I.可以给出高于其他潜在客户的租金报价,或者干脆直接买下货船,然后就让A.I.自行工作去了。

"你没事吧?"他问道。身处这样的寒冷之中,她却在出汗,还轻微地哆嗦着。

她热切地点着头,也不知是因为热情,还是因为发热。"那里面……"她的声音逐渐变小。她把手放在他手上,两只又热又潮的手贴在一起。

"你那边是什么样子的?"她说,"你刚才是如何跟你的量子智能互动的?"

"我不知道。我也不明白那是怎么回事。感觉就像我的大脑真的被分区了,但那就意味着我看不到任何东西,看不到真正的量子世界。从量人演化的角度来看,我可能并不是你的下一个阶段。"

"你没有获得任何感官输入?"

她指的是他的磁感。对量人来说,其他的感官大多无关紧要。他摇了摇头。

"分区是你和量子智能一起设置的,一定还有别的办法来换一种分区方式。"

发热让贝利撒留浑身疼痛,被她的手这么按着,也让他觉得很疼。他把手从她的手下抽了出来。

"等有了时间,我们可以一起研究分区的事儿,搞清楚它到底是怎么回事。"他说,"而现在,我得先搞几条船。"

"你会不会被追查到?"卡茜问道。

"自由城最不缺的就是各种秘密,"他说,"这里有三百个偶人小行政区,相互之间都不信任。他们没人监管网络。他们对偶人的混乱生活习以为常。我花了好几年的功夫,现在整座城市都有我藏好的匿名钱袋子和休眠的子A.I.。"

显示屏上开始列出各种长长的信息表。

"我们搞到了三艘大船。"贝利撒留说,他刚刚从账户转出了一笔钱,用来支付数年的租金。

"你还有多少钱?"卡茜说。

"这笔钱花完就没剩多少了,"他承认道。"但一个星期之内,我们就能有很多很多钱了。"

"在我们过去的一个星期,"她说,"以及未来的一个星期之内。我们需要新的时态语法。"

贝利撒留的头盔上闪烁着信号,是他的另一个子A.I.发来了信息。全息图上显示着他和卡茜的脸,还有玛丽·菲卡斯和波江人文森特·斯蒂尔的脸。全息图下面都附带了通缉令。没有威廉·甘德和安东尼奥·德尔卡萨尔。威廉死了,德尔卡萨尔下落不明。

"聚合政府在悬赏缉拿我们,"他说,"所以我们不能在这里停留太久。"贝利撒留租到的货船既不适合居住,维护得也不算太好。出发之前，他和卡茜花了一天时间，把所有三艘货船的导航控制系统都接在了一起。他们设置了机器人系统来改装货舱，密封好船体上的漏孔，还将巨大的空间分割改造成许多小房间，一排挨着一排——很不舒适，照明不好，通风也很差。做这些工作很费力，有时也很费脑子，即便对量人来说也是如此。

第一天活儿干到一半时，贝利撒留感到非常疲惫，于是飘进驾驶舱，悬浮在小窗口前，盯着外面纹丝不动的群星，让自己狂热的大脑冷却下来。星空是如此宁静。看着那些恒星、卫星和来往的飞船，他的大脑又开始匹配各种模式，绘制轨道曲线。

他看不到他们的秘密藏身地点，但还是朝那个位置望过去。他俩现在的自我，正带着圣马太一起逃往那个藏身之处。不过，他俩现在的自我从这里是看不到的。对于一个习惯于量子逻辑的人来说，也许算不上完全真实。

撒哈拉以南联盟和聚合政府的飞船同样太过遥远难辨，即使他增强了自己的视力，也无法真实地看到它们。两支实力完全不匹配的舰队，此刻即将结束他们对弗蕾亚通天轴的争夺战。从理论上、学术上来说，这是一种可能性，就像阁楼的毁灭这件事；但不像欧乐星上空那片闪闪发亮的"帕里佐号"的碎片区域，那是确定无疑的。

原本肮脏的冰冻风化壤和地表搅动不已的道路，现在都被一个个巨大而耀眼的白色爆炸弹坑所取代。在爆炸中融化流淌的冰层又被迅速冻结，像一条条灰粉色的熔岩河流，形成了一道道突兀的、高达五米的障碍，拦住了地表幸存的车辆。贝利撒留的视野边缘就是洞开的港口，车辆正从那里拖运钢材和成品部件。他没有增强视力以获得更好的视野。

死了多少偶人？多少人类？贝利撒留并不希望这一切发生。他并不幼稚，之前也知道会有什么样的后果。但在目睹这场毁灭之前，他曾经心安理得地把道德责任都推在了别人身上。

偶人要为敲诈联盟负责。聚合政府要为拒绝放弃霸权统治负责。联盟则要为自己追求独立难免流血牺牲的信念负责。他们都有各自的罪孽。

那他的罪孽又是什么？一点也没有？

联盟自己选择了反叛。而贝利撒留也不是聚合政府。他并没有统治别的国家。而且最重要的是，贝利撒留发现，自己想来想去都丝毫不为偷走时间之门而感到内疚。制造量人的工程师们并没有在其基因工程改造的本能里加入道德因素。他们创造的这个人种，只有好奇心和寻找模式的本能超乎自然地强大，甚至超过了产生进化优势的正常要求。和寻找模式的本能比起来，竞争视角并不那么重要。贝利撒留就是一个被基因工程改造而成的怪物，他不会因为偷了时间之门感到悔恨，哪怕这导致了阁楼被炸得灰飞烟灭。

这时，他胳膊和腿上的肌肉感受到一个微弱的磁压。卡茜飘浮在他身后。她也飞到了舷窗口，眺望着外面的星空。他俩的大脑都喜欢群星组成的各种图案。她把脏兮兮的双手搭在固定把手上，顺着贝利撒留的视线看向欧乐星破碎的表面。

"你在干什么？"卡茜问道。

"思考我们是什么。"他说。

"结论是？"

"量人就想了解宇宙。"

"那也没什么害处。"她说。

"如果只是我们自己,在阁楼里,在受控的情况下,确实是无害的。可是当我们的本能在宇宙中被释放,我们就会做出十分可怕的事情。元神统治当初制造偶人的时候,也以为自己只是在制造某种无害的东西。量人和偶人都是从实验室里逃出来的入侵性物种。"

卡茜撇了撇嘴。她非常厌恶把量人与偶人相提并论。

"你认为我们是危险分子,贝尔?"

"阁楼因为我被炸掉了。"他说。

她伸出手来,抚摸他的脸颊。"那是我们共同导致的,贝尔。我们需要时间之门。没人像我们一样需要它们。再说我们可以救回所有阁楼的人。"

她说得很坚决,但并没有让贝利撒留感觉好受些。她的话不是在哄骗他,但也同样没什么说服力。他的喉头一紧,眼睛变得温热湿润。他竭力控制着自己,用脏兮兮的手擦眼睛。都是徒劳。卡茜飘到他面前,用双腿夹住他,一只手放在他肩上。她伸出另一只手的拇指替他擦拭眼泪。

"我们本应该表现得更强大,"他说,"不能只屈从于自己的本能。我们当时就该说不。"

"任何处在我们当时那种局面的量人,都会做出相同的选择,甚至会拼命去做成这件事。没有量人做得来你那种骗局,贝尔。"

"如果他们真的拼命去做我所做的事,剩下的量人们就不会死了。"

"这里是过去,他们还没有死,贝尔。"

贝利撒留空落落的胃、紧巴巴的喉头,暴露出他对他俩的话都没有太多信心。量人要面对的不再是物理问题。他要做的也不是摆弄傻子的职业骗子。即使他们能及时赶到阁楼,设法疏散了所有量人,他们也终将告别自己身为量人所擅长的一切。他们从此变成了难民,要如何在这广阔的世界中生存?因为他和卡茜的所作所为,如今文明里的每一个国家都在追捕他们。

卡茜把脏兮兮的手放在他的脸颊上。她的眼里满是泪水。

"一个小时后,我们就要启程去阁楼了,"她说,"在线圈达到强度之前,没有什么可做的。我们不要再自我折磨了。现在我们能做的,就是做回我们自己。"

他吻了她。她的双臂滑下,搂住他的背和颈。她回吻了贝利撒留,然后往后退开,面露笑容。

"怎么?"他问道。

"在时间之门里,我得到了一些古怪的观察结果,"她说,"在我们重新编制导航系统程序的时候,我对我的计算结果做了个三重检查。"

如果连她都要花这么长时间去心算检查计算结果,那分析过程一定十分复杂。尽管很不情愿承认,但他感到胸中的积郁在消散,取而代之的是对新发现的期待。这时卡茜突然显得有些畏缩。和贝利撒留一样,她对时间之门里那辉煌的弯曲时空拓扑无比崇拜。

"我发现了一些奇特的量子纠缠迹象。"她说。

"内部纠缠结构?"

"不是,"她说,"我把时间之门看作一个单一的量子对象,结果发现了一些量子纠缠路径,从时间之门通向外面的太空。这样的路径很多。"

"通向多远处?"

"我探测了其中一条路径,"她说,"并测量了它的共振。我采集了这些测量结果,然后计算,看看是什么在与它纠缠,才会导致这样的共振。我认为,时间之门在跟通天轴网络里的另一个虫洞发生纠缠。"

贝利撒留心中隐隐升起一股略带谨慎的兴奋之情,那是基因工程改造设定的内啡肽释放,这种精神状态总是与新的发现相关联。

"不仅如此。我还对那个虫洞的位置有了一个大致的推断。"她说。

贝利撒留不由自主地张大了嘴,呆住了。他在消化卡茜刚才所说的事,实在太令人震惊了。

"要不是三周前你让我引导人工虫洞进入偶人主轴,我都不可能做这些分析,"她说,"虫洞之间的量子纠缠跟粒子之间的纠缠相比,是截然不同的。"

"你可以找到通天轴的另一个虫洞?"他惊讶地问道。

"也许我还能找到不止一个。"

她咧嘴笑了,双眼闪着光。他也笑了。

五

　　贝利撒留和卡茜走进阁楼，闻到了潮湿的青草和树木的气味。因为在货船上工作了很久，忙于给系统和机器人重新编程，他们身上已经又脏又臭，在阁楼这里显得很不协调。秀美的景观小山丘从他们脚下一路铺开，远处冰封的洞穴屋顶上闪烁着蓝色、绿色、黄色和红色的灯光，投射在阁楼的北墙上。安静的鸟儿受到惊扰，在树丛间飞来飞去。贝利撒留与那些远离尘世住在此间的量人冥思者之间有很多意见分歧，但他也认为阁楼是一件艺术品，让他有家的感觉。可他却给这个天堂带来了灭顶之灾。

　　没有人来迎接他们，那不是量人的处事方式。他们都在忙于研究，或者计划下一代的定向演化，都处在白痴天才甚至量子神游的状态，那是他们最核心的独处活动。

　　一条铺好的小径通向一座圆形的行政大楼，紧挨着量人聚居地的西墙。墙壁上装饰着铝框包边的浅色玻璃，它们组成的几何图形简洁而令人舒心。屋顶则植满了鲜艳的花朵，散发出淡淡的花香。玻璃门滑开后,露出里面的维修和工程办公室。

量人虽然在科学事业上具有极高的创造性,建筑装饰却偏爱简朴的风格。他们在为市政楼的房间命名时,就用了窗户的颜色:黄色委员会室,紫色、蓝色和橙色办公室。这座小楼的尽头就是市长的办公室,叫作绿屋,因为它的窗户是绿色的。贝利撒留和卡茜走了进去。

市长莉娜·阿霍纳微笑着朝卡茜微微欠身致意。莉娜领导着量人项目。和贝利撒留一样,这位市长也拥有来自地球的非洲裔哥伦比亚人以及拉丁、印第安混血血统。莉娜出生于第九代,身上的器官和基因修改与贝利撒留和卡茜完全相同。虽然如此,她却是众多无法进入量子神游的量人之一。

"欢迎回家,卡桑德拉。我们都很想你。"莉娜接着看向贝利撒留,"你又回来了,贝利撒留。我希望这次是为了好事?"

贝利撒留瞧了眼卡茜,想要向她求助。她看起来不太自在。这时他们背后聚集了一些人。

"我们坐下说话吧。"市长说。

莉娜的办公室里有一张桌子,六把椅子。有几个人从其他办公室又搬来了几把椅子。贝利撒留一一见过了聚居地议员奥古斯廷·乌里维、贝亚特里斯·帕琼、尼古拉·桑佩尔,以及两名助理塔蒂亚娜·梅伦德斯和马塞洛·阿西涅加斯。介绍到每一位时,他们都微微欠身致意。许多量人对身体接触非常抗拒,既是由于他们内向的天性,也是因为并非人人都能像贝利撒留那样很好地控制自己的电肌块。接触放电会让人十分痛苦。

他们交谈起来。有些是闲聊。在某个层面,贝利撒留的大脑吸收着信息,做出恰当的手势和回应;但在另一个层面,他的大脑又十分恐慌,一直在考虑怎么才能更好地把这件事告诉他们。他作为职业骗子的技能似乎一下子全失效了;他什么主意也没想出来。

他太在乎这些量人了。他和卡茜已经商量好,由她设法给他们解释即将到来的危险。他十六岁就离开了阁楼,这种行为在许多项目的人看来就是一种背叛。而卡茜不同,她是大家的宠儿。不过,眼下她似乎一直在回避那个艰难的话题,而且还和他一样紧张。可是他却不能讲话。他们不会相信他。

"你都去哪儿了,卡桑德拉?"市长问道,"外面的世界什么样?"

卡茜尴尬地笑了。

"三个月前,贝尔找我帮他做一项工作,条件是他会给我提供一些数据。"

卡茜说到"数据"时,市长的身体凑了过来。贝利撒留也这么做了。

"贝尔给我看了些证据,表明他的雇主——也就是撒哈拉以南联盟——找到了一部时间旅行机器。"卡茜说。

每个人的眉毛都扬了起来。市长脸上那副量人常带着的心有旁骛的表情一下子不见了。有人说了一句:"什么?"

"我并没有立刻相信他,"她说。"我之所以和他一起去,是因为我们曾经的合作,也因为他带来的数据。"

市长和议员们怀疑地看了看贝利撒留。

"时间旅行机器?"阿西涅加斯说。

"撒哈拉以南联盟在偶人主轴的另一端有一支小舰队,"卡茜说"偶人不让联盟通过,除非他们愿意将半支舰队作为报酬拱手送上。于是,利用贝尔和我在十年前发展的理论,加上联盟舰队提供的数据，我们把一个人工虫洞连接到了偶人主轴中间的史瓦西喉。"

市长的嘴巴张得大大的。有几位议员不由得发出惊叹。大多数人仍然沉默不语，在脑中努力回忆着自己的时空几何知识。他们都是杰出的数学家和优秀的天体物理学家，但没有一个是虫洞专家。对于大多数量人而言，虫洞物理学是一门太过偏向于应用的学科。

"我在神游状态下操控人工虫洞，"卡茜说，"引导我的感知，以纠缠线为导航指引，跟随着它们通过超空间。就在我做这些事的同时，贝尔从联盟那里偷来了时间旅行机器。"

众人再次齐刷刷地看向他，眼神里既有惊恐又有赞许。

时间旅行机器。

他们都和他一样渴求新知识。

"那是不可能的，"市长说，"任何事物都不能回到过去。"

"我亲自去把那部……机器给运回来的，"贝利撒留说。他感到很内疚，这么崇高的东西，被他说得就像一台稀松平常的病房设备似的。"我回到了十五分钟之前。"

他们看着他，就好像他长着两个头。

"我进入神游状态，在其中根据导航通行，"他说，"它的内部是裸露的超空间，两个十一维时空，两者组成了一个扭曲混乱的二十二维时空。"

"贝尔和他的量子智能在时间之门里发生了变化，"卡茜说，"通过某种分区方式，他和量子智能得以自始至终共存于他的大脑内。他也许就是量人进化的下一个阶段。"

市长缓缓从椅子上站了起来。"你怎么还没有把监控设备连到他的身上，马上开始研究工作？我们竟然浪费时间在这里说了半天废话？万一这种效应只是暂时的呢？"

卡茜忽然面露悲伤之色，一滴眼泪顺着她的脸颊流淌下来。

"没时间了，莉娜，"她说，"的确，我们把时间旅行机器……时间之门……给带来了。的确，贝尔的大脑出现了某种奇特的分区现象，预示着量人可能的未来。但这也使得贝尔和我卷入了与聚合政府、撒哈拉以南联盟和偶人神权政府之间的冲突。联盟想拿回他们的虫洞。"

"你们把他们带到这里来了？"乌里维说，脸上一副才明白过来的表情。

卡茜摇了摇头。

"人人都知道阁楼在哪儿。"

卡茜停顿了一下。她在过去三个月里发生了变化。变得更加坚强，更有信心了。就像他一样。他真的不想这样。他宁愿自己变得更像她，能够控制住自己的本能，就做一名研究者，而非一个骗子。

"联盟要来这里吗？"市长问道，"他们要把我们当作讨价还价的筹码，来拿回时间之门吗？"

"比那还要糟糕，"卡茜说，"聚合政府的间谍知道有两名量人——贝尔和我——帮助了联盟。"

"聚合政府也在找你们？"市长小声问道。

"所有参与了解这些事情的人都已经意识到：量人已经成为一种军事物资。"卡茜说，"所有的量人。"

莉娜的表情消失了。

"聚合政府……"市长最后说，"你们毁了我们。"

卡茜点点头。"的确如此。十二天后，聚合海军就会到达阁楼。到时候他们就会摧毁这里。"

市长一下子泄了气。

"你们知道这些,是因为你们窃取了他们的计划?"她小心翼翼地问道。

卡茜没有说话。市长看向贝利撒留。他摇了摇头。莉娜移开了目光,脸上一副恍惚而震惊的表情。

"你们俩,都来自未来。"市长得出了结论。

"是的。"贝利撒留说。

"为什么?"市长低声问道。她的脸和手都一片冰凉。贝利撒留眼看着她逐渐变得沮丧。他们给她带来了一生中最好和最坏的消息。新的演化。新的知识。还有灭绝。"我们什么也改变不了。"

"我们之前观察到了阁楼的毁灭,"贝利撒留说,"但我们离得太远,没有看到任何量人死亡。所以在那发生之前,我们可以和你们所有人一起逃走,同时仍然与未来的观察结果保持一致。"

"悖论。"桑佩尔说。说出这个词似乎让她很不舒服。

"这简直是胡扯!"乌里维说完站起身来,一把将他的椅子丢了出去,然后气冲冲地走出了办公室。走出门外四米后,他的脚步声在大厅里停了下来,但他没有回来。

卡茜碰了碰莉娜的胳膊。"我们给你们提供的信息,并不会改变我们在十二天后的未来所得到的观察结果。如果我们赶快行动起来,就可以在不违背因果律的情况下拯救所有量人。"

"我们能去哪里?"桑佩尔怒气冲冲地问道,"银行可以保护我们。他们会继续资助量人项目。"

整个房间里的人都屏住了呼吸。

"如果我们投奔银行那边,量人计划就会变成一个军事项目,"贝利撒留说,"量人已经卷入了军事冲突。再也不会有人相信我们跟军事无关了。"

市长把手按在额头上。

"我们的末日到了。"她低声说。

她是对的。不再有隐居冥思的生活,也不再能对自己做基因工程改造。各种事件正把量人推上世界舞台。不,不是事件——是贝利撒留的所作所为。他带着量人的天赋与诅咒踏入了广阔的世界,并向整个文明表明:他们已经走出了童年。

但是量人也并没有进入成年。他们还很脆弱,介于童年与成年之间,缺乏真正保护自己所需的大部分能力。他和卡茜就是他们在这个可怕的新世界中仅有的向导。

"我们带来了三艘货船,"贝利撒留说,"它们算不上舒适,但起码有空间把我们全都装下。我们可以借助人工虫洞进行跃迁,离开这里,去一个足够遥远的地方,让聚合政府找不到我们。"

"货船?"市长问道。

"像难民一样。"阿西涅加斯说。

"我们能去哪里?"市长问道。"我们要如何生活?"

"我们也还不知道,"贝利撒留说,"但我们可以确保十二天后这里没有一个量人。"

"你离开了阁楼!"市长说,"你抛弃了我们!现在你又这么回来了,还把这个……灭顶之灾引到了我们家门口!"

莉娜的话在贝利撒留脑海中回荡,同时浮现于他脑中的,还有自由城中死去的那些偶人、"帕里佐号"上死去的船员,以及其他所有因他而死的人。

"是你让我说服贝尔回家的,莉娜,"卡茜说,"我当初跟着他走,是为了他那些数据,更是为了他提供的机会。现在我们带回来的,的确比这多得多,可贝尔当初并不知道会变成这样。"

市长哭了起来,不断摇着头。卡茜的下巴上挂着一丝泪水。贝利撒留发现自己的脸颊也湿了。

"莉娜,"卡茜说,"这是个可怕的消息,但现在我们得先让人活命。我们必须马上撤离。"

"我们要跑到哪里去,才能让聚合政府都找不到我们?"市长恍惚地说。

六

最糟糕的还不是那些哭泣的孩子。孩子们想到要离开家园，感到害怕和惶恐，自然会哭。让贝利撒留更受触动的，是成年人的眼泪。对于贝利撒留经过基因工程改造的本能来说，阁楼一直是个危险之地。当初，是他的天性迫使他离开了这里。在偶人自由城度过的这些年，他一直在消解着这种离愁。但在阁楼，没有什么东西能帮助量人对离开故土做好准备。每个人都在为阁楼哀悼。

如果大家大声痛骂他、朝他丢东西，贝利撒留心里或许反而会好受一些。可他们的反应却是茫然麻木，深受打击，而且根本不相信贝利撒留和卡桑德拉从未来带来的消息。量人们沉浸在将要离开家园的阵阵悲痛中，变成了自动机，无法处理身外的世界，间歇性地丧失自我意识，仿佛躲进了一种恐惧神游的状态之中。一个被设计成某一天可以看到未来的人种，突然却连一小时之后要发生的事情都看不到了。

他跟卡茜每晚都躺在她套房里的那张小床上，像两只惧怕巢穴外的世界的小动物一样蜷缩在一起。他们的心情也在剧烈地起伏摇摆。因为无法忍受这种消沉，他们时常进入白痴天才状态和数学世界，以此逃避现实。

在这种麻木的状态下，有一个丰富的理论世界可供他们建模。他们还没有搞懂卡茜在时间之门内部看到的一切。卡桑德拉有时候连觉都不睡，而是进入白痴天才状态，仔细检查她的量子智能留下的记忆，翻来覆去地摆弄那些拼图碎片。贝利撒留尽力不去考虑撤离的事情，但他根本控制不住自己。

"我需要以某种方式进入量子神游，"他说，"不然我在这里的作用比那些生物工程师和遗传学家也大不了多少。我们得加快进度，搞清楚你那些观察结果。"

卡桑德拉一直躺着，她的上方是复杂的全息几何图形，都是她根据自己大脑中的数据集描绘出来的，而这些数据集他无法访问。穿越虫洞的时候，贝利撒留自己的量子智能做的是不同的测量，还要负责导航。他那些数据也是有价值的，但她现在所看的东西是他无法理解的，是真正的基础探索性科学。他感到很嫉妒。卡桑德拉的全息图暗淡下来，她慢慢地翻过身来，面对着他。随着逐渐走出白痴天才状态，她那心不在焉的眼神也在逐渐消退。

"别发牢骚了，贝尔。量人项目不是你的敌人。我们之所以被造出来，是有原因的。我们身负使命。或许你就是我们演化过程的下一步，但我们一路走来的每一步都不容易。你必须去探求，对你自己和量子智能来说，你现在到底是什么。这里有一整个村庄的科学家，他们都愿意帮助你。"

贝利撒留点点头。

"你对量人项目抱过什么希望吗？"她问道。

"如果不是因为有了时间之门,如果不是知道有人要把他们全都杀死,我本来会说:没有。我知道血浓于水,但却比我想象中还要浓。"

卡桑德拉微笑着躺回狭窄的小床,继续操作那些他无法理解的模型。于是,他们继续着这种白天忙于撤离工作、晚上进行理论探索的节奏,不过他思考的更多是两个问题:"我是什么",以及"我和量子智能的共存意味着什么"。

三天后,卡茜终于从她的记忆挖掘到足够的数据,可以建立一个模型了。贝利撒留急于想看看她的模型是什么样的。他们来到博物馆,坐在两人过去共同工作过的旧办公室里。多台全息投影仪用角度、色彩梯度、全息透视和电磁场等等描绘出所有十一维时空。将六维或七维时空可视化对量人来说稀松平常,但十一维是个挑战。

卡桑德拉的模型将时间之门看作一个单一的量子对象:一团不平坦、不均匀、不清晰的概率中心,还有成百上千条量子纠缠线从这个中心向外流淌。这些纠缠线,有的明亮而清晰,有的暗淡而模糊。还有些纠缠线从时间之门的一面出发,又循环转回另一面。量子事件就这样穿过时间,不断对自己进行着缝合和再缝合。卡茜的思想既具备数学之美,又具有宏伟的雄心,令人心生敬畏,深感自己的渺小。这些年来,当贝利撒留忙着四处行骗的时候,她已经成长为一名令他望尘莫及的量人,让他有些后悔自己当年逃离阁楼。

"我认为纠缠线指向通天轴的其他虫洞口。"卡茜说,"在健康的虫洞里,我们可能永远不会注意到它们,因为纠缠是如此平滑。然而时间之门被破坏了,它里面的纠缠结构更容易被我们的量子智能发现。"

贝利撒留感到心底有股兴奋之情正在逐渐膨胀。她的理论是如此宏大，也许这将是全体人类第一次能够理解先行者们留下的通天轴网络。全息图上众多的维度以几何形式纠缠在一起，各种可能的模式被标记出来，明亮地闪烁着。

"看那儿。"她说，贝利撒留则用一根手指沿着模型中代表纠缠概率的诸多亮线中的一条移动。那是另一个节点，它自己的纠缠线也在向外辐射，就像一颗恒星吹出的无形的太阳风。"我认为那就是通天轴网络里的另一个虫洞。"

在她的全息投影远端还有几个亮点，他做出了自己的猜测。这个模型受到数据的限制，而这些数据正是卡桑德拉首次穿越时间之门时获取的。量子纠缠照亮了通天轴网络的结构。卡茜旋转全息投影的角度，朦胧的图像中，另外三个明亮的节点变得清晰起来。有什么东西看起来很奇怪。

"你认出什么了吗？"她问道。

她的声音中已悄然带上了难以抑制的兴奋。他的大脑逐一测试那些节点的模型。没有相关性。没有相关性。没有相关性。就在这时，脑中有个想法一下子冒了出来。他猛吸一口气。

"明白了？"她说。

五个明亮的节点。在所有这些纷繁复杂的纠缠之中，他能够看出在几何关系上，有四个节点的位置对应着通天轴在印第安座ε星系内的四个出入口位置：偶人主轴，弗雷亚主轴，孔雀六①主轴，以及聚合政府通往北极星的主轴。

还有一个明亮的节点，其位置在她的模型中悬而未定。他们靠近全息投影，用肉眼在一片朦胧中寻找着细节。贝利撒留

---

① 位于孔雀座，距离地球19.9光年的一颗恒星。

的双臂和双手感受到一个轻柔的磁压,那是卡桑德拉对最后一个节点做电磁检查。他增强了自己的磁小体投射出的磁场,去感受那节点的亮度、韧度以及卡桑德拉的磁场。

"第五个主轴。"她微笑着说。

通天轴的出入口似乎总是五个一组地出现。然而,在漫长的宇宙岁月中,按照轨道动力学规律,必然有一些主轴被永远推入行星际空间,或者被推入它们的恒星,又或者还没有被发现。各宗主国都曾预计印第安座ε星系中应该有五个主轴,不过从未有人找到过那第五个。但卡桑德拉可能找到了。而且,既然这事还不为人知,他们就有希望通过这第五个主轴让所有量人安全转移。

有希望。

"太好了。"贝利撒留说,"但我们只有这一个虫洞,逃生通道也就只有一条。这只能是一个临时的解决方案。迟早会有人发现这个主轴。我们还得做得更多。"

他们又花了很长时间细看投影,想找到更多信息。但它就像有太多未知数的方程,这个数据集可以告诉他们的信息已经达到极限。他们需要更多数据,这不仅仅是出自他们身为量人的本能需求,还因为这可以拯救他们的人民。他们陷入了困境,时间变成了令人窒息的重压。八天后就要大逃亡,十天后聚合舰队就会到达这里,可量人们还没有动员起来。

每天早上出去引导同胞之前,卡茜都会在房间里哭一会儿。她处于一个奇特的中间位置:她是唯一真正能与他们的同胞相处的人,同时又是唯一真正能对他发脾气的人。她见过外面的广阔世界,而这让她有了闷闷不乐和大发雷霆的理由。

当初贝利撒留蹚联盟这趟浑水的时候,脑子里究竟在想什么？联盟要造反,只有白痴才看不出来帮助他们有多么危险。他凭什么这么干?是的,她也参与了,但这并不重要。他同意她说的。他当初接了这单生意只是为了谋生,可后来又对时间之门起了贪念。

但卡茜也把一部分怒火发泄在了自己身上。贝利撒留做了这么久的职业骗子,一眼就能看出她内心的各种本能也在激烈地冲突。她深爱着自己的同胞。这里是她的家园。而且不像其他量人,她没有对这个计划说不的奢侈选择。阁楼的毁灭已经深深地烙在了她的记忆中。但她毕竟是个量人,具备所有基因工程植入她本能的模式识别能力和好奇心。她无法对时间之门的价值视而不见,包括她在哪怕只是片刻的神游中所看到和发现的东西。为了那些东西,给她什么她也不换。她由此知道了自己到底是个什么样的人,她被自己的本能困在了一个左右为难的境地。那种痛苦他感同身受。

第四天早上,卡茜洗完脸后,正在扎头发。

"莉娜做不到,"她突然说道,仿佛她对某件事已经困惑了很久。"她快崩溃了。"

贝利撒留坐在椅子上,感觉身体里好像塞满了沉重而黏稠的焦油。莉娜当然快崩溃了。人们选她当市长,是让她管理一个安稳的科研前哨站,而不是让她监督它的毁灭。

"量人们想听到我们说:如果我们动作够快,他们就会安全,以及我们会给他们找到一个新家。"她说。

他什么也没说。

"他们愿意听我说,"她说,"但这话由我来说,他们是不会相信的。"

"你也是他们中的一员。"他说。

"我不了解这个世界。他们需要听到你来说这话,贝尔。"

"我不知道怎么给他们找个新家,"他说,"我连给自己找个家都做不到。"

"你已经在外面的广阔世界生存下来了。"

"因为我有圣马太。"

"威廉说过,他第一次见到你时,你还什么都不知道,对一切都充满恐惧。"卡茜说。她积蓄的怒火如今已经枯竭,就像她的泪水。"所有量人现在都在那儿等着,贝尔。包括我。"

"面对这种事,我可不是个很负责任的人,卡茜。我从来都不是。"

"当初你把大伙儿送过偶人主轴的时候,你对远征军的每一个人都很负责。"她说。

贝利撒留摇了摇头,感觉自己仿佛正在凝固。他不敢再看卡茜。

"所有参与那场骗局的人,都接受了潜在的风险,"他说,"你接受了。连威尔都接受了。对远征军负责的是鲁多将军。是她把他们带回了家。我只是个摆渡人。"

"不管你愿不愿意,贝尔,无论量人是不是因为这些事而恨你,都只能由你来告诉他们:一切都会好起来的。你必须告诉他们,你会带领他们去一个安全的地方。"

"那不是真话。"他说道,然后看着她的眼睛。她没有放弃,但她把任务交给了他。

"你是个职业骗子,"她说道,话里没有讽刺或指责的口吻。"你的职业就是说谎。现在就来展现一下你的职业技能吧,否则量人们永远不会离开阁楼。假装你是一个领导者。"

他站起身来,走到她身边,想握住她的手。她没有配合。

"卡茜,正因为我是个骗子,他们永远都不会相信我的,"他说,"人们总是对谎言有不切实际的想法,就好像这只关乎谎言本身,仿佛你只要能编造出一个足够好的谎言,它就一定会奏效。一个谎言要想奏效,需要的是人们信任那个骗子。可是没有人信任我。"

"我信任你。"她说。

他并不想要任何人对自己抱有信念。

"我不想对任何人撒谎。他们信任你,卡茜。他们会相信你说的话,因为他们愿意这么做。而且他们必须拿一个人当出气筒。就让他们继续生我的气吧。"

过了一会儿,他们出了她的小房间,走到自助餐厅,坐在一个小隔间里草草地吃了点东西。周围的隔间里都是默默无言的其他食客。然后,他们来到那座低矮的办公楼,心情沉重,仿佛去参加葬礼。莉娜·阿霍纳麻木地接待了他们。议员乌里维和桑佩尔也在她的办公室里愁容满面地颓然瘫坐着。五个人沉默地坐了一会儿。今天是为大撤离做准备的第四天,他们聚在一起是要召开处理各种问题的晨会。

"莉娜,"贝利撒留终于开口,"你有没有想过让卡茜来代替你指挥疏散行动?"

市长那双乌黑的眼睛呆滞地看着卡茜,然后目光又转向贝利撒留,脸上没有任何表情。

"我可以任命你为市长吗?"莉娜轻声问道。

"我?"卡茜难以置信地问。

莉娜倦怠的目光望着她。作为议员,乌里维和桑佩尔这时候本应该对市长的任命提出一些要求,但谈话朝着这个方向发展似乎让他们如释重负。

"在我们找到新家园之前,可不可以让贝尔来负责疏散行动?"卡茜说。

她退缩了。

"没人信任我,卡茜。"贝利撒留说。

市长和两位议员都看了看他。他们的表情像是在同意他说的话,可他们看起来也没有其他的选择。贝利撒留明白他们想要什么。他们惧怕阁楼之外的未知事物。他们无法想象,如果无法在这里种植作物,如果没有英西银行的资助,要如何才能获取食物和住所,更不要说建立一个新的家园了。他们认为贝利撒留可以。他们想让他来告诉他们该怎么做。

"我会帮你的,卡茜,"贝利撒留说,"到了外面的世界,我可以给你当顾问。"

"从法律程序上讲,这也不难,"乌里维说,"市长可以先任命卡桑德拉为副市长,然后自己再辞职。"

"卡茜会成为一个好市长。"贝利撒留说。

卡茜掐了掐他的手。他的心跳和呼吸逐渐与她的达到了共鸣,仿佛她正在神游状态中注视着他。

七

　　一千三百一十二个量人，聚集在市政大楼周围，仰望着花园屋顶，观看卡茜的宣誓就职典礼。贝利撒留从来没有被这么多人一起盯着看过。他的手和膝盖都在颤抖。他想躲起来，躲进白痴天才状态，甚至躲进神游。但眼前的困境是他的过错造成的，他们现在都对此心知肚明，所以他必须在这里。

　　他现在只是个道具。他们确实信任卡茜，她去过外面的广阔世界。但他们还是满怀着愤怒与怨恨，而他就应该充当那根避雷针。他们可以把所有的愤恨都倾泻在他身上，这样一来，卡茜就可以成为他们期待并且服从的那个人。这是一个有点情绪化的骗局，专门针对量人那高度发达的多通道并行思考能力。他们的感情也是多通道并行的。

　　从某种意义上说，他们希望被骗。他们极度的渴望明白无误地表现了出来，这种渴望之强烈，恰似人们对金钱、褒奖和权力的贪婪。渴望越是强烈，他们就越容易被欺骗。卡茜只需要找出对他们真正重要的东西，然后用真相来欺骗他们。

卡桑德拉·梅希亚宣誓就职，成为阁楼的第六任、也是最后一任市长。

她结结巴巴地开始了她的就职演说。讲稿是他们俩一起写的，综合利用了她对自己人民的了解和贝利撒留对骗术的了解。她没有带讲稿，以她的记忆能力，压根儿也不需要。她之所以结巴，只是因为所有人都在看着她。

"我们原本一直待在这里，宁静而安全，甚至被人遗忘。"卡茜说，"可是现在，整个宇宙都注意到了我们。因为我们为自己赋予了学习宇宙的能力，而有些人想把我们的这种能力用于战争。现在我们必须逃离，找个地方永远躲起来。"

人们专心听着她讲话。他们脸上的表情通常都是内心活动的诚实体现，而且贝利撒留利用自己加了增强模块的眼睛和无比活跃的大脑，能够对多种反应同时进行描绘和分析。

"我不是市长的最好人选，"卡茜承认道，"但我可以带领大家流亡。我可以为大家找到一个新的家园。找到并建立一个新的家园是件十分困难的事，但想当年我们的祖辈刚刚来到阁楼时，这里除了冰以外一无所有。而我们现在拥有更多的资源。我们是第十、第十一、第十二代量人。我们已经掌握了量子神游。我们将带上所有的数据和知识出发，一样都不会丢下。我们离开阁楼，会带上最重要的两样东西：我们自己，以及我们所有的知识。我们永远不会停止对宇宙的探索，直到它将所有的知识交给我们。"

他们在倾听，真的倾听。卡茜在唤起和利用他们那经过人工增强的好奇心和模式识别能力。她撇开讲稿，开始自由发挥，体会着他们的绝望，迎合着他们的情绪，安慰着他们。她的表现之好，不亚于任何一个职业骗子。她演讲时的磅礴气势彻底征服了贝利撒留。卡茜说完最后一句话后,没有人鼓掌。量人不喜欢噪音,但他看得出来,他们已被她深深打动。人群逐渐散去,大家的情绪多少都振作起来,开始谨慎地抱有希望,哪怕只有几个小时。

过了一会儿,贝利撒留和卡茜下楼来到市长办公室,也就是卡茜的办公室。聚合舰队赶来炸毁它之前,这里将一直是她的办公室。他们谁也没有在市长的位子上就座,而是坐在了桌前的椅子上。他吻了她一下。

"你做得比我好,卡茜。"

"我就当自己是在弥补你闯的祸。"

贝利撒留惊讶地坐回椅子中。"你还真会把什么事儿都赖在我头上,"他带着一丝恼怒说道,"可你难道真的没想过这一天吗?你以为量人计划的目的是什么?无论如何,今天这一切都会发生。"

她摇了摇头,站起来从他身边走开。有件事困扰着她,或者说在对她紧追不舍。

"量人项目是为了理解宇宙,贝尔,"她说,"我们向人类提供知识。"

贝利撒留一下子就听出了她话里的心虚。这是一个职业骗子的特殊本领。她靠着就职演说的气势镇住了阁楼的人民,但在多通道并行的量人思考中,她同时也在猜疑自己、抨击自己的观点、打击自己的信心,而这些最终都变成了愤怒。但同样的情况也发生在他的身上。他们又耽搁了一天,现在量人的命运已经越来越真切地落在他俩身上了。她是市长,而他是市长顾问。

"量人项目根本不是你说的那么回事,卡茜。英西财阀政府的银行在过去八十年投入了成百上千万比索,想创造一种具有量子感知的新人类。他们希望这份投资能在未来为自己的经济和军事战略指引方向。我们是商用和军用技术的产物。我们的这一天必然会到来。整个世界已经注意到银行创造出了一种新式武器。"

"我们不是危险分子。"

"你带着一支舰队通过了重兵把守的边界,卡茜!你觉得对宗主国的那些将军而言,我们意味着什么?"

"那一天并不是非得这么早就到来,"她说,"我们原本还可以再等等。我们原本可以不去接那份活儿。"

贝利撒留很羡慕卡茜之前过着的平静生活。在那样的生活里,她不需要培养什么特别的技能,以努力面对艰难的社会处境、道德困境和愤怒的他人。一种娇生惯养的生活。一种美好的生活。生在其中,即便是最激烈的争论,也可以通过数据或统计建模得以解决。外面的广阔世界只不过是混乱与恐惧的集合。他走到卡茜身边,但没有碰她。他压低了声音。

"接不接那份活儿,结果可能也不会有太大分别,卡茜。起码现在量人还有你和我。我们已经去过外面的世界了。我俩是危险分子。如果说量人还有一线生机,那就是我们。"

八

怀着沉重的心情，卡桑德拉看着量人们登上那三艘货船。这比原计划提前了一天。阁楼和货船上的机器人夜以继日地工作，尽管它们还没有完成对货船内部的改造，但现在里面起码可以住人了。船体内部蓄了水，可以保护他们免受辐射。但生态系统还没有建立起来，所以他们暂时要靠化学手段循环利用空气，还装上了阁楼的生物反应器①。更大的麻烦是，把所有这些科研和工业设备塞进去后，供人使用的空间就少了许多。

量人们陆续登船，一个个心事重重，表情各异。有沮丧，有震惊，也有愤怒。恐惧的感觉让卡桑德拉的胃里很不舒服，很想离开这里，离开人群，沉浸在数学和发现之中，忘掉这一切。

将近三千七百人闷闷不乐地登上了货船，但仍有几百名量人坚决不离开阁楼。他们聚集在港口，试图说服其他人也不要走。还真有十来个人被他们劝服，改了主意要留下来。不过到

---

① 提供生物化学反应的适当环境的工程设备。通常是指利用酶或生物体(如微生物)使设备具有仿真生物的功能。

了最后,所有愿意流亡的量人终于都上了货船。

贝尔转过身来,面对那几百个拒绝和他们一起走的量人,卡茜站在贝利撒留身旁。贝利撒留劝告他们、恳求他们,还提醒他们:如果留下来,所有数据他们都将无法访问。他给他们描述了那个摧毁阁楼的大火球。但他们还是不愿改变主意。那还能有什么办法?他们都很理性,但根据他提供的那些信息,他们却得出了不同的结论。

按照这些结论,卡桑德拉和这几百个人今后将过上两种截然不同的生活。走了一条路,就要放弃另一条路。卡桑德拉从未如此接近一个真实的多世界宇宙,身处其中,仅仅一个选择,就决定了如此之多的未来。但他们已经做出了选择,所以双方都只能接受由此产生的后果,各自继续生活下去。

贝利撒留还在试图说服他们。卡茜拉着他的胳膊,摇了摇头。

"进入白痴天才状态。"她说。

"我在白痴天才状态下无法说服任何人。"

"不是为了说服谁,贝尔,"她一边说,一边擦着自己的眼睛。"是为了把工作做完。这样可以把感情放到一边。"

贝利撒留皱起了眉头,感觉很不舒服。两人周身的电阻感受到了一些变化。

"我的感情在白痴天才状态下也不会消失,卡茜。"

但她已经进入了白痴天才状态。争论、悲痛和失落如潮水般涌来,刺痛着她,却并没有真正触及她的内心。数学变得逐渐清晰。时间滴答作响。货船必须起航了。

贝利撒留知道,选择留下来的这些人劫数已定。于是他转过身,朝登船坡道走去。

"就这样了?"康斯坦察在他身后大声吼道。不是冲着卡桑德拉,而是冲着贝利撒留。康斯坦察多年来一直负责管理阁楼的望远镜,卡桑德拉和贝尔多次跟他打过交道。

贝利撒留继续往前走着。

"就这样了。"卡桑德拉说着,跟上了他的脚步。

离别、遗弃和背叛,种种可怕的感觉始终隐隐约约地折磨着她,只是没有清楚地现身。她想高声嘶喊,拖上这些人跟她一起走,但他们不会来的。他们都是活生生的量人,眼看死期将近,而她却一走了之。

他们一登上货船,身后的管缆就断开了。他们现在很可能已经身处聚合政府甚至是银行的观察之下,不过他们看到的只是三艘平常的货轮,没有人会起疑心。那几个宗主国目前还在拼凑整件事的详情,只是大概知道量人参与了联盟从偶人轴心逃掉这件事。

贝利撒留和卡茜登上的那艘货船叫作"蓝色号",摇晃着从阁楼的小港口起飞。他们把货船分别命名为"红色号""蓝色号"和"绿色号",那是量子色动力学中的名词:将夸克束缚在质子中的三种"颜色"。这个命名系统是量人小孩发明的,作为一种图腾象征,以确保不会有人迷失。

他们与几位议员和工程师站在"蓝色号"的舰桥上。从他们身后的货船更深处传来哭泣声。那些儿童和成人从未离开过家园,也从未感受过除了阁楼的重力加速度之外的加速度。

当初卡桑德拉离开阁楼时,她也感到害怕,但她是跟着贝尔一起离开的,那是她还是小姑娘时就喜欢的男孩,也是她现在长成一个女人后也许还会再次爱上的男人。她当初离开阁楼时信心满满:她随时都可以回家。而现在,他们都成了无家可归的难民。

卡茜的平板电脑哔哔响起。周围的平板电脑也纷纷响了起来。还有个人计算机、通信设备、手环。贝尔给船队里的每一台设备都发送了一条消息，其中包含了他们收集到的有关虫洞的数据，以及关于十一维空间建模的数学问题。突如其来的快乐充盈了她的心。她笑了。量人可能会害怕、想家和悲伤，但量人就是量人，天生就会被各种几何问题所吸引。虽然他们并不特别喜欢那些应用型问题，但估计现在不会介意这个。大家的设备上又陆续出现了更多更深奥的问题：人工虫洞的稳定性；虫洞喉的六维超结构和应力问题；太空飞船黑体辐射干扰问题。她甚至看到了他们之前开始为通天轴建立的几个基本纠缠模型。卡茜笑了。

通常情况下，量人绝不会在这样的事情上浪费精力，但贝尔在里面包含了足够的参考信息，他们可以由此回溯，研究各类数学和假设，想象几何形状，然后开始取得进展。大概几个小时之后吧。她的屏幕上又出现了几条其他消息。人们已经开始自行建立各种工作小组，问题和假设的测试组件井井有条地分配下去。这就是希望，也是一种迹象：他们也许真的能生存下来。

"你想得太周到了，贝尔。"她轻声说。

他淡淡地笑了笑。加速度陡然减小，他们都从座位上飘浮起来。船尾方向的几排隔间里传来更多的抱怨和惊叹声。现在货船已经距离阁楼足够远，摆脱了它那微弱的引力和黑体辐射的影响，可以按照之前编排好的程序，开始打开人工虫洞了。卡茜鼓励地揉了揉贝利撒留的手臂，想帮他暂时忘掉那些被他们遗弃的人。当然，她无法忘掉，他也不能。

"我们就要逃出去了,贝尔。"她轻声说。

他抿着嘴唇,把她拉到身边,将发烫的额头贴在她的额头上。

"这只能算临时躲起来。"他说,"我们还得为他们找到更好的安置方案。"

九

　　气闸打开,身着动力装甲、装备着肩扛式粒子炮的聚合海军陆战队员们走了出来,进入了静谧得出奇的阁楼。印第安座ε星系的那位稻草人跟随他们进入了巨穴。它的压电肌组织在碳钢蒙布下呼呼作响。它脸上的相机变焦、旋转着,与海军陆战队员们有了同样的发现:红外线识别特征。温暖的、有呼吸的身体。雷达频率穿透了翠绿的山丘上那些塑料和烧结风化壤筑成的房子和复合公寓住宅区。

　　二百七十人。

　　根据情报,这里应该有大约四千人。住宅房屋的数量也印证了这个数字。

　　海军陆战队散开队形,逐个搜查公共建筑和设施,那里最有可能找到各类电子记录。第二波和第三波到来的陆战队随后一间接一间地闯入民宅,将哭泣的一家老小抓了出来。超声波躯体扫描显示这些俘虏的肋骨下面都有电肌块,这一特征确认了他们的量人身份。绝大部分俘虏先被麻醉,再套上可以隔绝电磁信号的头盔,然后通过气闸运入聚合的运输飞船。但是有一些量人被带到了稻草人面前。

"其他量人在哪儿?"稻草人用上世纪的法语问道。

"他们离开了。"一个女人结结巴巴地说。

"为什么?"稻草人追问道。

"贝利撒留·阿霍纳回来了,"那妇人说,"他警告我们,让我们必须离开,说他看见了聚合军队即将来炸掉阁楼。"

"他是怎么知道的?"

"他说他是从未来回来的。"

"你相信他说的吗?"

"我不知道。我觉得不可能。时间旅行是不可能的。我应该听他的话的。"

"因为时间旅行是可能的?"

"因为你们确实来了。"

"阿霍纳在哪儿? 其他量人在哪儿?"

她摇了摇头。"我不知道。他们坐飞船离开了。"

"多久之前?"

"两天前。"

那女人抱住她的孩子,抽泣起来。稻草人将他得到的这些情报传送给了"拉欣急流号"上的阿瑟诺舰长。

"你们所有人跟我们一起回去,"稻草人转身对量人们说道,"接受后续讯问,主要是关于阿霍纳这些匪夷所思的故事,以及你们的量子能力。"

"我没有什么量子能力,"她睁大眼睛说道。"我们大多数人都没有。每一代都会出几个具备量子能力的量人,但我不是。"

那个女人被麻醉,跟其他人一起运走。从"拉欣急流号"下来的情报官和政务官们开始有条不紊地拆解阁楼。量人遗弃了大量信息，大多是无用的物理理论重塑和基因档案，但是他们走得太匆忙，没来得及带走所有备份资料，其中一些记录了他们是如何缓步前进、开发出这一危险的人类新亚种。

"这会激怒银行的。"德默斯少校说。

"随便他们。"稻草人说，"银行本该对他们的宠物项目管控得更加严格。我们一定早就激怒他们了，因为之前我们悬赏了一百万法郎，只要有人能给我们带来活的量人。在政治手段上，我们还可以指控银行在利用基因工程制造恐怖分子。"

"阿霍纳来自未来这件事，你怎么看？"德默斯问道。

这个问题，稻草人也反复琢磨过。

"目前我们已知的任何技术都无法实现时间旅行。"稻草人说，"但是，如果量人已经找到了某种方法，那也许就能解释联盟是如何突破了偶人主轴。我们的间谍当时并没有看到联盟飞船从斯塔布斯港进入主轴。是量人用某种手段策划了这件事。如果英西国已经制造出四千名经过基因改造、能够预知未来的武器，那么抓捕阿霍纳和其余量人就成了常委会的当务之急。"

十

四天之后,位于黄道之上大约一光时的一片偏僻而空旷的太空中,贝利撒留与圣马太终于会合。他感到了一阵并不心安理得的解脱。按说现在应该可以放心了,但离开阁楼的现实和量人遭受的苦难让他不敢掉以轻心。阁楼已经毁灭。他们将被动式望远镜指向主星南方,看着他们的家园化为灰烬,仿佛上次观察到的那场灾难又一次以慢动作呈现在他们眼前。数以百计的量人死了。

贝利撒留和卡茜转移到了"量化风险号"上。只有收集到更多数据,才能证明卡茜的模型是否真的管用。他们必须搞清时间之门是否真的能够映射到通天轴的其他出入口。

"你们做到了。"圣马太惊叹道。

"并没有。"卡茜说。

"这是我见过的最接近奇迹的一件事情。"

"打从贝尔说服我离开阁楼之后,我们也只做成了这一件事。"

贝利撒留不觉得他们实现了什么奇迹。即便想到自己真的进入过时间之门的超空间内部,他也不觉得可以用"奇迹"这个词来形容。自从伊坎吉卡少校走进他的生活,每一刻都像是疯狂的即兴表演。而他这些冒险行为造成的后果却由阁楼承担了。

他和卡茜钻进狭小的船舱,圣马太的自动机在墙壁上飞快地跑来跑去,照亮道路。固定时间之门的软托架被微微压弯,两人朝它飘过去,在他们的神殿大门前再次感受着敬畏之情。他们渴望进去。

卡茜把自己宇航服的推进器跟贝利撒留的连接上,然后握住他的手。贝利撒留很喜欢卡茜的手紧握在自己手上的感觉,即便隔着两层厚厚的手套。但那一握来得快,去得也快。卡茜已经不再是人了。她已经跃入量子神游,而他再次落单。她当然想立刻开始。量子世界通过两名量人的磁小体涌入他们的身体。在神游的初始阶段,量子智能会开始接收各种重叠的输入、波和粒子、整体概率分散。起初这些的来源还只是在附近。但是,由于量人能够感觉到电磁场,卡茜感知的规模将会每秒钟扩大一光秒的范围,而她的感官规模借助纠缠作用将会以快得多的速度扩展。贝利撒留恋恋不舍地松开了她的手。

他打开宇航服的冷冻气体喷射器,推动他们越过视界,进入时间之门里的时空超体积。视线开始向各个奇怪的方向扩展。不知从何而来的声音和幽灵般的触碰啪嗒啪嗒地轻拍着他的感知。磁性和电荷感觉混沌而遥远,他的量子智能正在尽可能积蓄它所得到的各种测量结果。它向他报告了一些观察结果,不过并不是很多。假如它分享得太多,那么贝利撒留所见的重叠概率许多都会因此坍缩。但是两个量子智能——贝利撒留和卡茜——却可以在不导致重叠概率坍缩的情况下,彼此共享非确定性的量子数据。

"你们看到了什么?"贝利撒留问那两个量子智能。

两个量子智能可能正在通过电磁信号相互交谈,只不过它们的语言是各种等式、部分观察、数学和新的假说。他自己的量子智能没有提供直接观察,但已经开始给他一些小的数据点。贝利撒留如果要获取这些数据,就会导致概率坍缩,这让他感觉自己像个局外人。

数据点开始出现,成百上千、星星点点,失去了光谱或光度方面的线索。贝利撒留试图将该模式与星空中的几何形状进行匹配。这些数据无一映射到他所知道的任何星图。他看到的只是量子智能感知到的其中一小部分,但这已经足够了。数据点模式越来越复杂,他的大脑在方向定位、几何系统和尺度比例的各种可能性之间来回切换。突然之间,大脑开始将这些数据点匹配成一种结构:超大类星体群。这是一种星系的集合,其名字来源于将这些星系拉在一起的巨型黑洞。

他没有轻易得出任何结论。基因工程师们将量人的模式识别敏感度调得如此之高,以致他们时常受到假阳性的干扰——发现的东西常常并不存在,令人伤心不已。可如果这些初始模式始终挥之不去,那又意味着什么?为什么时间之门里发生的量子纠缠会指向遥远星系的中心?

量子智能又给了他更多数据,虽然他急切地想真正看到没有被它筛选过的原始数据。新的数据点增加了他建模的解析度。每一个单独的点很快又被解析成一团更精细的点云,并且这些新数据还允许对这一团团点云进行再放大。现在已经有了很多数据,然而,假如他收到的信息只是量子智能所感知到的千分之一,那它们又看到了什么?这些巨大数据点云中的每一点,都拥有他们在偶人主轴里看到的那些量子特征。

每一点似乎都是通天轴网络的另一个出入口。

如此之多的点形成了一片朦胧的云,从远处看就像一个个小光点,这样的光点数以百万计,遍布在星系组成的巨大连锁之间。冷静是量人引以为傲的性格特点,可是面对如此宏大的尺度,他几乎抑制不住内心的激动之情。对此进行理论建模的过程近乎宗教体验。他所窥见的这幅景象,可能意味着有成百上千万的虫洞被量子纠缠交织在一起,形成了一个由许多超大类星体群构成的超级星系结构。

文明已知的虫洞有五十到六十个。这里的虫洞却数以百万计,只是必须通过量子纠缠的镜头才能看得到。他和卡茜之前已经排练好了,要利用它们来实施一场骗局。

更多的数据涌了进来。

尽管这些超大类星体群自身就包含了千万亿颗恒星,对于可观测宇宙而言,它们也只不过是组成星系的基础构件而已。累积的数据点开始组成一个贝利撒留认得的形状:武仙—北冕座长城。在两百亿光年的尺度范围内,这个庞大的星系群是宇宙中已知的最大结构。量子纠缠线似乎指向了数以十亿计的点,遍布于这个庞大的结构之中。

可是,假如他们看到的每一根纠缠线都指向先行者的通天轴虫洞网络的一个出入口,那么这个网络就比之前所有人想象的都要巨大得多。先行者们的殖民脚印可能已经遍及已知宇宙中相当大的一部分。他们甚至可能并未灭绝。或许因为通天轴的出口实在太多,所以先行者们可能只是遗忘了其中那么几十个,结果被人类发现,就以为它们都是无主的。

贝利撒留的大脑在飞速运转,思考着宇宙膨胀对虫洞周围的时间和同时性会产生什么样的影响。它们不可能完全同步。宇宙膨胀过程中的漂移可以将某些虫洞置于其他虫洞的相对过去和相对未来。先行者们是如何在这个庞大的网络中生活的?这个网络包括了整个宇宙中相当大的一部分,在这样的尺度上,他们的社会会是什么样?

"量子智能,"贝利撒留对那两个客观说道,"我们不知道这些点是通天轴的出入口还是别的什么。我们需要用更高的解析度来检查比较近的那些点。先看看印第安座ε星系、巴克维兹①或地球,或者是附近我们已知的星系。"

量子智能并不蠢。它们最终也会得出同样的结论,但是从量人那里获得的模式识别本能使它们和贝利撒留一样,有可能沉湎于对宇宙的数学和物理之美的观察之中,忘掉了首要任务。

大脑中的量子智能开始向他提供不同的信息。这回并不是武仙—北冕座长城那样的庞然大物,而是形成了某种更小的东西:那是五个点,既没有任何其他参考和尺度,也看不出它们与现实世界有任何实际的线性映射。

"这是什么?"贝利撒留问道。

巴克维兹,他自己的声音说道,话音中不带任何感情。

巴克维兹这个星系中只发现过一个通天轴出入口,此路不通。聚合政府将这个星系赐给了撒哈拉以南联盟。他们在那里一直待了七十年,期间进行过大规模搜索,却再未能发现一条新的通天轴。量子智能在跟踪五条量子纠缠线的轨迹,但没

---

① 撒哈拉以南联盟的家园星球,名字来源于非洲大湖区的一个历史王朝。

有参考任何物理上可观测的事物。

信息是无尺度的。巴克维兹中的五个纠缠点可能位于一个直径为一天文单位或一光年的不均匀环上。它们甚至可能与贝利撒留的现在并不处在同一时间。量子纠缠对待时间的方式，与物质和人的方式完全不同。巴克维兹的图像中没有任何有用的信息。

"你能给我看看印第安座ε星系吗?"贝利撒留说道。

几秒钟后，数据分布发生了变化，显示着五个不同的光点。印第安座ε星系中只发现过四个主轴：英西财阀政府有一个，聚合政府有一个，撒哈拉以南联盟最近从聚合那里夺取了一个，然后就是偶人在地表下的那一个。那第五个主轴，既可以是梦寐以求的宝贝，也可以是血本无归的赌注，这取决于从哪个角度看。无论哪个国家找到了尚不为人知的主轴出入口，都将在政治、经济和军事上如虎添翼。

量子智能显示了五个点，但是不能想当然地认为量子纠缠就映射着真实世界的顺序和方位。他们还是需要找到能够将纠缠信息转换成天文位置的方程式。

贝利撒留的头盔显示屏上出现了一系列方程式、数据点和逻辑语句。卡茜的量子智能将偶人主轴的读数传送过来，那是它仔细研究过的东西。偶人主轴的各项特征与那五个点其中之一的各项量子属性相互匹配。她的量子智能在告诉他：那就是偶人主轴。

贝利撒留的大脑推敲着几何计算，试验着各种方向和尺度。经过好几秒的反复思索和几何变换，他想出了一个假设，由此可以得出各条主轴的位置：聚合主轴、英西主轴以及弗蕾亚主轴。那最后一个点不与任何东西相连，远在印第安座ε星的两颗亚恒星伴星①的轨道之外,孤零零地落在遥远的虚空之中。他算出了一个理论上的相对位置,相对于印第安座ε星系的另一个虫洞。

贝利撒留的头盔里响起一声警报,持续了好几秒。卡茜的体温到四十度了。他咒骂了一声。他之前没有注意到警报,卡茜自己的量子智能也没有。解热剂已经不太起作用。他不想回到现实世界,卡茜的量子智能也不想。考虑到眼前这些数据的价值,在她发烧到危及生命之前,它可能都不会放手。

"开始记录,"贝利撒留告诉那两个量子智能,"我们要退出时间之门。"

卡茜的呼吸变浅,频率也起了变化,看起来她正在苏醒。贝利撒留打开两人宇航服上的冷冻气体喷射器,他们撤了出来。他们越过那片灰色、虚幻的圆形视界,出现在"量化风险号"的货舱中。

贝利撒留从耳机中听到卡茜的呼吸声有些吃力,而且不均匀。他拉起了她的手。她一把抓住他的手,紧紧攥住。他拉着她回到气闸。到了船员区,他掰开自己宇航服的密封扣,先将她的宇航服脱下,再脱掉自己的。然后,他们静静地在两张驾驶椅中躺下,轻轻地绑上安全带。圣马太已经学乖了:当这对量人刚刚从神游中——甚至是白痴天才状态中——出来的时候,不要跟他们闲聊。他们还处在深度痴迷之中,对分心的事情很难有所反应。

贝利撒留脑子里塞满了新数据,可他不知道要如何开始处理,那都是他在神游中无暇顾及的信息。他打开了他俩位于共享工作区里的全息显示器。在这儿,他们可以面对面描绘几何

① 绕恒星旋转的天体,体积比行星大很多,但又不够称之为恒星。

想法、转换方程、运行迭代和混沌过程。这一切都要借助量人特有的图形化速记法，用以将七维或八维时空形象化。他把自己接入工作区，开始倾倒数据集。卡茜呻吟着，也将自己接入，开始创制图像，工作区随即被她的数据点淹没了。接口每秒钟只能传送有限的数据，所以几分钟后，由这些数据点组成的图像才逐渐清晰起来，其结构看起来与他之前看到的武仙—北冕座长城很相似。数以十亿计的数据点。

"这难道真是一张描绘了通天轴所有出入口的地图吗？"他问道。

卡茜的嘴唇张开，自然而轻柔地呼吸着，她的双眼已经被自己塑造的图像催眠。她现在正处于白痴天才状态——社交上是个白痴，数学上却是个天才。她皱起眉头，开始处理他的问题。

"这是一张量子纠缠地图，"她说，"指向我们在时间之门内可以感知到的那些点。这很可能是一个中介，通往先行者们制造的其他永久虫洞。如果不是这样，那么时间之门又是在跟什么发生纠缠呢？"

贝利撒留吸收了那些模式，构建出一幅宇宙三维地图，里面混杂了红外线、无线电、可见光、紫外线、X射线和伽马射线的各种辐射源。有那么几分钟，两人都没有说话。

"在最大的尺度级别，纠缠线主要指向类星体、中子星和脉冲星。"最后卡茜说道，"只要做一些转换，这种映射关系就跟线性的差不多。这样的话，这个模式就能跟宇宙的地图相匹配，误差范围只在几个天文单位到几光年之间。"

她做了些调整，视图令人炫目地从整个可见宇宙拉近到局部的一组星系,然后是银河系,继续放大到只是猎户臂①,再然后就是看上去微不足道的人类文明网络,最后落在了巴克维兹星系。全息图上闪耀着五个发光点,其中一个点处在星系的实际地图内。

两人都看出了问题。之前他们通过仔细研究时间之门发现了这幅纠缠关系地图。在大尺度上,图中的映射关系大多是线性的,但如果把尺度缩小到单一恒星系的规模,可能涉及的误差就大到令他们几乎无法预测单个虫洞的位置了。在印第安座ε星系,他们已经知道了四个虫洞的位置,所以还能借助排除法。可是在巴克维兹星系,他们只知道一个虫洞,排除法行不通。他们看到的那五个点可能在四维时空的任何一个维度上发生旋转,而尺度也有任何可能:从光秒级到光分级再到光时级。

"这么多的通天轴,"卡茜说,"足够量人研究几十辈子的了。"

"也足够我们逃亡的,"贝利撒留说,"宗主国可能会跟踪我们通过一个主轴。但是,如果换成只有我们知道的那两三个主轴,他们能找到的机会就很小了。百分之一甚至千分之一吧。我们要想个办法,能够进行精确校准。"

他们模拟了各种不同的方程式、图形显示,甚至混沌时空膨胀漂移场景,看看能不能找到线索,或许可以告诉他们如何从量子纠缠映射到物理坐标。一个小时后,他们得出了几类可供选择的映射关系,但都不太可靠。

卡茜变换了图像,从巴克维兹星系跳到了印第安座ε星系。在那里他们可以将通天轴的四个已知出入口的位置与纠

---

① 银河系内的一条小螺旋臂,地球所在的太阳系即处于猎户臂内。

缠地图进行对照。在这里,他们可以测试自己构想的各种模型,逐个排除不适用的映射关系类,直到找到那个真正适用的。他们盯着图像看了很久,这是一个非凡的模式,全体人类除了他俩之外,再没有任何人知道。对发现的敬畏之情冲刷着他们炽热的头脑。

他们的新映射关系依赖于一个重要的参数。如果他们知道了这个参数的详尽细节,就能可靠地把卡茜的量子纠缠地图转化为现实世界中的时空坐标。他们需要测量的是时间之门两个出入口之间的时间差,也就是通向未来的出入口和连回过去的出入口之间的时间差。

可是,如果想测量这个时间差,他们就必须让时间之门在几十年里都保持相对静止。测量周期越短,误差越大,而且即使很小的误差,也会导致光分或光时级别的位置预测差异。现在量人急需摆脱聚合政府和英西银行,他们等不了那么久。

为了能够得到高度精确的时间之门两个出入口之间的自然时间差,他们需要在上千年的时间里进行测量。只有一个时间、一个地点存有他们需要的信息,但贝利撒留现在还不想告诉卡茜。这样做太过费力,用不着考虑。于是,他把印第安座ε星系第五条通天轴的预测坐标给了圣马太,让他悄悄朝那里飞去,不要被人发现。

十一

艾扬·伊坎吉卡上校在一间待命室内,通过秘密摄像头看着几位政府官员走进"木塔帕号"的客舱,来会见新近晋升为海军司令的鲁多中将。第一位是国防部长查尔斯·纳恩永加。陪同他的是达乌迪·艾克维鲁,内政部长。纳恩永加穿着一身商务西装,最新的金星流行款式:黑色细直条纹,袖口和领口饰有褶边。艾克维鲁穿了一件坎祖长袍[①],下摆绑在脚踝上,在低重力环境下显得十分飘逸。他们坐进会议桌旁的椅子里,系好了安全带。

鲁多中将通常不会离开"木塔帕号"。她觉得被暗杀的风险太高。考虑到那些渗透进巴克维兹政府的聚合间谍和特工,她的担心合情合理。这样倒也挺好。对于这几位内阁部长来说,来到"木塔帕号",就如同走进了历史。上船之后,他们已经发布了各种自拍照,背景是会议室里还挂着的四十年前的旗帜。他们还向各自的选民发表了讲话,说自己已经跟中将进行

---

① 非洲大湖地区男性的传统穿着,通常为白色或奶白色。

了交谈,发言稿里还频繁地使用了诸如"就像我在'木塔帕号'上看到的那样"这类语句。毫无疑问,这些都产生了很好的效果。第六远征军的船员们全都是英雄。

低级别的英雄都还好,高知名度的英雄对内阁部长们而言就是双刃剑了。跟他们拉上关系,可以帮助政客获得选民的拥戴,但也同样容易被他们的光芒遮蔽得黯然失色。早就有人为中将提供了好几个官位,伊坎吉卡也是一样,但她俩都选择了留在海军。在幕后蠢蠢欲动的派系之多,远远超乎伊坎吉卡的想象。

中将很正式地向部长们致意,并向他们介绍了最新的情报和军事信息。部长们提了一些问题。中将一一据实回答。

伊坎吉卡注意到,对中将提出的问题大都限于军事方面:供给线、地理位置、防御范围和进攻突破能力、真正的目标和无价值的目标。过了一会儿,国防部长把他的平板电脑放回背心口袋里,双手交叉在身前。中将也放下了自己的平板电脑。

"我想再谈谈时间之门失窃这件事。"纳恩永加部长说。

"我很乐意按照您希望的任何方式对我的报告进行详细补充,部长。"鲁多说。

"内阁在着手处理损失方面碰到了一些麻烦,将军。"部长说,"我们想知道当时是不是出了什么纰漏。"

"阿霍纳愚弄了我们所有人。"鲁多说,"我只有这一个解释。只有他能把第六远征军送去印第安座ε星,但是他也抢劫了我们。"

"我们没法找到他,把时间之门拿回来吗?"艾克维鲁部长问道。

"阿霍纳已经消失了。"鲁多说,"他是个魔术师。甚至连他在偶人自由城开过的艺术展馆也找不到任何记录了。"

"这是一次严重渎职,将军。"纳恩永加说。

待命室里,监视器前的伊坎吉卡双手情不自禁地紧握成拳头。如果接受质询的是她,她能将这种本能反应隐藏起来吗?但鲁多没有退缩。

"我把第六远征军带回了家,带回来新的武器装备和推进系统,摧毁了聚合的无畏舰'帕里佐号',夺取了弗蕾亚主轴,还摧毁了聚合在巴克维兹星系中的所有要塞。"鲁多说,"也许您可以结合这些背景,再给我说说什么叫作严重渎职?"

"我们说的渎职,其实主要是关于对伊坎吉卡上校的审判。"艾克维鲁安抚道,"她是您留在斯塔布斯的实际指挥官。阿霍纳和时间之门都由她负责看管。如果是因为玩忽职守而导致时间之门失窃,那么必须有人为此负责。"

"我是远征军总司令。我已经对此事做过内部调查,结论是不予指控,也无须申斥。如果内阁打算对我在这方面的渎职进行审判,我悉听尊便。"

"您误会我们的话了,鲁多将军。"纳恩永加说,"与其他事情综合考量起来,这件事当然是可以商量的。"

"我很抱歉,"鲁多说,"是我理解错了。"

两位内阁部长又互相闲扯了几句,打了些哈哈,商量好第二天给总理做个汇报,然后解开安全带,一起离开了会议室。伊坎吉卡又等了一会儿,然后关掉秘密摄像头,走进会议室。

"谢谢您为我辩护,长官。"伊坎吉卡说。

"用不着谢我。"鲁多说,"我带领第六远征军离开巴克维兹的时候只有二十二岁,但即便当时,联盟政府里就已经有各种腐败和权谋斗争了。这种情况看来并没有改变,它仍可能给我们带来灭顶之灾。"

"我倒觉得它未必能够比聚合快,长官。"伊坎吉卡说。

"那就让我们祈祷你那些新飞行员能拖住聚合吧。"鲁多说。

十二

　　斯蒂尔①驾驶着崭新的联盟战斗机,猛拉到五十八个重力加速度,感觉连屁眼都不由得缩紧了。其他二十九名杂种人飞行员紧跟在他屁股后面,就像他们想往那里面藏什么东西似的。他那具适应深海生活的身体此刻被密封在一个超高压的水箱里,可即便如此,这么大的重力加速度也快让他吃不消了。他通过自己的电肌块,用杂种部落的电子语言噼里啪啦地喊了一通战斗怒吼。他的飞行中队杂乱无章地回应了二十九声"去你妈的"。他的两个飞行员表现差劲,落在了后面,加速度只有五十五个 g。

　　"加把劲儿啊,你们这帮狗日的!"他吼道,"谁最后一个到,谁就等着吃我的那玩意儿吧!"

　　"说得你好像真有根那玩意儿似的!"有个家伙用嘈杂的嘘声回应道。

----

①被称为"杂种人"的人类亚种首领。杂种人是最好的飞行员,习惯于充当雇佣军。斯蒂尔曾在引导联盟舰队偷越虫洞的行动中与贝利撒留合作。

整个飞行中队开始跟着起哄,大伙儿都加速到了五十九个g,纷纷紧挨在他周围。他被挤得难受,忍不住把自己的驱动器加速到六十个g,弄得他肚子生疼,战斗机舱内也咯吱作响。

前方,两艘聚合驱逐舰带着各自的战斗机中队逼近了弗雷亚主轴口,距离已经小于他们的重型火炮射程范围。可是在这个距离,联盟战斗机上的小型机炮还够不着他们,除非冒险进入对方威力强大的火炮覆盖范围。

"联盟那些狗日的认为我们做不到,"斯蒂尔说,"干死他们!"

部落的咆哮声盖过了通信频道上的其他信号。管他呢,他们一般都是用公共频道来骂人的。杂种人反正也不怎么擅长正经八百的编队战斗。那位受指派来指挥杂种人中队的撸管少校,总是在絮叨什么队形和战术,这会儿也许正在发号施令呢。

去他妈的。

杂种人与联盟的雇佣关系刚刚建立,还在尝试阶段,所以联盟在所有战斗机上都安装了自毁开关。如果有任何杂种人妄图开着联盟的新式战斗机逃跑,那个少校可以立时让他机毁人亡。联盟疑心太重,不过斯蒂尔的上一个雇主——聚合政府——同样如此。再说如果一个杂种人想飞文明中最牛屄的战斗机,他就得往这场大卫和歌利亚战争①的风口浪尖上飞。斯蒂尔就是这么说服其他二十九位飞行员跟他一起来为联盟服役的。我操②,他们可算逮着机会,可以往聚合的嘴里撒尿了!聚合政府倒也没做过什么特别对不起他们的事。但《杂种人之

---

① 源自《圣经》故事,形容以小博大、以弱胜强的形势。
② 原文为魁北克法语方言。

路》①说得好:逢腿必尿。逢手必咬。

聚合军舰朝杂种人飞行中队发射了几道粒子束,但没有打中。加速度达到六十个g的战斗机实在太快,聚合军舰火炮系统的反应速度达不到那么快,无法精确瞄准它们。就算聚合军舰上的炮手足够好,再配合计算机程序瞄准了它们,斯蒂尔的飞行员们也会做出旋转甚至横向硬加速的躲避动作。他们生长在海洋中,脑中思考时默认就是用的三维立体地图。因此,在太空中进行飞行格斗时,杂种人能对他们的敌人造成巨大威胁。

那个少校还在不停地絮叨,仿佛他不需要呼吸一样。他一直在发号施令,大多数都是给斯蒂尔的。他身在"尼亚里克号"上,太远也太慢,起不了什么作用。

如果斯蒂尔服从少校的命令,他们就会失去杂种人的优势——比任何人都快,还和疯狗一样无法预测。斯蒂尔下定了决心,打算要求换一个不乱插手的指挥官来。也许找个快退休的什么人,或者某个搞不清状况的少尉,可以随便糊弄的那种。

斯蒂尔检查了一遍驾驶舱内的电子信号:两艘聚合驱逐舰的位置,粒子束的飞行曲线,激光和战斗机群,密密麻麻地排在聚合那一侧,另一侧则代表其他杂种人的信号。斯蒂尔曾与那些杂种人战斗机飞行员一起,在驱逐舰上执行过警戒飞行任务。他了解这些家伙的能力,但这些家伙和他们的雇主压根儿不知道他们即将面对的是什么。

"弟兄们,卵蛋飞起,"斯蒂尔说,"无须瞄准,直接近距离扫射'圣福瓦②号'。绕到他们屁股后面,看见什么就射什么。把

---

① 杂种人奉为信条的著作。

② 魁北克旧城,在圣劳伦斯河畔。

那些引擎给老子打熄火,再狠揍'波特纳夫①号';屁股飞起,冲进对面这个大黑帮。我们去干掉他们几个军官。"

众人群声应和,通信频道里充斥着电子咆哮。此刻他们的少校也许正在抗议,不过就算斯蒂尔能听见,他也根本不会鸟。他迅速发出一个信号:"是,长官",好堵住少校的臭嘴。然后他也驾驶战机纵身跃入战场。

接下来的十分钟,是斯蒂尔有生以来度过的最激烈的十分钟。没有人比联盟的战斗机更快,也没有人比聚合更难对付。聚合带来了顶尖的武器装备,包括一些实验性的、最先进的家伙。他们甚至发射了反物质。通常只有当他们要动真格搞死谁时,才会把反物质从宝箱里拿出来。斯蒂尔只在和平时期受雇当过聚合的战斗机飞行员,参加的都是实力相差悬殊的小战斗,一般是聚合偶尔需要教训一下谁的时候。直到今天之前,他还从来没有见过他们在实战中发射反物质。那东西是用来把目标全方位无死角爆头的。

聚合那边雇佣的杂种人飞行员也是顶尖的。这群狗日的黑压压一大片,驾驶着"霹雳"战斗机,轻松就能拉到二十五到三十个g的加速度。他们依靠自己的直觉战斗,比聚合的炮手更有威胁。对于上级下达的命令,估计他们不会比斯蒂尔更在意。他们能随机应变对付斯蒂尔的机动,正因为这个,他们才没有溃败。斯蒂尔的飞行中队散开队形,穿梭于粒子炮火和追踪激光编织而成的网络之间,完全不遵守任何预定计划,估计已经搞得那位揩腚少校心脏病发作了。

那就是少校自己的问题了。杂种人飞行员要去什么地方就去,不需要别人告诉他们该怎么去。你他妈只需要告诉他

①魁北克城市,也在圣劳伦斯河畔。

们:在什么时间、到什么地点、把谁炸成碎片,然后就他妈帅气地离开。当杂种人自行决定战斗方式的时候,他们采取的是一种现代狂战士①的策略:组成一片不协调的暴力之云向前推进,既带着"我巨牛"的狂妄,又带着自杀式的疯狂,就像一列失控的过山车,任何时候都绝不会让敌人知道任何一名杂种人飞行员这他妈是要干什么。

比如说,杂种人特别喜欢摸清楚聚合驱逐舰上各种重要位置的所在:不仅仅是弹药和燃料仓,还包括军官和舰桥。倒不是说别人摸不清楚这些,但斯蒂尔可以打赌:别人不可能靠得如此之近,而这正是区别所在。斯蒂尔以一百公里每秒的速度贴着"波特纳夫号"呼啸而过,同时发射了一枚小当量联盟导弹,瞄准的是聚合军舰的舰桥。那里的装甲很厚,他很难击穿,不过身后马上就有第二名飞行员—— 一个傲慢的小家伙,名叫文森特·伏尔基——瞄准同一位置,发射了第二枚导弹。

斯蒂尔没听到那狗日的最后一声响。默塞德·希尔虐和文森特·图克勃也发射了他们的导弹,但斯蒂尔已经飞得太他妈远,看不到了。他朝一个新的方向再次加速,高速急转弯,绕开"波特纳夫号"发射的干扰箔,朝着狗日的"圣福瓦号"直冲过去。

他的显示屏上影影绰绰地出现了激光通信讯号。

这他妈什么情况?联盟的技术无法在如此高速飞行的飞船上保持安全可靠的激光通信,所以他没有装备那东西。但怎么感觉里面写了什么。是不是他的飞船把聚合的瞄准激光误

① 北欧神话中的战士,因为蒙受战神奥丁的神力加持而具有特殊的狂战体质,平时力量虽和一般战士无异,但是在危急时能够进入无我的狂暴状态,称为"狂战士之怒",突然涌出如熊又如狼般的勇猛力量,在战场上大发神威。

认成了信号？他们正他妈从哪儿盯着我？

他做了个翻滚动作，改变了飞行方向，却并没有发现任何针对自己的攻击。可是那道通信激光一直紧跟着他。信号这么不稳定，发射源的距离一定很远。距离那么远，怎么他妈的会有激光能跟踪他？他飞得太快了。他的飞船并没有把那当作通信讯号，防御系统也将其标注为瞄准激光。可是里面却写着什么。这激光是经过调制的。接着它便击中了他。那是杂种人的语言，他们通过自己的电肌块发出这种电子信号模式，用来在那能压得人粉身碎骨的无底深渊下相互交谈。这他妈谁啊？

"斯蒂尔，"消息在抖动，"我是贝利撒留。"

这他妈什么情况？斯蒂尔冲向"圣福瓦号"，瞄准掩护着舰长和舰桥的装甲板发射了两枚导弹。反物质束咝咝作响地扫过他的船体，船身颤抖了一下，翻滚了一圈。他恢复了意识。

感觉好像有几百纳克①击中了他。再多那么一点点，他现在可能已经变成"圣福瓦号"闪亮船体上的一大片粪渣了。狗杂种②！他恨反物质。伏尔基、希尔虐、图克勃和法克愚很快跟了上来，他们的技术还是很牛屄的。

"伏尔基，你带头！一个接一个上啊，你们这群狗日的！"斯蒂尔说完，拉起自己的飞船，撤出了战斗。

聚合的驱逐舰很大，不过斯蒂尔的狗杂种们也很快，他们正把炮火倾泻到舰上的军官和引擎所在的部位。如果他能把那些军官吓瘫，或者是把引擎打熄火，那么聚合舰队要么赶紧收兵滚蛋，要么就得被联盟的常规导弹打成筛子。卵蛋们仍在

---

① 十亿分之一克。

② 原文为西班牙语。

围着舰队的引擎飞来飞去。战场上一片嗡嗡之声，就像一窝黄蜂在狂殴一窝马蜂。

斯蒂尔将激光通信设备再次对准他刚才收到的信号。"阿霍纳，你他妈在哪儿？我正忙着呢。有什么要紧的事儿吗？"

刚才跟其他杂种人对讲时，他使用的是纯电子信号，现在他的语音则被翻译成了英西语。本来只需要加一个简单的程序，就可以让他的语调更丰富，表述更清楚，但他喜欢跟人闹着玩，因此把翻译程序设置成了只对脏话加上抑扬顿挫的语调。

"我需要跟伊坎吉卡谈谈，"那位量人说道，"我有一单生意要给她。也是给你的。"

"我可不是什么传话的，狗杂种。我他妈凭啥要替你传这个话？"

"等你听到我的生意是什么，你就知道了。"

"我已经得到我想要的了，老板。"

斯蒂尔驾驶战机猛地掉头，在另一个频道上冲他的飞行员们大吼大叫。他妈的没飞起来啊。聚合的强大炮火正在压制他们。"往里冲啊，你们这群狗日的！"他疾驰着冲过去，用粒子武器开火，把两架聚合战斗机炸开了花，掉头又朝引擎飞去。

"我对你食过言吗？"阿霍纳插话道。

"妈的，没有，老板，你确实没对我食过言，可我也的确不是个传话的。"

"告诉伊坎吉卡，我想和她谈谈。"

"我当初志愿要参加他们这场破战争，不知道吃了多少屎。根据我的感觉：她对你可是恨之入骨。"

斯蒂尔全力俯冲，加速度提高至六十个 g，绕着"波特纳夫号"的舰尾盘旋了一圈，朝那里的大型核电发动机连珠炮似的发射了几枚导弹。他甚至还用自己战斗机上那门小小的粒子炮开了一炮。那一炮轰得发动机整流罩上鼓了个泡,然后那几枚索命的导弹也击中了驱逐舰。他没有看到最后的结果,不过要想炸穿装甲板,还得再直接命中几发。

一定得告诉伊坎吉卡,他需要更大的导弹,还得换个新的指挥官。这一下子提醒了他,是时候再给那位少校发一声"是,长官"了。于是他赶紧发了过去。

"你的感觉没错,"贝利撒留说,"但我这次要给她的东西,比上次厉害得多。是一条主轴。我把坐标传给你。"

阿霍纳又说了些什么,但那条重要的消息竟然该死地停止显示了。一开始,斯蒂尔以为自己听错了,要不就是战斗的炮火和静电在捣乱,也可能是阿霍纳在耍他。但阿霍纳这人,根本就不会说笑话。

"不是吧。"斯蒂尔只能想出这么个回答。

一条新主轴?阿霍纳找到了一条主轴,然后要把它拱手送给伊坎吉卡?这狗日的到底打的什么算盘?天底下可没这么便宜的事儿。"你现在已经很有钱了,老板。待在你的人生巅峰,尽情玩耍吧。"

"我必须这么做,"阿霍纳说,"而且我需要你再来帮我。我计划了一个更大的骗局。"

别问。

别问。

千万、别他妈、问。

"什么骗局?"斯蒂尔问道。

我真是个傻屄。

"我要把量人藏起来。"

"所有的？"斯蒂尔讽刺地问道。

"没错。我需要一个飞行员。"

"好吧。我还以为有多诱人呢。我已经把自己奉献给了拯救联盟的事业。他们这儿有最棒的飞行任务。对不住了。"

"我需要一个飞行员带我穿越时间。"阿霍纳说。

狗娘养的臭杂种。"你是不是在耍我？"

"我从来都没有耍过你。"阿霍纳说。

"上帝啊……真他妈的！你就不能只是抢个银行什么的吗？"

十三

左支右突了一小时后，"圣福瓦号"和"波特纳夫号"双双撤退了。两艘军舰都伤痕累累，有些部位甚至严重受损，却根本无法靠近弗蕾亚主轴和联盟的巡洋舰。斯蒂尔的中队损失了八名飞行员。幸存下来的二十二艘飞船，看上去都像曾被一只大猫一口咬住、吞下去、又拉出来。但他们已经证明了自己。联盟可以给他们一份长期合同，或者让他们吃屎。

斯蒂尔对新战术已经有了些想法。他们浪费了一些战术机会，就因为联盟还不那么信任杂种人，不敢冒险给他们装备真家伙。没关系，反正杂种人在大多数交易中拿到的都是破烂货。不过要是有更称手的家伙，他本可以赢回来一些东西的，而不会陷入眼下这么个僵局。

斯蒂尔的飞行中队降落在"尼亚里克号"和"巴特布奇号"上。泊库的门刚一开始落下，他的指挥官就出现在他眼前。斯蒂尔没有遵守指挥官事先制订的任何作战计划，在战斗中没有回答任何问题，没有遵守任何新的命令，也没按照命令撤回他的飞行员。斯蒂尔简直是在玩火。少校遭到了上级的严厉斥责。

"我有一条口信,要捎给伊坎吉卡上校。"斯蒂尔淡淡地说道。

"我是你的指挥官,有什么事跟我谈。"

"我没说我想和伊坎吉卡谈。我说我有个口信要捎给她。有人在战斗中用激光通信与我联络。"

"你在战斗中和敌人进行联络?"

"没有,傻屄,"斯蒂尔缓缓说道,"我有一条口信。我要把它交出去,因为我他妈不喜欢当个送信的。"

"把口信交给我。"满脑子是屎的少校说。

"口信的意思,就是只能说给该听到的人听,傻屄。我以前跟她一起工作过。她一定希望亲自听到这条口信,所以赶紧给我安排个会,要不就把你的名字和编号给我,等我见到她时就可以告诉她:是哪个卵蛋脸白痴浪费了她的机会。"

"我不会容忍抗命行为的,斯蒂尔。"

"那你他妈能不能容忍胜利?"斯蒂尔问道,"我的杂种人中队可是刚刚打退了两艘全副武装的聚合驱逐舰。"

"你必须按照我们的规矩办事。"

"我是在和你共事。看看我的合同。记住了,我只是拿钱办事。如果你想拿鞭子抽人,就去找个自己的人惩罚。我今天表现很好。现在,如果你不马上安排会议让我和伊坎吉卡见面,你的上级指挥官就会知道。你要是想让会议尽快安排好,可以告诉她一个名字:阿霍纳。"

十四

收件人：聚合政府平叛行动特遣舰队指挥官

印第安座ε星第五十一情报司

2515年3月13日

主题：报告X156JWR78——对量人俘虏的审讯

1. 在押情报目标：2515年3月12日，根据《政府保密法》第76(3)(c)条规定，共有一百五十五名英西财阀股东被羁押。这些被羁押人员均为被称为量人的人类亚种成员。全部155人都经过以下审讯：(a)关于量人项目的总体情报；(b)联盟的出现；(c)关于量人贝利撒留·阿霍纳的具体情报。所有量人均存活并可接受进一步的机械装置及外科手术审讯。他们正被直接运往情报部位于金星的第一司。根据《政府保密法》第40条紧急情况分项的规定，已派遣海军重兵护送，以防英西政府企图解救这些被羁押者。

2. 在逃情报目标：三千八百三十名量人目前下落不明。已向位于印第安座ε星系以及各毗邻主轴星系内的海军和情报机关发送了全面警报。第十二舰队的部分舰只已分配了紧急侦察任务，分别部署于印第安座ε星周边两光年范围内的各个方向。这样的兵力部署严重不足，但第十二舰队的大部分舰只此刻都在忙于弗蕾亚主轴附近的平叛行动。在逃窜的其余量人与英西军队会合之前，迫切需要海军增援以进行追捕行动。

3. 初步发现：

a) 许多量人对严刑拷问具有抵抗能力。所有被羁押者在生理、神经及基因方面均发生显著而广泛的变化。

b) 在量人的基地——"阁楼"——未发现武器研发的证据。所有英西量人项目似乎都致力于发展量人的精神和感知能力，以期掌握具有军用及商用价值的预测手段。

c) 所有被羁押者看起来均不具备进入该预测状态——他们称为"量子神游"——的能力。他们声称那是一项生物工程上的成功，但也是一种罕见状态，只在大约19%的量人身上发生。所有能够达到此预测状态的量人名单已附上（参见附录A）。

4. 贝利撒留·阿霍纳：

a) 许多被羁押者均声称贝利撒留·阿霍纳有能力达到此种预测状态，而他已经离开阁楼十二年了。这也与其他情报相符。根据那些情报，阿霍纳长期居住在偶人自由城，有时还会出现在聚合领地。阿霍纳之前被怀疑参与了一次越狱事件，在该次事件中，前聚合特种部队军士玛丽·菲卡斯从印第安座ε星的**教育改造屋**逃走。从阁楼获取的DNA记录证实了阿霍纳曾在**改造屋**出现过。

b) 之前的多份报告中，阿霍纳与撒哈拉以南联盟的伊坎吉卡少校曾同时出现在偶人自由城和布莱克摩尔站(有关这位少校的详细资料,参见报告X156JWP47,哈拉雷①的联盟军官学校内没有她的任何记录)。审讯还发现了一名量人共犯:卡桑德拉·梅希亚。被羁押者都认为梅希亚是一名预测能力极强的量人,其水平大致与阿霍纳相当,甚至更高。在偶人自由城市和布莱克摩尔站的调查仍在进行当中。

c) 3月3日,阿霍纳和梅希亚在离开三个月后回到了阁楼。他们声称自己在两周后的未来看到了阁楼被聚合的核武器摧毁,据信是一枚"破脸"导弹,于是通过时间旅行回到两周之前的阁楼。所有被羁押者提供的日期和时间与阿瑟诺舰长日前对阁楼开火的实际日期和时间完全吻合。这些被羁押者在这些行动进行时都处在镇静剂控制中,并且阿瑟诺是在临开火之前才最终做出决定,所以他们理应无法提前知道阿瑟诺的决定及时间安排。目前并不清楚:这种提前知情到底是某种把戏,还是真正来自量人神游状态的军用级预测,又或者是量人声称的时间旅行真实存在的证据。

d) 所有被羁押者当时都认为时间旅行是不可能的,失踪的三千八百三十个其他量人显然也都这样认为。然而,只有被羁押的那一百五十五名量人因为实在无法相信这个天方夜谭,所以在得到警告之后依然选择留下来。据报告,其余量人都已乘坐旧货船逃离。

5. 阿霍纳已经升级为头号要犯,他的通缉令附加了五百万法郎的悬赏。梅希亚亦作为头号要犯被悬赏通缉,赏金也是五百万法郎。菲卡斯的通缉令也已修改升级至头号要犯,赏金一百万法郎。通缉菲卡斯的潜在政治风险应由第一司进行评估,

———————————
① 与津巴布韦首都同名。

并采取相应措施。

6. 分析：作为生物武器的量人：如果量人拥有真正的预测能力，他们就可能是文明中最危险的武器，在任何情况下绝不能让银行得到他们。另一方面，更加不可能同时却也更加危险的是：如果量人真的发现了某种穿越时间的方法，任何军事或经济上的假设都将不复成立。尽早将所有量人一网打尽，应上升为军事及情报工作的头等大事，优先级甚至高于重新夺回主轴。

7. 分析：聚合政府一向回避对人类进行生物工程改造，但现在我方已无法承担对这场新军备竞赛坐视不理的可能代价。最起码，我们必须了解量人到底拥有哪些能力。聚合决不可在生化武器方面落于人后。聚合必须对量人进行反向工程，并据此开发出更好、更强的量人。

8. 分析：我们尚不知道联盟第六远征军是如何在没有进入布莱克摩尔港的情况下，成功从自由城逃出偶人主轴的。不管这是如何做到的，现在所有的聚合主轴都不能再被视为安全之地。要想恰当评估我们的战术及战略暴露程度，唯一的方法就是抓获并审讯阿霍纳和梅希亚。

印第安座ε星

平叛行动机动舰队

稻草人

十五

　　斯蒂尔和伊坎吉卡的会面第二天就安排好了。他没想到会这么顺利。两周前,当他带着另外二十九名杂种人飞行员来到弗蕾亚主轴志愿加入联盟部队的时候,他就是靠的自己跟伊坎吉卡的交情。要不是她,跟他来的那帮杂种人可能早就被剁成鱼食了。

　　伊坎吉卡当时正在气头上。阿霍纳不知道干了件什么事情,彻底惹毛了她。其实依他所见,这次行动对联盟来说算得上他妈的大获全胜。他们不仅成功穿越虫洞逃进了印第安座ε星系,还从正面狂揍了聚合一顿,夺取了弗蕾亚主轴。

　　但伊坎吉卡还是对某件事非常恼火,坚持要追查阿霍纳的下落。她甚至为抓捕阿霍纳提供了巨额悬赏。倒不是说斯蒂尔不愿牺牲阿霍纳,但他不会干缘木求鱼的事儿。他不知道阿霍纳这狗日的藏到哪儿去了,再说这事儿也跟他没关系。

　　斯蒂尔待在一个较小的水箱里,独自一人。他们通常用这种水箱来运输杂种人,或是隔离生病的杂种人。其余的杂种人

91

一起待在一个大得多的加压水箱里，"尼亚里克号"上专门为他们建了这么一个水箱。

伊坎吉卡独自来到泊库。她和其他许多军官都不同。那些军官都是些专业人士，只不过他们的专业领域碰巧是当兵。伊坎吉卡则首先是个浑身上下散发着战士气息的人，只是碰巧是个专业人士。她甚至可以成为一名合格的杂种人。无畏，机敏，危险，毫不在乎别人怎么想。

"打得不错。"她说。系统把她的声音转化成电子信号，这样杂种人就能用他们的磁小体听见了。

"开局也不错。"斯蒂尔说。

"你有一条口信给我。"

"阿霍纳在战斗中用激光联络我了。"

"他是个通缉犯。"她说，"你是来领赏金的吗？"

"我可不是赏金猎人。我也不是什么传话的。我只是念在旧情，打算讲讲礼貌，而不是尿在地毯上。"

伊坎吉卡大笑起来。

"他要我告诉你，他有单生意要给你。"

"你是真的在为我们联盟工作吗，斯蒂尔？"

"你他妈有什么理由怀疑我？昨天我刚刚躲过了一大堆子弹和聚合导弹，还吓跑了两艘驱逐舰。高贵的女王她老人家难道非要我他妈流点儿血来证明自己吗？"

"你如果完全效忠于我们，那我可以告诉你：我想要阿霍纳的项上人头。非常想要。在我拿回他从我这儿偷走的东西之前，我会留着他的脑袋；但是等我拿到之后，我会让他人头落地。"

"我说，你想让我找到阿霍纳，然后干掉他？那就下命令吧。这个王八蛋狡猾极了,所以我不知道能不能找到他。但如果你想让我去做,我就去。不过在你下决心之前,你要不要听听他的口信? 要是等我架好了炮准备轰掉某人的屁股时,我的指挥官却突然改了主意,这种事儿最他妈让我恼火了。"

"口信说什么?"

"他告诉我把这些坐标给你。"斯蒂尔说着把坐标传给了伊坎吉卡的个人系统,"他说这是印第安座ε星系第五根主轴的位置,作为一份礼物送给你,略表他妈的心意。他说他还可以给你其他十个通天轴出入口的位置,分别位于巴克维兹星系和一个临近节点。"

"你查证过了吗?"她问道。

"我就是个拿钱干活儿的,甜妞。我只等你一声令下。"

"还有其他人知道这件事吗?"

"啥意思? 你要杀掉送信的人?"

"这些坐标在印第安座ε星系里离哪儿都不近。"她说,"在不引起其他人注意的情况下,你全速飞行能有多快?"

"如果是一个人,我可以全程飞到接近六十个g。我可以采取迂回路线掩盖飞行踪迹,以防任何人跟踪我。"

"我要你带上我的一名参谋。"伊坎吉卡说。

"我很欣赏联盟,大家伙儿都很有种,但那他妈会增加风险的,懂吗? 如果你想让我在飞战斗机的时候带着一名军事观察家,那么你要知道,哪怕是专门给你们配个加速软沙发坐,你们这些家伙在三十个g的时候就会撑不住了。如果我不得不飞得更快,以规避侦察或逃脱伏击,那么等我回来的时候,带给你的就是一摊参谋肉泥了。"

"三十个g比聚合的导弹还要快。"

"不是所有的导弹。"

"你能不能在不惊动聚合和银行的情况下，带着我的观察员安全往返？"

"你们别他妈真把我当成个开出租车或者传口信儿的。我可是战斗机飞行员。"

十六

一个小时后，斯蒂尔的高压水箱被转移到了一架指挥战斗机的货舱里，并联入了控制系统网络。联入飞船系统的还有一位名叫库尔的联盟少校，他待在一个注满凝胶的加速舱内。库尔是伊坎吉卡的手下，不过这也不代表什么。之前那名指挥官，舔腚少校，也是伊坎吉卡的手下。

指挥战斗机比其他战斗机更重也更慢，无法充分发挥杂种人的优势，但更大的飞机允许飞行员可以携带一名指挥官来指挥一个战斗机中队。指挥战斗机的暴胀子管驱动器要稍大一些，船体上部的结构和武器也更多，但并不足以让斯蒂尔有胆子单枪匹马面对一支聚合舰队。斯蒂尔不喜欢这种偷偷摸摸的任务，但这一次要直接穿过战区，所以别无他法。他启动了战斗机。

"这么说小妈妈派了个少校来，"斯蒂尔用他的电子语言闲聊道。计算机随即翻译了他说的话："我说的是让她派个肯听话的中尉来，或是某个能干活的中士。"

"我们参谋长的名字是伊坎吉卡上校。"库尔说。

"抱歉,"斯蒂尔说,不过语气中压根儿没什么歉意,"我认识她的时候,她还只是个微不足道的少校。你经常呕吐吗?"

"当然不。"

"那你可能会对自己有个新的认识。"

斯蒂尔猛地加速度到二十二个 g,在这个速度上,即便待在压力水箱里的他也会有所感觉,同时唤起杂种人的各种生理强化反应。

"你的骨头都还好吗?"斯蒂尔问道,"叫我一声大叔,或者叫我猛男,那我们可以飞慢一点。"

库尔少校缓缓作答,似乎大脑一时间无法组织语言:"你……是跟军官有仇吗?"

斯蒂尔再次猛然加速到二十六个 g。

"怎么会,"斯蒂尔说,"我爱你们。我身边时刻围着最聪明的人,这感觉简直太棒了。"

"在联盟中,飞行员也是军官,"库尔缓缓地说,"我听说杂种人拒绝了联盟的军官任命,非要搞一套自己的军衔制度。"

"没有一个活着的杂种人受得了佩戴你们那些劳什子军官徽章或者是行他妈的军礼,"斯蒂尔说,"真操蛋,不过我还真希望哪个狗杂种能去试试。我保证他绝对忘不了那丢人的感觉。我操,一百年后,他孩子的孩子们肯定都会因为这事儿被人嘲笑。"

"飞行中士配得上你吗?"库尔问道。

斯蒂尔再次加速。

"你还没有叫我猛男,那我就推到二十八个 g 了。你还行吧?"

"一切由军官负责,飞行中士。你是个聪明人。你准备好为此负责了吗?"

"三十个g了,你还挺清醒的。"斯蒂尔说,"行啊你!别以为我会不负责任。回头等伊坎吉卡问我为什么你的肋骨断了四根,还都操进了你的肺里,我会告诉她是我干的。"

"够了。"库尔少校终于说道。

"我的杂种人军衔其实并不是飞行中士,"斯蒂尔说,"那是你们的翻译版本。我的军衔是猛男。你得说猛男。"

拖延了好一阵子,库尔少校才开口道:"请慢一点,猛男。"

斯蒂尔发出带电子声的大笑,然后减速到二十二个g。少校一句话也说不出来,不过他的心率、血压和应激激素水平也随之降了下来。此后,每当斯蒂尔改变航线,以甩掉聚合望远镜或雷达可能对他们的监视时,他都会事先提醒少校,并且将变速控制在三十个重力加速度以下。

至少他仁至义尽了。斯蒂尔不知道伊坎吉卡还收容了多少大傻屌,而这些人随时可以加个头衔变成大傻屌少校。

六个小时的秘密飞行后,他们到达了阿霍纳提供的坐标所在地。斯蒂尔将指挥战斗机减速,降到在这个距离围绕印第安座ε星系主星旋转的轨道速度,然后关闭了暴胀子驱动器。斯蒂尔不知道自己接下来会看到什么。他见过的其他通天轴虫洞,每一个都已有重兵把守。如果太空中还有无人看守的裸虫洞,它会是什么样子?一片更他妈大的空间?

"它真的在那儿,"库尔少校说,"一条主轴。三十公里之外。"

斯蒂尔将注意力集中于他的各个传感器,随即发现了库尔说的那个微弱热源,只比宇宙背景辐射高了几度而已。传感器还发现了一个变换的微弱光源。切伦科夫辐射，只有一点点，哪怕是距离几千公里外射过来的星光也能将其淹没。这就是印第安座ε星系的第五根主轴。几个世纪以来，人们一直在寻找它。

"我操，真想知道那个牛屁哄哄、成天瞎琢磨的小王八蛋是怎么做到的。"斯蒂尔惊奇地说。

十七

斯蒂尔不知道该如何解读伊坎吉卡。大多数人类都是些没有骨气的废柴，而且他也只能通过翻译器听他们说话。伊坎吉卡并不软弱，平时也不太讲话。她似乎没有兴趣成为其他人关注的中心。他怀疑她根本就看不起平民。真要问他的话，斯蒂尔会猜她跟自己一样，一直在心里朝这个世界竖着那根手指。库尔少校向伊坎吉卡做完报告后，伊坎吉卡问斯蒂尔怎么看。斯蒂尔对政治战略这些东西哪儿他妈有什么看法，可是伊坎吉卡既然问了他，肯定不是要听他瞎扯淡的。他说这个虫洞应该还无人把守。因为没有人知道它在那里，也没法探测到它，除非靠得非常近。同时，联盟也没有足够的军事力量来保护又一根主轴。

"如果我想和阿霍纳谈谈，要怎么做？"她又问道。

"我估计那个兔崽子会联系你的。"斯蒂尔说，"他想做一笔交易。要是得不到答复，他不会罢休的。"

"应该是联系你吧。"她说。

"也许吧。"

"那我们就和他约时间见个面。他想和我谈谈,也许就我们俩。也许他给我设了个圈套。如果你是阿霍纳,你会怎么做?"

"如果我想设个圈套抓你?操。如果只是两艘飞船一对一比较,那我们的速度和火力都更占优势。要想抵消我们的优势,他只有两种办法。要么削弱我们的火力优势,要么降低我们的速度优势。如果有后援来帮他,那他可以同时做到这两点。你觉得他现在在为别的人卖命吗?"

"他偷走了我的东西,而且现在是整个文明中赏金最高的通缉犯。也许他跟抓到他的人做了笔交易,不管抓到他的人是谁。交易的内容就是抓到我或者中将。"

哎哟,他可真是讨厌联盟的人提及他们指挥官时那副腔调。中将或是老太太,就好像能被允许提到她是多大荣耀似的。要我说就是屎①!她老人家跟宇宙中的每个人一样,都得蹲在茅坑里拉屎。不过这也不关他的事。他妈的一群邪教徒。

"假如你载着我飞到足够近的地方去和阿霍纳谈话,"伊坎吉卡说,"等我们谈完之后,你能跟踪他吗?"

"开着一架巨大的指挥战斗机?"斯蒂尔问道,"我可以跟住任何东西,除了真正的暴胀子战斗机,不过他肯定没那玩意儿。妈的,就算他真有,我也敢在自己身上下注,赌我能咬住他。但对你来说就不是很妙了。等我追上他后,你已经变成一锅上校粥了。"

"只要是阿霍纳能够承受的加速度,我就可以承受。"她说。

她说不定还真可以。斯蒂尔也不知道她配备的是哪种军

---

① 原文为阿拉伯语。

用增强模块。硬化骨骼？强化器官？也可能是压力活化间质休克蛋白。

"你对此有什么脚踩两只船的困扰吗?"她问道。

"我从来没上过谁的船。之前是阿霍纳花钱雇我替他工作。现在是你。我只想有东西可以让我飞,还有东西可以让我揍。"

"我会确保这两样你都应有尽有。"她说。

伊坎吉卡陷入了沉思。她现在是个牛屄的大人物了。虽然不是海军里军衔最高的军官,但只要她说什么,大家都知道必须照做。

"回去带上你的飞行中队,"伊坎吉卡说,"给我和阿霍纳安排一次会面。"

十八

　　稻草人仔细研读着从阁楼获取的数据库备份。比起最初的第一眼印象，这里面有更多信息值得发掘。量人比看起来要复杂得多。即使在年纪很小的时候，量人的智力和记忆力就已经很厉害了。

　　实际上，据说他们的记忆与稻草人的一样，如水晶般清晰透明，可谓工程学的奇迹。

　　许多人都能回想起四岁时的事情，有时还能回忆起三岁的事，但稻草人的大脑在形成过程中要经过石化和玻璃化，所以并非所有记忆最终都能保留下来。稻草人能记起的最遥远的事情，就是自己十二岁大时，生活在西勒①——那是金星上空的大型悬浮城镇中的一个。

　　西勒过去是、现在仍然是一个由碳、玻璃和金刚石组成的大球，依靠浮力完美地悬浮于金星地表上方四十二公里处，在

----

①　与魁北克旧城同名，该城与圣富瓦城一起组成魁北克市。

最低的云盖下方,但仍处于包裹金星的迷雾①之中。那是一座工业城镇,各种自动化引擎源源不断地生产着飞船压舱物,还从大气中提取碳以生产各种建筑材料,比如多富勒烯纤维和耐酸金刚石。机器人运营着工业生产,耕种着庄稼,让四千名居民得以拥有闲暇时间去思考和创造。与许多聚合城镇一样,西勒不仅是各种政治对话和分析异国威胁的温床,也是一个艺术表达的主要场所。

不过稻草人记得的并不是那些东西。那些只是十二岁时的氛围和背景。那时候的男孩和女孩们既不是政治分析家,也不是外交政策的狂热爱好者。他们喜欢穿上救生服,跃入酸性云层,任凭短翅上的引擎呼啸着,以每小时一百公里的速度玩捉迷藏游戏,穿梭在一片片薄雾之中,时而翻转盘旋,时而攀升、骤停、速降,时而哈哈大笑。

自从成为稻草人,他便几乎能记得每一个瞬间,就像量人一样。但那之前的记忆却大都消失了——除了一个哥哥,稻草人想不起其他朋友的名字。石化过程会保留的更多是态度而非事件,更多是感觉而非特定的某个人。但他记得哥哥阿德奥达托高亢的笑声,记得在炽热的云层中穿越飞行时感受到的刺激和喜悦,记得童年岁月的单纯幸福。他那由硅酸盐半导体和原子尺度的金属走线组成的石化大脑保存了那种感觉。只要

---

① 金星大气层主要由二氧化碳及少量的氮组成,但比地球大气层更为厚重浓密,其中还有硫酸形成的不透明云,所以在地球或金星环绕探测器上无法以可见光观测金星表面。尽管金星表面的状况相当严苛,在其大气层50到65千米高的地方气压与温度却与地球相若。金星的高层大气于是成了太阳系中环境最类似地球的地方,甚至比火星表面更加类似。因为温度和压力相似,而且金星上的可呼吸空气是上升气体,类似地球大气层中的氮。因此有人提出可以在金星的高层大气进行探测和殖民。

金星不会被她的敌人伤害,而那种感觉永存于将她包裹的那层云雾之中的某处,那么来自这个世界的各种打击与攻讦对稻草人而言都不算什么。

十九

伊坎吉卡滑入氧凝胶加速箱,把神经馈线插入耳朵后面的接口。凝胶包裹住她的耳朵和眼睛,滑入她的喉咙和肺里。尽管经过长期练习,还是无法完全克服对于溺水的本能恐惧,但她强迫自己的身体开始呼吸,并渐渐松弛下来。

吸入凝胶,呼出空气。吸入凝胶,呼出空气。

斯蒂尔载着他们飞出了"尼亚里克号"。

鲁多中将的态度很难琢磨。伊坎吉卡不仅仅是她的参谋长,也是她的年轻配偶。无论从政治还是从社会关系上讲,伊坎吉卡的重要性都远远超出了她的军衔和位置。中将可以完全信任的人并不太多。这也是为什么当初她会派伊坎吉卡去找阿霍纳、雇他来帮助消失已久的第六远征军穿越偶人主轴。他们的中间配偶瓦吉昆达少将高效地统御着巴克维兹星系的所有守军,所以没时间顾及其他事情。伊坎吉卡是中将的耳目。现在,中将派出了她的耳目与喉舌,再次与那个背叛了他们的阿霍纳谈判。

斯蒂尔已经安排好会面地点。伊坎吉卡和斯蒂尔打算找个相对接近弗蕾亚主轴的地方,这样他们就可以呼叫增援及时赶来,抓住贝利撒留。她原本以为斯蒂尔肯定得为此跟阿霍纳讨价还价几个回合。谈判这事儿,她也没把握斯蒂尔知不知道该怎么做。结果阿霍纳一上来就接受了斯蒂尔的第一个提议。

经过四十分钟的超高加速度飞行,他们到达了会合点。聚合目前还没有足够多的飞船来布下天罗地网,也没有那么快的飞船能追上战斗机。在聚合政府集合起足以抵消联盟技术优势的压倒性火力之前,还有几个星期的时间。此事一直在她脑中萦绕,如阴影般挥之不去。

"他是个狡猾的小王八蛋,"斯蒂尔说,"却有着包天的狗胆。"

"到了开阔的太空中,谅他也玩不了什么诡计,"伊坎吉卡说,"物理定律毕竟摆在那儿。"

"好吧,"斯蒂尔用带着怀疑的机器般的语气说道,"不过我还没有收到信号。我用定向雷达发出了脉冲信号,可是什么狗屁反馈都没有。"

斯蒂尔驾驶飞船停了下来,这里可以联系上远方的弗蕾亚主轴和联盟要塞。他们周围的太空中空无一物。"没看到阿霍纳,"斯蒂尔说。"也许他嗅到了这是个圈套。"

也许。神经接口定期给她发来战斗机各系统和传感器数据的定制扫描结果。对于他们发出的脉冲信号,哪儿都没有回应。方圆两光秒的范围内没有阿霍纳的踪影。

"阿霍纳呼叫伊坎吉卡。"通信系统里传来了声音。

清晰可闻。

"他在哪儿?"她问斯蒂尔。

"雷达上啥也没有，"他说。"通信系统判断声音来自正前方。"

"找到他，"她说，然后接通了对讲器。"阿霍纳，我是伊坎吉卡。你在哪儿？"

一阵延迟。七秒钟。

"我知道你很生气，上校，"阿霍纳说，"我偷了你的东西。但请你相信我，只有量人才知道如何使用那东西。"

"我要你把它还给我。"她说。

斯蒂尔操作战斗机依靠冷冻气体喷射器悄悄向前漂移，却发现阿霍纳的信号开始减弱。按理说信号应该增强，而不是减弱。斯蒂尔只好又漂回到阿霍纳之前发给他们的确切位置。

"那我这么说吧，"等了一会儿，阿霍纳又说道，"你是想要回我从你那儿拿走的那对小门——你甚至无法通过它们发送任何信号——还是想知道十个通天轴出入口的具体位置？"

斯蒂尔操纵战斗机向主星南方向漂移了一点距离，结果信号再度减弱。接着他又用冷冻气体喷射器推动飞船稍稍往反方向漂移。同样的结果。不管他们往哪个方向移动，信号强度都会下降。雷达上还是什么都没有。附近也没有发现任何信号传送装置。他无法理解眼前发生的事情。

"那不是我能做的决定，"她说，"我也不认为这是一个只能二选一的情况。"

"那鲁多能做决定吗？"稍微延迟了一会儿后，阿霍纳说道。

"鲁多中将。是的。"她切换到斯蒂尔的频道，"他到底在哪儿？"

"那也许我应该再跟她谈谈。"阿霍纳说。

"这个小狗日的真狡猾。"斯蒂尔赞许地说。

"什么?"伊坎吉卡问杂种人。

"小狗日的真狡猾!"斯蒂尔语调平缓,语气中则带着惊奇之意。"我们抓不到他了。他离这儿有几光秒远。"

"怎么会?"

"我的脑瓜转得不快,但这狗日的可是个量人。他可能利用了量子干涉波模式。"

"我没听懂。"伊坎吉卡说。

"连我也不敢相信。我们的信号强度会沿着各个方向逐渐减弱,这只有一种可能。我们得到的信号是个驻波①,就他妈的停驻在这里。要得到驻波,唯一的办法就是将一组其他的波混合在一起。阿霍纳从他所在的位置先将他的信号做了分离,然后通过不同的路径传送到这里来。可能是通过微型卫星反射过来的。最后这个波在这里——就在我们此刻所在之处——通过相长干涉②进行重建。"

"谁拥有这种技术?"伊坎吉卡问道。

"我他妈哪知道。也许他是凭自己的脑袋做到的。操,他可真狡猾!"

"你是怎么猜到的?"她问道。

"大多数人都知道波理论,"斯蒂尔说,"可如果你从小在海洋中长大,那你就不会管那叫什么波理论。你会将其称为听。"

之前她低估了阿霍纳。现在她又低估了斯蒂尔。这对她来说可是非常危险的盲点。

---

① 两个波长、周期、频率和波速皆相同的正弦波相向行进干涉而成的合成波。与行波不同,驻波的波形无法前进,因此无法传播能量,故名之。

② 在波的叠加原理中,若两波的波峰(或波谷)同时抵达同一地点,称两波在该点同相,干涉波会产生最大的振幅,称为相长干涉。

她打开了信号发射器。"我们很乐意接待你。"她说。

"我会自己一个人去。时间之门会先藏在某个地方,连我也不知道它们在哪儿,"阿霍纳说,"另外,我对联盟的政治史略有了解。酷刑对量人是不起作用的。如有必要,我可以脑控激活一个自杀开关。到那时候,你们既拿不回时间之门,也得不到我提供的主轴。"

二十

日志,第六远征部队指挥官,2475年8月17日

这是我的最后一篇日志。作为总结,我想评价一下我的行动,本篇日志须在我身故后方可由将军们进行审查。这种情况在未来的三到四年内可能都不会发生,在此期间远征军会一直忙于隐匿行踪、伪装我们的战利品并将其武器化,但每一个军官在面对审查时都有发表声明的机会,时间也不会改变我拥有这个机会的权利。

我个人对违反《聚合与联盟宗主国庇护条约》承担责任。许多其他军官都参与执行了我的命令,但决定是我做出的。我们一发现那对联结虫洞,我当即决定不再遵守《宗主国庇护条约》第41(1)条的规定,接受聚合高级政委的任何新命令。下令逮捕所有政委、扣押工程人员的人也是我。是我授权对政委及其同情者进行最终审判,结果包括长期监禁和死亡判决。

数以百计的人因此丧命,还有成千上万的人可能死亡,但我不后悔自己当初的选择。联盟能否获得独立的关键落在我的手中，而我是一个爱国者。我只恨自己不够强大，无法完成由我开启的事业。我的癌症扩散得很快。在总部，这或许是可以治好的。但远征军的医务官只能延缓其发展速度，于是我拒绝接受治疗。对远征军来说，能有一个新的指挥官迅速接替到位，总比一直忍受一个情况不稳定的代理指挥官要好得多。我将于今日午夜把塔卡塔法尔①准将提升为少将，并将指挥权移交给她。这并非最理想的选择，但我们别无选择。

塔卡塔法尔准将和伊坎吉卡准将作为军官都还有缺点，她们若想长期指挥如此规模的部队，都还稍欠火候，更不用说领导一场起义。从一开始，这两位军官与其他人之间的政治紧张关系就显而易见。

塔卡塔法尔的同盟及婚姻关系使得她在罗兹韦②党的同情者中很受欢迎，甚至在我自己的科雷科雷③党支持者中也是如此。她对自己的政敌严酷无情，这使得一些巡洋舰指挥官很难信任她。我已经尽我所能限制她的权力，但我估计她会开始将自己的人安插到权力更大的位置，并削弱任何罗兹韦同盟以外人员的影响力。伊坎吉卡准将非常有才华，精于操纵，组织得力。尽管马科尼④党规模较小，但是伊坎吉卡却攀上高枝，成为司法部部长的年轻妻子。好几艘巡洋舰上都载满了她的狂热支持者，我也并未看见她在妥善处理身边的罗兹韦党同情者对她的集体崇拜。

---

① 常见于津巴布韦的姓氏。
② 与17-19世纪津巴布韦地区的一个王国同名。
③ 与生活在津巴布韦东北部的班图人的一支同名。
④ 与津巴布韦的一个选区同名。

　　我曾经希望我的科雷科雷党员们能够继续充当居中缓冲的角色，但班蒂亚上校的愚蠢已使我们声誉扫地，我自己的死亡则会使得科雷科雷党失去高层领导。很快，要不了几天或几周，罗兹韦党和马科尼党的激进分子就会开始猛烈地互相攻击。无论我的意愿如何，伊坎吉卡已经强大到足以挑战塔卡塔法尔。也许有一天，塔卡塔法尔会逼得她不得不这样做。

　　如果我们谈论的只是一项为期十个月的任务，那么这些紧张局面都还在可以控制的程度。但现在我们远离故土，而且政治风险也相当高。无论是谁，只要能把联结虫洞带回联盟，就能获得号令群雄的至尊地位，或许还可以决定首相之位出自哪个政党。然而，无论是谁带回那对虫洞，都会陷入一场与我们的聚合宗主国之间的战争。

　　我们既没有聚合政府那么多的武装力量，也没有他们那么强的工业实力，所以只能将我们的独立希望寄托于他处。我们将不得不远离文明世界，藏匿起来，直到能从我们发现的这对虫洞中窥探到获取胜利的关键所在。

　　到那时，胜利者们将对我们每一个人进行审查，对我们为独立所付出的一切做出公正的评判。

　　我将带领大家，坚定不移地沿着此路走下去。

库登达·南杜罗少将

二十一

贝利撒留走出暴胀子快艇的气闸，进入太空。强烈的失重感笼罩了他。头盔中回荡着他的缓慢呼吸和宇航服摩擦的声音。"量化风险号"载着圣马太、卡茜和时间之门加速离去，片刻就消失得无影无踪。

周围一片漆黑。上方空无一物。下面也空无一物。四下里一片空荡荡，只有印第安座ε星的微弱磁层①轻触着他的每一个肌肉细胞。他的心跳慢了下来，愧疚感也消退了。他独自存在于这虚空之中，没有了责任和道义的负担，心中了无牵挂。

也不能算是了无。他正在用自己抵赖开脱的本领蒙骗自己的愧疚，利用自己的绝望之情。人们之所以会上当，是因为他们总想找一个快速的解决办法、一粒药到病除的仙丹，总之就是某种捷径，可以让自己直接跳过缓慢的煎熬和折磨过程。他也想被骗，但他知道自己不可能被骗。他必须对自己所做的一切负责，不管他是有意还是无意的。他不知道自己能否做

_____

① 一个天体周围、以该天体的磁场为主的区域。

到。他觉得，每当思考太多自己的所作所为和肩负的责任时，他都会几近崩溃。

黑暗中出现了一架巨大的联盟战斗机。在看到它之前，他已对其有了磁感，不过微乎其微。它的暴胀子驱动器没有任何电磁排放，航行灯也都熄灭了。它靠近他的身旁，逐渐同步着与他的相对运动。船体的近侧有一个气闸。贝利撒留操控冷冻气体喷射器飞到气闸旁，将其打开并钻了进去。里面很黑，但他的磁小体可以感应到内部布线和控制系统微弱的电磁信号。

"斯蒂尔？"他对自己头盔上的麦克风说道。

"坐到驾驶座位上，阿霍纳，"斯蒂尔的模拟语音在他耳边说道，"我不会飞得太快，除非聚合想来陪陪我们。"

贝利撒留走到前面，坐下来绑上安全带。"谢谢你帮忙安排这件事。"他说。

"我也没费什么劲儿。你自己的麻烦，自己去跟伊坎吉卡和她的人解决吧。"

"是啊。"两个重力加速度将贝利撒留按在驾驶员座椅上。他闷哼了一声。

"你偷了人家的宝贝？"斯蒂尔问道。

"是啊。"

"其实我不关心到底是怎么回事儿，但是按说你偷了人家的东西，难道不应该赶紧溜之大吉，再也不与苦主相见吗？还是说另有什么我不知道的事儿？"

"我原本的计划也的确是这样。"

"那你是怎么了。"斯蒂尔说。

"聚合把阁楼炸了。"

"我操。有活下来的吗？一个也没有？"

"全都活下来了。"

"你狗日的是怎么做到的？你还真他妈的是个魔术师啊。"

"他们现在还不安全。如果我能跟鲁多做成这笔交易，那我也许可以给他们找个安全的地方安顿下来。"

一说到这事儿，贝利撒留觉得忧虑又开始在胃里沉积。想想别的事。想想别的事。但他做不到。面对如此强烈的恐惧，如此深刻的内疚，他的思绪每过几秒就会偏离正轨，脑子渐渐迟钝下来。他放弃了抵抗。承担责任，就意味着真切地感受到其中压得人喘不过气来的巨大风险。承担责任，就意味着无奈地经受痛苦的折磨，并希望它早点结束。

二十分钟后，斯蒂尔调转战斗机的方向，开始减速。到达终点的倒计时终于能让贝利撒留暂时摆脱情绪的控制，又有了可以关注的新事物：时间。节奏稳定，计算精确，还有轻微的麻醉效果。

斯蒂尔驾驶战斗机穿过弗蕾亚主轴，出现在七十五光年之外的巴克维兹星系里。一排正在构筑的防御工事拱卫着主轴出口，四下散布着几艘联盟的中型战舰，还有小型战舰"木塔帕号"。其他情况他暂时无法了解，因为面前的控制台全都关闭了。

斯蒂尔驾驶飞船朝"木塔帕号"逐渐靠拢，这艘旗舰的船身细节越来越清晰。船体外壳装甲上遍布着一条条激光灼烧留下的疤痕，长达数百米，仿佛曾被一只巨鹰的利爪抓过。新补上的装甲把整个船体点缀得色彩斑驳，有的地方是爆炸后的烟熏黑，有的地方又是闪亮无瑕的精钢白。巡逻机一直在他们旁边跟随着，炮塔上的大炮也随着他们缓缓转动，因此贝利撒留全程都能看见它们。斯蒂尔将大型战斗机的机头对准旗舰下部的一个活动船台,然后停了进去。对方甚至没有允许他们进入泊库。在他们眼中,贝利撒留到底有多危险?

管缆尽头,两名宪兵正等着他。在零重力环境下,他们当场剥下了他的宇航服,脱得一丝不挂,还将他的设备封存在储物柜里。他们里里外外地仔细检查了他,然后给了他一条宽松的裤子和一件素色毛衣。最后,他们带着他穿过几段褪色的塑料走廊,进入了一个大房间。四个月前,大约四百光年之外,他正是在这里第一次见到了库兹亚奈·鲁多。

在周围健硕高大的男女船员的衬托下,鲁多看上去还是那么瘦小,但她的眼神坚毅而精明,飘浮在周围的军官们显然对她充满敬畏。她是上过战场的人。她的脸上、颈部和手指上都有伤疤,旧的好了,新的又添上了。一道可怕的烧伤疤痕仍然清晰可见,从前向后贯穿她的头皮,尽管做个整形手术将其修复本也不难。

对军人来说,伤疤更胜过勋章,不过对她而言,这些可能已经无关紧要。她夺取了弗蕾亚主轴,书写了军事史上的新篇章。她隔着一张桌子坐在他的对面,身上绑着安全带,面无表情。伊坎吉卡坐在她旁边。两名宪兵身着盔甲,足蹬磁力靴,腰挎手枪,分别站在那两位军官的两侧。

多么热烈的欢迎。

他在座位上坐下,绑好了安全带。

"你找到那条新主轴了吧?"贝利撒留问道。

"我们不认为那样就能补偿被你偷走的东西。"鲁多说。

"只要你别老是想着夺回被我拿走的东西,我们的对话才能继续。"他说道。鲁多直直地盯着他。

"你觉得我们这个对话是为了什么,阿霍纳先生?"她最后问道。

"联盟要雇我工作,就得花大价钱,"他说,"聚合和银行都在追捕量人。聚合已经炸掉了阁楼。我差点儿没来得及把我的人都带出去。他们现在躲了起来。我需要找个地方,能让他们永远藏着,否则他们全都会丧命。"

"我们这儿可以为你的人提供避难所,"鲁多说,"我们可以互相帮助。你的……"她慵懒地挥了挥手,"魔术技艺,令人印象深刻。如果你的人都会这个……"

"我想你我都不会认为巴克维兹是个安全的地方,"贝利撒留说,"而且我想要的可远远不止一个临时的结盟。我已经找到了一种办法,可以通过时间之门来定位通天轴的出入口。"

"这可让量人一下子变得无比珍贵和危险,"鲁多说,"还让你的偷盗行为罪加一等。"

"你的人根本做不到这一点。大部分我的人也做不到。我的同胞们都是些内向的隐士,大都手无缚鸡之力,需要别人的保护。"贝利撒留说。

"但你不是那样的人。"伊坎吉卡说。

"卡桑德拉和我都是外人,单凭我们俩无法保护好量人。我打算把我的人藏到通天轴网络中的三四个节点中去,那里没人能威胁到他们。"

"那就这么做啊。"鲁多说。

"现在我还不能。时间之门的确可以告诉我哪里有新的主轴,但是没有尺度信息。我看到的位置是无法校准的。我们之所以能发现印第安座ε星系的第五条主轴,是因为我们将测量数据与其他四个已知虫洞做了比较。但是出了印第安座ε星系,我们就没法再用这一招了。我知道巴克维兹星系里有五个通天轴出入口,但如果没有校准参考系,我就没办法告诉你它们具体在哪儿。"

"你需要什么?"鲁多问道。

"你们是在一颗小行星上找到的时间之门,"贝利撒留说,"你们当时做了岩芯钻探采样,最后得到了什么数据?"

"你是怎么知道这些事的?"伊坎吉卡厉声问道。

"我们没有保留那些岩芯采样和数据,阿霍纳先生。"鲁多说。

"所以也就没什么可交易的了?"伊坎吉卡说。

鲁多冷冷一笑,"阿霍纳先生既然能来到这里,当然不会指望我们这群在荒凉的太空中游荡的人能把什么岩芯样本保留个四十年。他一定还有别的计划,对吗?"

"你已经知道是什么了?"贝利撒留问道。他突然心生不安,后脊一阵发麻。

鲁多慢慢地点了点头。

"而且,你应该也明白我是怎么知道的。"鲁多说。

他的不安之感扩散开来,上至脖子下到胳膊,都起了一层鸡皮疙瘩。

伊坎吉卡看看鲁多,又看看贝利撒留,试图搞清楚他们在说什么。她不可能猜得到。鲁多示意宪兵们退下。他们皱皱眉,把武器收进枪套。他们一直看着伊坎吉卡,等着她示意他们留下,或是确认接下来会由她承担保护鲁多的责任。他们走出会议室,关上了舱门。现在只剩下贝利撒留、伊坎吉卡和鲁多在场。恐惧在他的胃里蠕动。

"我们要和阿霍纳先生做个交易。"鲁多对伊坎吉卡说。上校没有很好地控制住自己的表情。

"他可是偷过我们东西的，长官。"伊坎吉卡说道，同时竭力克制自己的愤怒。

"有了时间之门，阿霍纳先生能做到的可不只是找找虫洞这么简单了。"鲁多说，"他还可以借助它们回到过去。"

"十一年前？"伊坎吉卡说。

"三十九年前。"鲁多说。

贝利撒留脖子后的汗毛都竖了起来。

"您好像比我棋高一着啊，将军。"他说道。

"那是当然，"鲁多说，"因为我们并非四个月前才第一次见面，阿霍纳先生。你和我在三十九年前就见过，在尼扬加①。就是在那颗小行星上，我们发现了时间之门。"

"什么？"伊坎吉卡冲口而出。

"你当初去找阿霍纳先生来帮我们，那是谁的主意？"鲁多缓缓地问上校道。

"巴贝迪啊。"伊坎吉卡说，面带谨慎之色。

"是我指示瓦吉昆达准将把阿霍纳先生的名字郑重推荐给巴贝迪的。"鲁多说。

"你早就认识他了。"伊坎吉卡说。

"三十九年前我就遇见过他和你，所以我才知道他能帮我们穿越偶人主轴。"

贝利撒留觉得自己被愚弄了，而且被愚弄得十分彻底，令他难以接受。本来是他愚弄了这个房间里的每一个人，把第六远征军带到了印第安座ε星系。本来是他比其他人都聪明。但现在他觉得自己似乎没那么聪明。

---

① 津巴布韦城市。

"我?"伊坎吉卡问道。她的怒气似乎已经消退。她的声音现在跟他一样,也充满了恐惧。

"我们对避免悖论这件事有着充分的了解,所以知道阿霍纳先生必须回去,"鲁多说,"你也一样。"

"我们回去寻求你的帮助?"贝利撒留说道。

"是的。"中将说。

"我们回去对你讲述完这一切之后,你想开枪打死我们,却发现没办法做到,对吗?"贝利撒留说道。

鲁多的脸上闪过一丝痛楚。

"是的,"她说,"这使我确信,你们是受某人之托而来的,而那个人就是未来的我自己。"

"什么?"伊坎吉卡问道。

鲁多盯着自己的手指看了很久。房间里的通风口在嗡嗡作响。

"我的真名,不是库兹亚奈·鲁多。"

"什么?"伊坎吉卡震惊地说。

"我出生的时候名叫文比索·唐格维莱,出生地在穆罗姆贝齐①,"鲁多轻声说,"那里挤满了几百万渴望逃离撒哈拉以南联盟动荡政局的人,我就是其中一员。我认识库兹亚奈·鲁多,知道她被选去了哈拉雷的联盟军官学校就读。四十五年前,我杀了她。我伪造了她的基因记录,冒名顶替了她的身份。我变成了军校生库兹亚奈·鲁多。"

伊坎吉卡瞠目结舌。

"这件事从来没人知道,"鲁多说,"现在也只有你们两人知道。如果你们聪明的话,就把这个秘密带进坟墓吧。"

_____
① 与津巴布韦城市同名。

"你不是鲁多。"伊坎吉卡神情恍惚地说,看上去仿佛一下子失去了生活的支柱。

"我是鲁多中将,"老妇人说,"这段漫长军旅生涯的每一时刻,我都是亲身经历的:从军校报到的第一天,到四十年的第六远征军岁月,再到从虫洞突围,一直到现在。那位故去的鲁多小姐对这段生涯的唯一贡献,就是她赖以进入军校的政治关系。其余的都只是个标签。我作为库兹亚奈·鲁多的时间,比你俩活的时间都长,也比原来的那个鲁多更长。"

"我们为什么要回到过去找你?"贝利撒留问道,"是因为我们可以告诉你真相,还是因为你可以带我们去要去的地方?"

"如果没有内线的帮助,你们在尼扬加上连一天都坚持不了。"鲁多说,"那段日子,是第六远征军的黑暗时期。所有的政委,以及绝大多数聚合政府的卧底特工,或被我们抓住,或被我们杀掉,但我们始终无法完全放心。我们疑心重重,并不仅仅是针对聚合政府。远征军内部的不同政治派系也在明争暗斗,想夺取对远征军和时间之门的控制权。"

"你知道我们将会何时抵达过去。"贝利撒留说。

"你们的时间窗口开得并不大。"鲁多说,"远征军到尼扬加的时候,发现它的表面仍很原始,所以你们不可能是在我们到达之前回那里去采取样本的。然后我们带着时间之门刚一离开,那里的主星——褐矮星就正好爆发了恒星闪焰[1]。所以,你和上校唯一能到达尼扬加表面采取样本的时间,只能是远征军还在那里的时候。而那个时候,人人都在盯着别人,警惕各种可能的背叛行径。所以,你们要想到那颗小行星上去,就需要伪造的身份,还要有人掩护。当时我还是一名年轻的上尉,但

————————
[1] 即恒星耀斑。

因为是在内务部，所以我们的安全许可级别比一般军官高得多。"

伊坎吉卡直到这时才喘上一口气。她两眼直视着前方，神情仍然十分沮丧。"我们之所以回到过去，并不是因为阿霍纳想回去，或者说不是因为我们想回去。"她木然地说道，"我们回去，是因为我们不得不这么做。"

"这样才能避免祖父悖论①。"贝利撒留说。

<hr>

① 法国科幻小说作家赫内·巴赫札维勒于1943年的小说中提出的情景：假如你借助时间旅行回到过去，找到自己的祖父，并在他还未结婚生子之前杀死他，就会产生矛盾的情况：祖父如果死了，也就不会有后来的你了，那么是谁杀死了他？或者说既然有你，就说明祖父没有死，那你回到过去杀死的又是谁？

二十二

斯蒂尔载着贝利撒留飞回会合点,然后留他漂浮在太空中。十五分钟后,圣马太驾驶"量化风险号"来到了会合点。不出所料,贝利撒留在他的宇航服中发现了三枚信号发射装置。这耽搁了他们一会儿时间,因为他得除下那些窃听器,再将它们丢进太空中,好将窃听者引错方向。不过,他也并不急着赶时间。其实他现在不想见到任何量人。

贝利撒留这一辈子并没有见过多少苦难,起码不是真正的苦难。他的人生轨道经过预先设计,以绕开那些情绪方面的东西:爱意,恨意,激情。他的激情,大部分都用在了基因工程改造出的对好奇心的痴迷上。他只有靠过上一种平静的生活,远离数学和科学的刺激,才能成功地战胜自己这种本能。其他量人并不需要逃避自己的好奇心。他们的好奇心没有他的那么强烈。同样,面对痛苦、困惑、沮丧等其他情绪时,他们也可以放纵自己,沉溺其中。但他却不行。

圣马太带着他飞到第五根主轴,钻了进去。接下来的短途航行，他们以超高的加速度跨越星系，来到他们预先设置的轨道。他们的货船队就停泊在这里，就像一个个遍身刮痕、外观难看的金属盒子，配备着笨重的引擎和小小的驾驶舱。这些货船的制造目的并不是供人在上面长期生活。它们临时加装了辐射防护层，但说不准什么时候空气会泄漏。四千名量人，有两千套应急宇航服，还有为数不多的几百套标准宇航服。也许最糟糕的是，这些飞船的线条非常难看，无论用哪种几何体系——确定论的也好，非确定论的也好——都没法为它们建模。由于对成本和功能性考虑不当，它们被胡乱地拼凑在一起，修补造成的斑驳颜色看着很糟心。而且从里到外，连最普通的彩色灯光都没有。量人们原本生活在一个宁静祥和、绿树成荫的花园中，现在却挤在了一堆咯吱作响的大铁箱里。

造成这一深重苦难的原因就是贝利撒留，而唯一能让他们的愤怒得到宣泄、心里感到安慰的人也是他。他从一排排小隔间前走过，他的同胞有的对他视若不见，有的若有所思，还有的干脆转身走开。

贝利撒留转开视线，尽量不去看那些盯着他的人。在"红色号"的舰桥，他见到了卡茜，并将他与鲁多的谈话转述给了她。然后，他们给尼古拉·桑佩尔发了条信息。

桑佩尔属于更务实的那一派议员。她今年二十九岁，与贝利撒留和卡桑德拉一样同是第十一代量人，不过她没有进入神游的能力。她身兼数项管理阁楼的工作，也许有一天会自然而然地坐上那个烫屁股的最高行政长官之位，也就是市长。六点四分钟后，她来到舰桥，找个位子坐了下来，仔细地绑好安全带。布满划痕的窗户外，群星依照线性精确度缓慢地移动着。

"我想让你担任副市长。"卡茜说。

桑佩尔看着她，面露疑虑。"我以为贝利撒留才是副市长。"

"他得跟我一起走。"卡茜说。

"你们要离开我们？"

"我要去为量人找一个安全的地方。我需要贝尔的帮助。也许就一个星期吧。"

"你们要抛弃我们！"

贝利撒留倾身靠过来，一副神秘而真诚的模样，还配上了肢体语言。这些都是他在以往的骗局中学到的技巧。"我得到一条情报，有那么一个地方，到了那儿就没人能发现量人了。我们从此便能过上好几个世纪的平静生活。"

"你要是知道这样一个地方，为什么不直接带我们过去？"桑佩尔困惑地问道。

"我还没有获得具体信息，但我知道去哪儿打听。"

桑佩尔皱起眉头。"你又在耍什么诡计吗？你们是不是想坐上你们的飞船，带着时间旅行虫洞溜之大吉，丢下我们在这里进退两难？"

"没有什么诡计！"贝利撒留说道，"我们必须找到去那个地方的办法，但我还没有获得所有信息。"

"听起来对我们不太妙。"

"我们就离开三四天。"卡茜说，"但三四天之后，如果我们还没回来，你就要做出选择。"

"如果你们没回来？"桑佩尔问道，"你们就是想丢下我们！"

"寻找信息的过程中，我们可能会遇到危险。"贝利撒留说，"如果四天之内没回来，我们可能已经死了。万一出了那种事，文明中所有的人仍会继续追捕量人。对你们来说，风险最小的选择也许是回到印第安座ε星系，然后打开一个人工虫洞，一路逃回阿兰布拉。到了那里,你们就去向银行自首。我不知道你们能得到多少自由,但起码他们会保护你们。"

桑佩尔咽了一下口水。"这都是什么烂事。我早就知道我们不能相信你。"

一阵悲伤的感觉向贝利撒留袭来,一口一口地吞噬着他。

"我不是要逃跑,"他说,"我是要去获取能够保证我们未来幸福的东西。这样我们才能安全。"

桑佩尔解开安全带,起身朝门口走去。

"我倒是很想相信你。"她说。

她转动门闩,在嘎吱嘎吱的铰链声中将门打开,继而离去,只剩下贝利撒留和卡茜待在这难看的驾驶舱里。

二十三

　　贝利撒留、卡茜和圣马太与伊坎吉卡和装着斯蒂尔的水箱会合，方式与上次贝利撒留被他们接走时一样：漂浮在太空中。伊坎吉卡和贝利撒留花了二十分钟，才把装着斯蒂尔的笨重大水箱转移到了"量化风险号"的底舱，然后将他接入快艇的操控系统。他们还在驾驶舱里为伊坎吉卡增设了第三个加速舱，快艇内部于是比平时更加狭窄了。伊坎吉卡递给贝利撒留一枚数据晶片。

　　"这里面是所有我们仍有记录的安全码和规程。"她说，"倒不是说我们把这些东西保存了四十年，而是审查记录中正好有它们的备份。这些数据不包括整个基地，就连通过基地的路径都没有，但我们起码可以从它们开始入手。"

　　"你们真他妈是群疯子。"斯蒂尔在对讲系统中说道。

　　"只有这个办法了。"贝利撒留说。

　　"乔装后走进一个联盟基地，还是在过去，这事儿的风险貌似超出我的承受范围了。"斯蒂尔说，"时间旅行我可是狗屁不懂,但我好像有这么个印象:万一哪个傻屄错打了个喷嚏,我们的蛋蛋就要被历史给丢进切蛋器里啦。"

贝利撒留用眼角的余光观察着卡茜。她看上去紧张又焦虑。她同意斯蒂尔的说法。对于这一点,他也同意斯蒂尔。但是现在也没其他办法了,甚至不可能找个更好的方法来测量时间之门两端的时间差、搞清楚这个时间差是如何随着地质年代的推移而发生变化的。尽管内心忐忑不安,她仍然朝他鼓励地微微一笑。

"有许多理论认为,我们所知的过去已经确定,而且非常稳固。"卡茜对斯蒂尔说,"我们的过去已经发生了,联盟又回到了文明之中。这应该是不会改变的。"

然而贝尔、伊坎吉卡和圣马太在过去都遭遇了什么,那就是另外一回事了,这话她并没有说出口,但大家应该都在这么想。

"我们会小心的,"贝利撒留说,"尽可能少跟别人互动。但你们都要小心。"

卡茜耸了耸肩。

"拉倒吧,"斯蒂尔说,"我们只不过是辆逃跑用的车而已。"

"在二十二维时空里等着我们。"贝利撒留说。

"如果我们只是停个车,是多少维又有个屁的分别。"

"等我们进去之后,"贝利撒留对伊坎吉卡说,"你就会明白,为什么除了量人就没人能在那里面导航了。"

"我更关心的是,你是作为远征军的一员成功通过的。"伊坎吉卡说。

她拿出两套军服和两套标准宇航服,都是四十年前的东西。贝利撒留开始穿上自己的那套衣服。他的肤色已经明显变深。他一直在服用美容补充剂，以刺激皮肤产生更多的黑色素，让肤色变得更深：从他那天生的非洲裔哥伦比亚人的棕色，变成更接近于撒哈拉以南联盟公民的典型肤色。他还学习了四十年前联盟法语的口音和习语，以及全部绍纳语。

"古董？"贝利撒留问道。

"翻新货，"她说，"这几件看起来都不错，足够让我们穿着到处走动了。"

贝利撒留用拇指摸了摸军服的军衔徽章上的凸脊。"列兵。我可真光荣。"

"到时候你碰到的那些人不会特别留意一名列兵。"

"你给自己的是什么军衔？"斯蒂尔问道。

"下士。"她说。

"好好做个听话干活的人！"斯蒂尔用电子语音咆哮着表示认可，"你们会见识到正经人是如何生活的。在新兵报到台前别吹牛皮。我们他妈的非常讨厌那样，你们会被看作是需要杀杀威风的那种人。尤其是你，量子帅哥。"

"我会让他保持安静的。"伊坎吉卡说。贝利撒留没有从她的口气中听出讽刺意味。

"接近目标。"圣马太说。

A.I.已经把暴胀子快艇的船尾横过来，逐渐减速至一个重力加速度。全息屏上显示出一颗裂成两瓣的小行星。每一瓣的直径大约两公里，两瓣的中部由一大堆碎石连接在一起。虽然它看起来像是一颗经由非剧烈碰撞而形成的密接小行星[1]，但其中一瓣上面分布着年代久远、深达数米的裂纹。圣马太让快艇停住，然后操纵它与小行星迟缓的自旋同步。

---

[1] 因相互间的引力而接触在一起，由此形成的外形怪异的小行星。

"好一片卫生巾,"斯蒂尔说,"你自己缝的吗?"

"在我们回到过去期间,必须把时间之门留在一个安全的地方,"贝利撒留说,"印第安座ε星系里的小行星出了名的多,所以找个缝隙把时间之门藏在里面一阵子,应该是安全之举。"

"你要把它们藏在这儿?"斯蒂尔说。

快艇震颤了一下,飞船舱门随即打开。贝利撒留在船舱里打开了泊库视图。

"他要把它们随身带着。"伊坎吉卡说,语气中带着一丝忿忿然。

"就那个?"斯蒂尔说,"你不是说是一对虫洞吗?那也太小了吧。"

"宽十五米,高十米,"贝利撒留说,"是不大,只要折一折,这个船舱也能放得下。"

按斯蒂尔的性格,他这时应该会说句俏皮话或脏话,比如"你们他妈的还能把虫洞折起来?"这种。然而透过那一层层脂肪和肌肉,他似乎流露出了一丝敬畏之情。

圣马太的那些蜘蛛形自动机将时间之门从托架上卸下来,将它们推进一个宽达二十米的深缝,掩藏在阴影之中。一幅全息结构图上显示着裂缝的两壁、密接小行星的整体结构和那对时间之门。

"您知道如何补偿小行星的不规则引力场吗,斯蒂尔先生?"圣马太问道。

"滚开,别碍手碍脚。"斯蒂尔说。

"正在向您转交控制权。"圣马太说。

"需要我做啥,老板?"

"一旦进入虫洞,仪器就完全不能正常工作了,"贝利撒留说,"所以你进了虫洞口之后,就得用航位推测法[1],过了一百米就完全停下。卡茜会从那时开始导航。"

斯蒂尔使劲儿地折腾着各种控制装置,以便熟悉冷冻气体喷射器的操纵。除了明显就是要让他们不舒服之外,他似乎没有其他理由要这样做。众人不得不各自抓住某个东西。然后,斯蒂尔载着他们朝时间之门那扁平的表面飘过去,娴熟地操纵着冷冻气体喷射器,以补偿不均匀的重力场。

"我猜,你应该不希望我把你这艘漂亮的飞船在虫洞边上刮掉漆吧?"斯蒂尔说。

贝利撒留没有回答。杂种人是在等着听恭维话,要不就只是想逗逗他。即使是"量化风险号"最宽的部位,斯蒂尔依然有三十到五十厘米的间隙通过虫洞。他驾驶飞船的时候绝不会失误,就像他绝不会输掉一场海底竞速比赛一样。他丢不起那个人。斯蒂尔驾驶飞船,带着众人通过时间之门的入口,空间随即发生了改变。阴影笼罩下的小行星,那原本看上去死寂般的沉静,此时变成了一种怪异可怖的潜意识中的悸动,伊坎吉卡不禁眉头紧皱。

"我操[2]!"斯蒂尔在对讲机里喊道。

人类的神经系统经过漫长的演化,如今只对非常有限的一组视觉、听觉、化学和压力信号有所反应。当人类踏上殖民其他世界的道路之后,就不得不生活在狭小的人工栖居环境中,有时会导致某些感官无法得到满足。在这里,情况恰恰相反。这里仿佛是一座十一维的大教堂,每一根神经都被由内至外撩

---

[1] 一种利用现在物体位置及速度推定未来位置方向的航海技术,现已应用至许多交通技术层面,但容易受到误差累积的影响。

[2] 原文为西班牙语。

拨起来,而这一切都由与人类感官无关的现象引起。视线中泼溅着一些紫色的斑点,就像转播图像上的干扰信号,所有人突然感受到了一种不健康的鬼魅气氛在发酵。量人的大脑能够构建算法来减除错误信号,如有必要,甚至还能进入白痴天才状态。伊坎吉卡、斯蒂尔和圣马太却没有这样的屏蔽手段。

伊坎吉卡嘴唇紧闭,双目圆睁。但她很快就控制住了自己的反应,将脸上的表情逐一隐藏起来,最后就连贝利撒留也不知道她是否难受。在他身旁,处于白痴天才状态中的卡茜开始一条条地发出导航指令。

停机,绕q轴旋转四十五度,停机,在r轴上旋转九十度,每秒二百米,持续二十八秒,旋转快艇一百八十度,制动,然后停机,然后再次旋转……

贝利撒留看着伊坎吉卡。他不能让她因为毫无遮掩地暴露在这里而受到伤害。驾驶舱的舷窗外是一片古怪而陌生的太空,在正常人类的肉眼甚至大多数传感器看来,都十分难以理解。一道道移动的光帘在暗黑的时间之门内部蠕动穿行。这里面虽然冷得像小行星背面的火山口,却不时有杂散的伽马射线和零星的反粒子嗖嗖掠过。比眼前的景象更为怪异的是,他们能感受到周围打开了额外的维度。伊坎吉卡可能会觉得胃部有些许疼挛,平衡感和视野也可能出现异常,却不知道这是怎么回事。

此外,他和卡茜也并非真的能够身处超空间内却完全不受任何影响。他们装备了基因武器,能够将各种感觉合理化并进行划分,不过他们也会产生新奇的感觉,因此也会有新的弱点。在十一个维度上,引力和电磁传播性质各自不同,甚至还取决于他们是沿着虫洞内部的哪个轴在前进。有几段飞行轨迹还短暂地产生了两个时间维度,而非通常的一个。贝利撒留通过自己的磁小体感受到了这种异常,这让他很不舒服。

"阿霍纳先生,"贝利撒留的耳内植入体里传来圣马太的声音。"上校的数据晶片里潜伏了一个病毒,从代码上看,它的意图是要感染快艇。到了某个时刻,它就会向联盟发送自动追踪信号。"

你已经把它移除了吧? 贝利撒留在自己的数据平板上打字问道。

"那当然,"A.I.回答,"可要是我们无法信任她……"

我们从没指望能信任她,再说她也不信任我。

"这他妈是个什么破地方?"斯蒂尔说。

"你没事吧?"贝利撒留问道。

"我他妈一直都好得不得了,但我的传感器上有些诡异的阴影。你能不能从屁眼里抠出个物理理论来解释一下:为什么这地方会反射回我们自己的影像?"

"我什么也没看到。"

"信号很弱,也不稳定,阴影时大时小。"斯蒂尔说着调整了投影仪,上面显现出一幅模糊的管状图像,位于他们身后数公里,正在交替膨胀和萎缩。看起来它的大小与"量化风险号"大致相仿,不过额外的维度会对距离感和相对性都产生奇特的影响。"我对回声非常熟悉,那不是回声。"

不管是什么,那影像突然消失了,再也没出现。

"在时间之门里面跨时间轴移动,会接收到一些视觉和电子回声,我们还没有完全搞清楚都是怎么回事。"卡茜说道,语气中带着处于白痴天才状态下的量人特有的那种冷淡。"所以我们最好避开那些东西,以免产生悖论。如果你刚才看到的真是我们自己,那在回来的路上会发生什么?"

贝利撒留看着空无一物的图像,又检查了其他频谱,还审视了传感器发来的受污染的数据。这些传感器的设计初衷可不是在这样的环境下工作。什么都没发现。

"我——操!"斯蒂尔说,"你可别吓唬我啊,小公主。我可不想碰见另一个我。"

卡桑德拉继续发出导航指令。飞船不断地停机、开机,围绕奇怪的维度旋转,搞得连贝利撒留都有点恶心欲呕了。不过投影图像终于发生了改变。在他们前方大约二百米的地方,出现了一个扁椭圆形状。随着"量化风险号"围绕其终轴旋转,那个扁椭圆形也逐渐扩展,最后变成了令人熟悉的时间之门的形状。

"连接过去的出口?"圣马太轻声问道。

"出了这个门,就到了三十九年前联盟发现时间之门的那个星球。"贝利撒留说。

众人一言不发。失去方向的恐惧感悄然笼罩了每个人。

"好啦,去他妈的!"斯蒂尔大声说道,"没有人会相信这个的。"

贝利撒留迅速握住卡茜的手,尽管处在白痴天才状态中,她也回应似的捏了捏他的手。

"准备好了吗,上校?"贝利撒留问道。

伊坎吉卡眯起眼,凝视着驾驶舱外那阴沉怪异的世界。她轻轻地点了点头。

贝利撒留和伊坎吉卡将宇航服胸前、呼吸软管和手套的密封扣都扣好。贝利撒留现在变成了列兵威杜·阿布加罗,伊坎吉卡则成了阿佩纽·曼伊卡下士。伊坎吉卡的双手在颤抖,但非常轻微，别人是不会注意到的，即便是处于白痴天才状态中的卡茜。卡茜从未训练过自己解读其他人的行为，但威尔·甘德教过贝利撒留解读骗局中的傻子显露出的破绽，所以他注意到了伊坎吉卡的紧张情绪。

贝利撒留从驾驶舱控制台上取下圣马太，把他像军用手环一样戴在手腕上。他们对手环做了些改动，以符合四十年前联盟军装的风格。卡茜长吁一口气，这表明她从白痴天才状态中醒过来了。她解开安全带，走了过来，将一只手搭在贝利撒留宇航服的颈环上。她的眼中充满了担忧。

"我们会在这儿等一个小时，"她说，"之后我们会转移到一个主轴去，在那里我们可以在更长的时间段上看到虫洞口。所以无论你们是两小时、两星期或是两个月之后回来，我们都会看到你们，过来接你们。"

"你要是能干成这一票，老板，"斯蒂尔说，"那就牛屄了。"

"等你回来。"卡茜对贝利撒留耳语道。

"我会的。"贝利撒留说。

她将嘴唇贴在他的唇上，直到他的心脏跳得越来越快。她也一样。量人们从孩提时代就学会了这样的同步感应，以帮助监测神游状态。

"我会的。"他说道。

二十四

　　如果说时间在各个时刻之间插入距离，将各个事件相互分隔，那么玻璃化和石化过程的作用就是让时间崩坍。相隔了五十年或者一百年的事件，仍然保持着不同寻常的清晰度，仿佛通过望远镜回看过去一样。在石化的大脑中，生命和记忆是由一个个镜头而非时间连接起来的。

　　稻草人记忆中的许多镜头都显示着各个线人——他们是间谍这门生意的店面。作为一名出自金星的年轻情报官，他有自己培养的线人，也从上级那里继承了一些。为了获取情报，他会利用他们，贿赂他们，威胁他们。他们的模样在记忆中清晰可辨，仿佛沉在清澈的水底。但他们没有名字。

　　他自己的名字也消失了，仿佛他也只是某人的线人，只是情报和间谍活动的巨大链条中的一小节。不过他的名字并不重要。聚合可不仅仅是漂浮在金星云层中的一个个家族和家庭之和那么简单。如果始终记得自己来自金星的哪个家族，可能反而会稀释稻草人对聚合的忠诚度。

在聚合,贿赂线人这件事已经变得越来越困难。聚合政权诞生于物资匮乏的年代,但那个年代早已过去,它进入后稀缺时代已经有好几十年了。金星人源于传承了几个世代的分离主义者,而他们的分离主义者祖辈又源于更早的分离主义者。当初他们被迫离开地球,迁徙到这个太阳系里最不宜居的地方之一,在银行的阴影下生活。每个亲身经历过短缺和贫困的人都无法忘记那段岁月。

稻草人在这道将短缺与富足分隔的代沟两边都生活过。满眼关切的父母们、叔叔阿姨们①总是强迫他不要忘记他们那代人所做的牺牲。要不是他们,别说现在他不可能在云端玩捉人游戏,老早之前他们就已经被银行征服了。对他来说,这些全是陈芝麻烂谷子的历史,但他还是从中明白了一些道理。

代沟的富足这一边则是一个奇怪的世界。他不需要工作。他不需要做任何事。但这样活在世上意义何在?为了寻找这种意义,他加入了聚合军队,在间谍机构服役,但这使得他断绝了与他人的联系:先是那些不属于部队的人,比如他的哥哥阿德奥达托,还有他那早已想不起来的父母,然后是那些对聚合心怀不满的人。

在这个新世界,贿赂线人是很困难的。忠诚成为一种新的货币,能够带来社会地位,还能产生各种红利。另外,在他的同辈人中,还有另一个新的货币:不朽,作为一个稻草人的不朽。他在情报机构的同事都在拼命证明自己的忠诚,希望借此获得晋升和更好的委派机会。没准有一天还能被玻璃化石化,获得新生。他没有这么做。他从来不认为自己具备那样的资格,也不相信他比其他情报人员做得更好。

---

① 原文为法语。

他跟自己的线人相处得很好,这项本领并没有随着年龄或石化而退化。他的一个线人发现,量人阿霍纳正在联盟的旗舰上,与一名叛军高层——艾扬·伊坎吉卡上校——在一起。他们的谈话内容不得而知。阿霍纳随后离开了"木塔帕号"。一天之后,伊坎吉卡上校也离开了。

稻草人悄悄地跟踪着上校的指挥战斗机,在群星掩映下几乎隐身。他搭乘在一枚"破脸"导弹的外壳上,而这枚导弹装备了一台实验型非反作用力驱动器①。稻草人不需要空气,不需要生命支持系统,甚至对空间的需求也不大,只要能容纳它那具机器人的身体就行。驱动器并不燃烧燃料,所以只有持续不断的雷达脉冲扫描才能发现它,然而上校同样也处于隐身飞行模式,所以她不可能那么做。

印第安座ε星系中有许多中继卫星,它们可以增强通信信号,使其能够在整个恒星系内传播。指挥战斗机朝一颗这样的中继卫星飞过去。战斗机停了下来,在卫星附近等待了好几分钟,然后朝来时的方向迅速折回。稻草人本打算跟上,但就在此时,它探测到卫星上有个新的排放信号。是热能。一个人体大小的物体,向外发出接近体温的红外辐射,旁边还有个巨大的、较之更凉的物体。这说明指挥战斗机放出装置,把某人送下了飞船。

稻草人权衡着自己的选项。军用A.I.具备复杂的间谍和反间谍功能,但现在,它的主要任务还是镇压叛乱。指挥战斗机距离它的前沿基地非常远,有可能被捕获并作为情报分析对象。但情报分析与铲除叛乱不是一回事。稻草人向它的情报

————————————
① 无须依靠燃烧推进剂来产生喷射推力的航天器驱动器,得名于牛顿第三定律。

小组传送了一份进度报告,他们驻守在"卡捷港①号"巡洋舰上,离此地二十分钟路程。

十五分钟后,一艘更大的飞船飞了过来,减速到五个重力加速度。它的反射率和红外排放都很低,也没有驱动器的电磁排放。这是一艘非常安静的暴胀子飞船,并且还在试图让自己更安静。它在卫星旁边停好,将那位神秘的乘客和货物装载上船。然后,它开始以四个重力加速度加速离开。稻草人保持着一段距离跟了上去,然后向"卡捷港号"又传送了一份加密激光通信报告。

暴胀子飞船不断变换着航线,有时还十分突然。稻草人必须静悄悄地跟在后面,所以只好等它已经跑到前面很远了,这才跟着做相应的机动动作。就这样过了三个小时,暴胀子飞船在一颗裂成两瓣的球粒小行星C99312附近停了下来。稻草人也停了下来,保持着肉眼看不到的距离。

暴胀子飞船的泊库打开一扇小门,从货舱卸载了一个东西。那东西的电磁排放很奇特,无法定性,比暴胀子飞船的其余部分都要冷。它的光度也微弱而易变,还在向外发出一些X射线。通过微弱的红外线排放,稻草人看着一些机器人自动机将这件货物运入一道被阴影遮蔽的峡谷。很快,暴胀子飞船合上泊库门,调转船身,飞入了峡谷。

那以后,稻草人便再也无法探测到那艘飞船了。

稻草人仔细检视着望远设备中的影像,但现在只能看见那些正在缓慢冷却的机器人自动机。没有飞船。难道它进入小行星内部了吗?不太可能。如果这颗小行星的内部隐藏了什么,哪怕只是一个瞭望站,那么它在红外线成像仪中也应该会

---

① 与魁北克北岸地区的一座城镇同名。

显得更热。稻草人再次检视了望远观测结果。他们运出货舱的那件东西比飞船本身冷得多。它发出的微弱辐射和散射出的X射线都十分奇特。

真奇怪。

稻草人精巧地操纵着冷冻气体喷射器，朝C99312靠近。稻草人从五十公里外朝峡谷中的小机器人发射了激光，能量足以将其击毁，却不至于熔化，这样也为今后对其内部原理进行检查保留了可能。小行星中心有个微弱的磁场，在五十公里外，微弱得几乎完全被印第安座ε星自己的磁场淹没了。

稻草人到达峡谷，做好了应对任何攻击的准备，却没有发现任何移动的物体或信号。距离"破脸"导弹头部几米之外，闪动着难以捉摸的切伦科夫辐射和微量的X射线。

没有任何观察者记录过这么小的虫洞，小到只能容纳一艘窄体穿梭飞船或是一枚导弹通过，而暴胀子飞船已经不知所踪。稻草人向"卡捷港号"发送了一份加密激光通信报告，同时下令立即夺取C99312。这条信息将在二十分钟内到达那艘驱逐舰，可能还需要十分钟时间来人工打开一个临时虫洞，然后在全面戒备状态下到达这里。然而等到了那时，那位联盟上校的踪迹可能已经无处可寻了。而那位上校要么是跟阿霍纳在一起，要么会将他引到其他量人那里。稻草人不会感到害怕或恐惧，他拥有的只是对聚合毫不动摇的忠诚，以及面对威胁时的昂扬斗志。虽然主轴的远端可以由此守住，但价值连城的情报却在另一端。

稻草人穿越了虫洞口那无形无实的表面。

一切立时变得难以理解了，视觉信号、引力及电子信号都让人摸不着头脑。自动系统诊断激活，显示出怪异的时间差异、能量读数和无法解释的内网广播延迟。稻草人停了下来。这不是普通的虫洞。它没有喉结构。一个巨大的、无迹可寻的空间就这么打开着。所有的读数都不对劲。

前方一公里处，隐约可见暴胀子飞船漂浮着。它也停了下来，正在借助冷冻气体喷射器旋转。但就在稻草人看着的同时，暴胀子飞船骤然缩小，然后便消失了。它并不是飞走了，也没有越过虫洞口的视界。它就那么沿着一条轴缩小，然后消失了。

稻草人将武器系统准备就绪，精确地操纵着冷冻气体喷射器，移动到暴胀子飞船最后的位置。尽管空间里还翻腾着失去来源的怪异能量，这片区域却空无一物，没有任何可供那艘飞船躲藏起来的遮蔽物或掩体。隐身衣这种东西并不存在，除非量人已经发明了一件。

他们去哪儿了？

稻草人按照它刚刚看到的那艘暴胀子飞船做过的动作，进行了同样的旋转。这片怪异的空间内部的样子发生了改变。有些颜色收缩消失了。其余的颜色在频率和视向上像万花筒一般变幻着。稻草人是一个具有强大处理能力的A.I.，但眼下的情景竟然令它也感到晕头转向。自从几十年前它被制造出来，这还是头一回。

万花筒继续变幻，将一艘暴胀子飞船呈现在眼前，就在前方六百米的地方。起初是个微缩影像，然后变成一幅小图，最后随着稻草人完成旋转动作，那图像也放大成为全尺寸了。可以看到，暴胀子飞船的船尾正在远离。

稻草人无法理解眼前这艘忽大忽小的飞船。透视也好，运动也罢，没有什么原理可以解释这一现象。导弹系统内部诊断广播的速度也发生了十分古怪的时间差异,这同样无法解释。某种非常奇怪的力量正在发挥作用。

稻草人无法理解这个空间,无法理解它所看到的一切,也无法理解它内部的广播信号的速度。另外它还意识到:自己已经看不到虫洞口了。这令它感到了前所未有的恐惧。进入主轴后,稻草人只推进了几公里,可是匆忙之中,它并没有丝毫不差地控制自己的漂移,因此即便能够找到来时的路线,沿着那条路线返回,它也未必能够回到虫洞口。

暴胀子飞船再次翻转。那上面的飞行员知道如何在这个空间中导航。联盟和量人对于这场叛国行动到底谋划多久了?

没关系。"卡捷港号"会占领这对诡异虫洞的一端。然后,聚合政府可以有几十年甚至几个世纪的时间,来一层层揭开它们的秘密,而稻草人抓获的量人也许还能帮上忙。也许那位联盟上校也能帮上忙。稻草人无法在这个虫洞内部导航,但它可以紧盯着暴胀子飞船,依葫芦画瓢地重复所有旋转和加速。一旦它找到虫洞的另一端,它就可以做个恒星定位,然后发送信号给聚合。

二十五

伊坎吉卡啪的一声合上头盔上的密封扣,对眼前这对量人小情侣的卿卿我我视而不见。那种纯真的感情,她从未体验过。她有时也有恋人,也会幽会,但不会像阿霍纳和梅希亚这样,充满对安全感的渴望。当她还算年轻的时候,就已经加入了一个显赫的三角群婚关系,其中另两位都比她年长许多,分别是鲁多中将和瓦吉昆达准将。她向来敬重瓦吉昆达,对鲁多中将也十分崇拜,崇拜她的军事计谋、指挥才干,以及她对远征军定能回归故土的那份毫不动摇的信念。尽管伊坎吉卡自己犯了错误,丢掉了时间之门,但她仍然感到无比自豪,因为鲁多得到了提拔,成了海军司令。

伊坎吉卡的忠诚自孩提时代起就不可动摇,然而过去的三天扰乱了她的生活,使一切都错位了。鲁多中将并非真正的鲁多。当然名字并不重要。这些年来,这个女人一直被人称作鲁多,打从伊坎吉卡出生前就是如此。

可是,名字确实很重要,就像行动一样重要。

联盟在为自己的军舰命名时,用的都是对他们而言意义重大的地名和人名:"木塔帕号""林波波号""坎帕拉号""戈布德维号""巴特布奇号"……这些名字都承载着历史与认同。金星聚合政府也是如此,他们使用的都是地名,为了纪念一个被时间夸大、现已沉入历史传说中的魁北克殖民地。联盟的中央政权是津巴布韦,它的名字就来自一个铁器时代的王国,因为名字是拥有力量的。

因此,那个名叫文比索·唐格维莱的年轻女子,攫取了库兹亚奈·鲁多的名字——一个拥有图腾般的力量、使她成功进入军校的名字。如今,这个名字因为她,已经变成了一道充满魔力的符咒。她的舰队成员和联盟的政界人士提到它时,无不心怀崇敬之情;聚合政府提及它时,则满心都是沮丧。

所以,中将取代了鲁多的身份,对历史来说也许是一件幸事。原来的那个鲁多,如果想取得那个偷走她人生的女人所达到的成就,概率有多大?如果那个被杀害的鲁多是个所谓的联盟社会精英,就像伊坎吉卡在回到巴克维兹之后遇到的那些人一样,那么这个概率可以说微乎其微。

伊坎吉卡来到气闸前。她那错位的人生现在不但没有回到正轨,情况反而越来越严重。连她在历史中的角色也错位了。她步入了一个传说中的时代,而她哪怕犯下一丁点错误,都可能导致他们过去四十年来争取独立的努力付诸东流。

阿霍纳也来到了狭窄的气闸里。伊坎吉卡穿过气闸,快艇的门向外打开,现出外面那片光怪陆离的空间:一片石板灰色突然掠过,有几个瞬间还变成了难以捉摸而且毫无来由的油彩色;一阵甜蜜的味道倏忽闪过,几声刺耳的白噪音骤然响起。周围所有的点都触及了她的双眼,仿佛它们同时处在三个不同的距离。

还好快艇还保持着实体完好,在这个怪异的空间里钻来绕去,一会儿聚焦一会儿失焦,不透明的表面之下闪过一道道不知从何而来的绿色和蓝色。伊坎吉卡戴着手套的双手在闪闪发光。她转动双手,想消除这效果,却发现自己的手缩短了。阿霍纳看起来似乎没有这些问题。把视线放在他身上,这个世界的怪异程度好像降低了几分。他那张昏暗的脸,正从头盔面罩的光晕中看着她。

"准备好了吗,上校?"他问。

如果眼前这一切他能应付得来,那她也一样可以。她不是量人,但她为自己的军阶感到骄傲;这一点在怪异的超空间里不会发生改变,就算在过去也不会。

阿霍纳激活宇航服的冷冻气体喷射器,毫不费力地移动起来,仿佛他就出生在这里一样。要真是那样就危险了。几个月来,伊坎吉卡一直把阿霍纳当成一个聪明而狡诈的罪犯。这种评价应该是根据后者的正常人设得出的,也许她错了。在"木塔帕号"和"琼莱号"上,以及在偶人自由城里的时候,阿霍纳从来没有表现出过这种归属感。可他和梅希亚却都能适应眼前的这片混乱,轻松自如得仿佛鱼儿回到了水中。

她犹豫地跟在后面。他在虫洞口闪着红光的表面上方停下时,她也减慢速度停了下来。他低头将脸贴在那个视界上,犹如把头盔面罩伸进了一摊液体里。这情景让人有些悚然不安。他再次抬起头,看着她。

"时机正好,和我想的一样,外面没人注意到,"他说,"我把我们的身份识别信息用激光通信发送给了最近的瞭望塔。"

他抓住她的上臂,她则操纵冷冻气体喷射器,与他的飞行轨道保持同步，同时做好穿越的心理准备。不过当他们通过视界时，她并没有什么特别的感觉。强烈的探照灯光照在物体上，投射出粗糙的阴影。引力拉动着她，她碰到了混凝土般坚硬的水凝冰层。冰层反复化冻又冷冻，里面掺入了一簇簇花粉，上面覆盖着干冰积雪，笼罩在淡淡的甲烷和氮气薄雾之中。

她从来没有踏足过这片冰原，心中却产生了一种奇怪的归属感。这种感觉让她心头战栗。她那从未谋面的父母，此刻就在这里某处的联盟部队里。一颗硕大的褐矮星[1]浮现在视线上方，盘踞着天幕上十五度的区域，像一个巨大的、发着光的余烬。她就出生在这片天空下。曾经，群星决定着生命及命运。在她的母星那片狂风呼啸的上层大气中，分布着一条条金属氧化物——钒、铁和铝——的尘埃线，而内层的钛氧化物云则好似下方那个红肿的红色星体上缓慢移动着的一块块瘀青。

在她身后，虫洞的下部边缘已被冻结在冰面上。时间之门周围矗立着一大圈草草建成的冰柱，它们的顶部被探照灯照得雪亮。聚光灯下，可以看到大部分土地上都覆盖着一层油质的黑色渣滓，那是一种可以在真空中保持活性的油膜生命体，它们能够吸收来自年轻褐矮星的红外光，从而进行光合作用。离时间之门更远的地方，还有别的光合作用体从地面蔓延生出。它们呈现出的分形形状让人联想到树和灌木，黑色的油膜将枝杈相互织在一起。最奇怪的还是那些能动生物群，各种报告中通常称它们为植物智能。

乍一看，它们似乎完全静止，但只过了一会儿，凭借在战斗中训练出来的敏锐感觉，她就发现它们在缓慢地移动。它们有

---

[1] 质量太低，在核心不能维持大规模的氢融合反应，与主序恒星不同的次恒星。

四条腿,身体结构呈桶状。它们上方有几片张开的、覆盖着冰的黑色叶状物,捕捉着褐矮星的黯淡红外光和从时间之门里出现的花粉微粒——只不过,再也没有花粉从时间之门里出现了。

"你们将这颗行星命名为尼扬加。"贝利撒留说。

这名字中将只说过两次,但阿霍纳从来不会忘记任何事情。这个名字是神圣的,所有远征军的人,包括她,都不会这么随意地说出口。现在从他嘴里说出来,听起来很奇怪,有种不请自来的似曾相识之感。

"这名字是个黑色笑话,"她说,"尼扬加是津巴布韦的一个国家公园。你觉得这里看起来像国家公园吗?"

阿霍纳和她一样敬畏地环顾四周。

"的确感觉像一个植物园,"他缓缓说道,"在一颗发育不良的恒星的余烬下生长的植物园。"

她不知道该如何理解他声音中的崇敬语气。她不了解量人,不知道他们会尊崇什么。听到他这样说之前,她从来没有想过自己出生在一颗发育不良的恒星之下。

"鲁多给我们的覆盖指令还能让摄像头继续休眠大约一分钟。"A.I.说。

他们轻快地从时间之门处走开,绕过一个个植物智能。为了避免有人发现他们的到来,大家没有留下任何痕迹。远处,简陋的建筑物的轮廓遮住了群星,还将自己的照明光泼洒在冰面上。大约五十个人稀稀拉拉地散布在冰面上,忙着各自的事情。

伊坎吉卡和贝利撒留的头盔截取了他们的无线电信号:明码命令、安全检查、任务分配变动。她倾听每一条消息,感受着历史的分量。如果联盟最终能够成功摆脱对聚合政府的依附，这将成为他们的创始神话，而她此刻正站在这一切的发端，听着其中一个个活生生的凡人说话。

他们从这些工人身旁走过。大多数人并没有注意到他们，有几个略带疑惑地用眼角余光扫了扫他们。此时正是远征军四十年流亡的开始阶段，他们正在利用时间之门加速设计新的推进系统和武器技术。但这同时也是一个丑陋时期的结尾。在那段黑暗岁月中，为了效忠聚合政府，人们不断地铲除间谍、卧底特工和叛徒。联盟花了整整五年时间，才清除了这种互不信任的氛围。在这五年里，鲁多在远征军中逐步取得领导地位，建立了一个统一而忠诚的集体，将大家的奋斗目标设定为让撒哈拉以南联盟最终摆脱聚合政府的霸权统治。伊坎吉卡在那支联合舰队中长大，对联盟内部那种效忠网络一无所知，直到他们回到故土，这才亲眼看见了联盟的政治、内阁里的争吵，以及争权夺利和相互推诿的现象。以她这种懵然无知的状态来到此时与此地，哪怕不要迷路这种最简单的小事，她可能都无法做到。

也许她做不到，但此时的鲁多上尉一定能。

一组组安全命令来回传递着。她尽量多地接受这些信息，但其中很多都缺少指示对象。这时她听到了一句话："伊坎吉卡说要清除它们。杀了它们。"

她顿时僵立在原地，心脏狂跳。阿霍纳催她快跟上。

"别停下！他们说的不是你。"

她甩掉他的手臂。

"我知道，"她咬牙说道，"我妈妈刚刚下令杀谁？"

"他们唠叨个没完，"阿霍纳说，"但我很肯定他们说的是植物智能。"

她一下子如释重负。"植物。"

"也许吧。"

他们逐渐靠近由冰和塑料组成的建筑物,地面的黑色油质层下露出肮脏的灰色冰块。他们经过宪兵楼,绕过巨大物资库后面的研究协作中心,来到地面指挥部。跟之前她在研究地图时看到的相比,一切都显得更小、更简陋。这些建筑物是用歪歪扭扭、满是补丁的塑料建造的,到处喷洒着冰块,用来密封隔绝外面的大气。它们被随意拼凑在一起,一切只图省事,凑合能用就行。伊坎吉卡习惯了因陋就简的生活。在远征军中,人们拥有的物资非常之少。生物反应器生产出来的食物味同嚼蜡,但第六远征军的人们有时候会连续吃上好几个月;他们甚至好几年都不会有机会进行新的开采和建设。尽管如此,船员们还是会为他们的成果感到自豪。不过这里的建筑却无法让她感到自豪。

伊坎吉卡将自己的军用手环靠近一个门禁扫描仪,键入一串密码,气闸随即在他们面前打开。临时密码竟然真的有效。目前为止,一切进展顺利。她把头盔挂在一个打开的柜子里,开始脱掉宇航服,露出穿在里面的工作服。阿霍纳也脱掉了宇航服。他假扮得很好,看上去完全就是一名远征军战士,也许开口跟人交谈也不会被认出来。真是个狡猾的骗子。

她调整好背带和枪套,朝大厅走去。阿霍纳紧随其后,模仿着她的姿态和步伐。他们从几名列兵、军士和军官身旁走过,根据情况或敬礼或点头,一路深入到大楼内部。冰冷的墙壁和地板让空气也带着寒意,每个人的动作都因寒冷加快了节奏。在第二层地下室一条空荡荡的侧廊里,他们发现了一组凿冰而成的隔间。每个隔间里有两三名船员在工作,用的都是2D屏幕或平板电脑。在走廊尽头,一扇门下微微透出灯光。

伊坎吉卡心中隐隐感到一阵焦虑,这种感觉甚至在她从前即将投入战斗时也从未有过。士兵和指挥官的犹豫可能是致命的。她从小就受过训练,能用敏捷、合理的动作克服犹豫,但从来没人训练过她要如何潜入过去。最终,她还是出于习惯,犹犹豫豫地举起手,敲了敲门。

一个年轻的声音叫他们进去。伊坎吉卡突然感到十分紧张,甚至有点恶心。她竭力抑制住那种感觉,推开了门。

房间很小,是个几米见方的正方形空间,在冰里草草凿成,所以看不到一个整齐的拐角或是一条笔直的边缘。一张小桌上摆着几部数据平板和一台布满划痕的显示屏,桌子后面坐着一位身材娇小的上尉,正抬起头来,用那张年轻得不可思议的脸看着他们。

这个女人将来会成为她的妻子,但三十九年前,现在,她还只是一个陌生人。伊坎吉卡已经为这一刻准备了很久。她研究过很多老照片,但即便如此,她还是得努力控制住自己的手,在敬礼时不要颤抖。阿霍纳在她身后重复了相同的动作。

"有事吗,下士?"鲁多说。

伊坎吉卡犹豫良久,时间长得令年轻的鲁多面露狐疑之色。少年老成的上尉脸很光滑,一头细密卷曲的黑色短发。那些伤疤不见了。在她的侧脸和脖子上那片看起来像个三角洲的伤疤,还有左边头皮上那道皱巴巴的烧伤疤痕(那是一个卧底特工试图暗杀她时留下的),此时都还尚未出现。三十九年后的未来,鲁多中将会因为担心被暗杀,再也不离开旗舰半步。伊坎吉卡现在所处的这个时代,鲁多还不值得别人暗杀。

"长官，"伊坎吉卡轻声说道，"有个朋友派我来请您帮个忙。"

伊坎吉卡走上前一步，阿霍纳窘迫地跟在她身后挤了进来，关上了门。鲁多不得不伸长脖子才能平视伊坎吉卡的眼睛，但即便如此，她仍然仪态威严，往后靠在塑料座椅上，态度带着些许高傲。

"在这里大家都是同志。"鲁多说。

鲁多上尉还没有培养出高级军官和司令的那种谦虚优雅。伊坎吉卡看得出来，这位新任军官傲慢地认为人人都应该对她表示尊敬。

"我可以坐下吗？"伊坎吉卡问道。

"长官？"鲁多倨傲地提示道。

"长官。"伊坎吉卡说。

"有话就说，说完赶紧走，下士。我很忙。"

伊坎吉卡还是坐了下来。她深呼了一口气，之前排练好的那些话似乎都在她脑海里卡住了。

"我的名字是伊坎吉卡。艾扬·伊坎吉卡。"

鲁多疑惑地盯着她。"你和我都知道，部队的花名册上没有叫这个名字的人。"

伊坎吉卡犹豫了一下，毕竟接下来她要说的话听起来就像是精神错乱，然后她继续道："我来自未来，"她说。"我是伊坎吉卡准将的女儿。"

她听着自己的话，自己都觉得像个蹩脚的玩笑。然而，远征军中的每一个人，不管他们是否知道，都曾在尼扬加发现的那台时间旅行机器周围工作过。每个知道它存在的人，都曾认真考虑过时间旅行的可能性和危险性。他们为此设立了一整套管理体系,将各种知识完全分开隔离。这样就永远不会违背因果律,不管是无意还是有意。

鲁多缓缓拔出手枪,然后将握着枪的手搁在桌面上。

"你先,"鲁多说道,举枪指着伊坎吉卡的胸口,"然后是他。当心点。"

伊坎吉卡用两根手指摘下自己的手枪,放在桌上。阿霍纳也这样做了。鲁多一直盯着他们,并按下了桌上的一个按钮。屋子上方,一盏红灯亮了起来。她把房间锁死了。她盯着他们,仿佛在做着搏斗的准备。

"你看起来三十多岁,伊坎吉卡下士,"鲁多终于说道,"既然准将现在还怀着孕,所以你是要我相信:你来自三十多年后的未来。那可不是时间之门的运作方式。它们只能把事物送回到十一年前。"

"远征军得到时间之门之后,花了几十年时间,已经学会了如何更好地操控它们。"伊坎吉卡说,"我现在三十九岁。"

"说得倒轻巧。你们总该带了什么证据来吧?"

"你可以把我的 DNA 和我母亲的作对比,"伊坎吉卡说,"但那可能会引起别人的注意。你派我从未来回到这里,带了一样更简单的东西。"

"我派你?"鲁多皱起眉头问道,"三十九年后,我给你下的命令?"

伊坎吉卡盯着这位将在未来成为自己妻子的年轻女子,不敢相信带有属于二十二岁的轻快语调的她,与未来那位尊贵的联盟武装力量实际上的[①]领袖,竟然是同一个人。

"接着说。"鲁多终于说道。她随意地挥了挥手,仿佛自己

———————————
　　① 原文为法语。

在格外照顾伊坎吉卡似的。

"我生下来就认识库兹亚奈·鲁多。她还娶了我作为她的年轻妻子,当时我深深为之感动和惭愧,"伊坎吉卡说,"然后,就在几天前,为了这次任务,她告诉我她的名字其实不是鲁多。"

鲁多上尉脸上的表情一下子垮掉了,她抬起手中的枪,用枪口指着伊坎吉卡。

"我想她应该是记得,正是这一点才使她当初相信了我真的来自未来。"伊坎吉卡说。鲁多看起来越来越恐慌。伊坎吉卡心里突然升起一种奇怪的感觉,想要保护自己这位年轻版的妻子。

鲁多吞了一下口水,在这安静的环境中,那声音很清晰。

"如果你没有撒谎,"鲁多上尉声音嘶哑地说道,"未来的那个我,肯定还把一个名字告诉你了吧?"

"文比索·唐格维莱。"

鲁多皱起了面孔,但手中的枪没有丝毫动摇。

"我以为自己掩盖得天衣无缝,"鲁多说,"但显然有人早就发现了这件事,并且一直隐瞒着。听起来像聚合的卧底会干的事。"

鲁多手中的枪在颤抖,她的手指压在了扳机上。

"是你告诉我要这么说的!"伊坎吉卡说道,一股愤怒的恐慌涌上她心头。

"你没有别的证据?"

"我可以把你的未来全都告诉你,但那无法说服你,"伊坎吉卡说,"你没有告诉我其他的秘密。"

"那你们俩老实告诉我:你们从哪儿得知的这件事,除了你们，还有谁知道。"

"十二年前，你娶了我做你最年轻的妻子，"伊坎吉卡用绍纳语说道，"所有的婚姻都是政治联盟，但你一直对我很好，而且细心地指导我。你喜欢我的其中一点，就是我说绍纳语时的亲和力。你让我帮你练习，好让你去除自己的口音。你还对我说，当我讲绍纳语的时候，会让你想起自己成长过程中听到的最后一些语言。"伊坎吉卡停顿了一下，"你有一首最喜欢的歌，当你还是个小女孩的时候就喜欢了，歌名叫《Dai ndiri shiri①》。"

鲁多皱起了面孔。她手中的手枪又颤抖起来。如果她现在开火，能把伊坎吉卡连头带肩一枪轰掉。伊坎吉卡并不怪她，因为就连她自己也几乎无法相信这一切。

"那首歌是所有人的最爱。"鲁多终于用绍纳语回答道，声音中带着一丝疑惑。她紧抿着双唇，好像在竭力鼓足勇气维护某种东西，以便控制住局面。

"他是谁?"她问道，枪口朝贝利撒留快速地指了指。

"在我生活的时代，你跟他成了生意上的伙伴。"

"你信任他吗?"

"不信任。他太狡猾了。"

"可你却带着他回到了过去。"

"那是你的决定，不是我的。"伊坎吉卡干脆地说。

"你说完每句话之后，能不能加上个长官，下士?"

伊坎吉卡直直地瞪着这位年轻的上尉，直到鲁多那灼热的目光也有些退缩。

"在我生活的时代，我是个合格的上校，"伊坎吉卡说，"所以我也不知道该如何称呼你。手册上可没写这个。"

---

① 绍纳语意为"如果我是一只小鸟"。二十世纪八十年代津巴布韦舞曲。

鲁多犹豫地注视着她，然后将目光转向量人。

"你叫什么名字，陌生人？"

"贝利撒留·阿霍纳。"

"英西人。"

"是的。"

"那么，起码我们在未来跟银行还是有联系了。"鲁多说。

"你相信我了？"伊坎吉卡说。

"就因为你的名字？或者那首歌？"鲁多说，"不，那些都不够有说服力。"

"有什么漏洞吗？"伊坎吉卡问道。

"你的绍纳语讲得太好了，比部队里所有人的绍纳语都好，也许比整个撒哈拉以南联盟的所有人都好。听起来好像你说了好多年了。而你的法语带有很奇怪的口音，就像是后学的。"

"你派我回到过去的时候，没提醒我要注意我的法语口音。"

"可能是我故意的。"鲁多说。

逻辑、欺骗和因果关系——浮现出来，伊坎吉卡脖子上的汗毛都竖起来了——鲁多中将故意省略掉了这个细节。

"我跟奥孔科和齐瓦伊的婚姻出了什么问题？"鲁多问道。

"你希望我回答这个问题吗？"伊坎吉卡说。

鲁多放低枪口，小心翼翼地把手枪放到桌上，但仍然在触手可及的范围内。她大声地呼出一口气。

"这么说，我们搞清楚了时间旅行的方法，"鲁多说，"在我还活着的时候。"

伊坎吉卡尽量让自己不露声色。如果要她告诉年轻的鲁多：其实并不是"我们"，而是阿霍纳，是他偷走了时间之门，还搞清楚了如何使用它们,并且很可能只有他和梅希亚能做到这一点,那种感觉未免太苦涩了。鲁多皱起了眉头。

"你们是穿越时间之门而来的,是不是?"她问道,"你们是碰巧出现在我们的警戒区中心,还是在我们建立好警戒区之前就已经在这儿了?"

"我们一小时前来的,"伊坎吉卡说,"这么多年了,你一直保留着一些密码和安全频道的频率,无疑就是为了这种时候派上用场。我们就是靠它们才潜入这里的。"

鲁多出神地想了好一会儿,思考着自己为何会做这样的事,以及这到底算不算一种祖父悖论。

"你们为什么要来这儿? 这太危险了。"鲁多终于用法语问道。

虽然他们谁都不喜欢讲法语——那是霸权宗主国的语言——但其复杂的动词时态和语态用来谈论时间会更方便。在某种程度上,即使在四十年之后,绍纳语也没有达到这样的水平。

这个时代,撒哈拉以南联盟并不仅仅是在军事上和科学上获得了新生。脱离宗主国的这四十年,也催生了语言的复兴和联盟的民族创始故事。在伊坎吉卡的时代,绍纳语还没有完全发展成熟,就像联盟的军事独立一样并不稳固,而这只意味着他们的创始故事尚有丰富和扩展的空间。

此时伊坎吉卡正一只脚踏在这个故事的开端,另一只脚踩在这个故事的中段。她无法摆脱这种感觉:她在这里的任务的成败,将决定这个故事到底是变成一个真实的民族神话,由她的子孙世世代代传颂下去;还是会变成一个警世故事,由别的人站在联盟的尸体上讲述。

"我们需要地壳冰的岩芯样本,"伊坎吉卡说,"越早的越好。"

"就为这个?"鲁多用带着讥讽口吻的法语说道,"潜入警戒区,就为了运几吨冰柱样本回去?"

伊坎吉卡很不习惯鲁多这么……一惊一乍。鲁多的愤怒溢于言表,甚至显得有些夸张,显然是要告诉别人她很生气。但她的行为举止之间,却也不自觉地掺杂着某种不自信——某种不确定和稚嫩。这很危险,不仅仅是对联盟而言,对鲁多自己也是如此。这个时代的鲁多,身上有一种伊坎吉卡此前从未见过的脆弱。看到自己未来的妻子来访,并且表现得如此镇定自若、威风凛凛,这既有可能巩固她对自己和未来的信心,也有可能削弱她的信心。

不。伊坎吉卡了解鲁多中将。即便她曾对自己以及她在这个世界上的角色有过什么怀疑,这种怀疑也早已被她克服并埋葬了。起码在她不得不将自己的秘密告诉伊坎吉卡之前是如此。伊坎吉卡倾身向前。

"库兹亚奈,"她轻声说,"未来的你需要这个。我也不知道是为什么,但是在未来,它可以为联盟的独立事业添砖加瓦。我们一起决定赌它一把,而我就是赌注。我能告诉你的就是这些。"

"他也是你们的赌注吗?"鲁多问道,"我们怎么跟英西银行搅和在一起了?"

"阿霍纳是我们的科学顾问,他算是个虫洞专家。"

鲁多的双眼直视着她。"他应该不只如此吧。你对我隐瞒了什么?"

"所有的事!"伊坎吉卡愤怒地举起双手说道,"这可不是把什么编排好的消息传送回过去,也没有一票逻辑学家来帮我审查!我只是不希望因为讲错一个词,就破坏了因果律。"

这一通发火吓了鲁多一跳,伊坎吉卡则感到一阵羞愧。这是她未来的妻子对她的第一印象,可她却表现得如此失态。上尉沉默了一会儿,眼睛盯着桌上的数据平板。

"我们已经采集到了一些岩芯样本,可我没法给你,"鲁多说,"它们这会儿在研究团队的手里。"

"我们能不能把它们偷出来?"伊坎吉卡说,"那又不是什么重兵把守的国家机密。"

鲁多疑惑地瞪着她,好像在看着一个孩子。"你怎么这么天真?我怎么会选你做我的妻子?"

"我也不知道你为什么要选我做妻子。"伊坎吉卡说道,沮丧之情使她来不及克制便脱口说出了这句话。

伊坎吉卡的军官生涯一开始进步缓慢,不是太顺,但之后她很快被晋升为上尉,然后是少校。随后,她又得到了去鲁多的队伍工作的机会,以及那个让人摸不着头脑的邀请:加入远征军中最有权势的政治婚姻组合。当时她只是个新提拔的少校,年轻上校们多的是,都等着被邀请加入鲁多的婚姻。伊坎吉卡只好认为,鲁多之所以向她求婚,肯定是因为她身上有什么连自己都没发现的优秀之处。这么多年来,她证明了自己配得上在部队中获得的一切,但她对此仍旧有些不敢相信。

过去几天里,她又产生了新的怀疑:为什么鲁多要娶她做配偶。假如他们真的引发了时间旅行悖论,没人知道会发生什么。谁也不敢冒这个险。现在,伊坎吉卡已经知道,从她还是个上尉的时候起,鲁多的脑海中就一直存有这样的记忆:曾经有一位年轻的上校回到过去拜访她,还告诉她,自己在未来将会成为她的配偶之一。不管伊坎吉卡的能力或其他品性如何，单就这一条信息本身，就会让任何谨慎的指挥官不得不将伊坎吉卡娶为妻子，即使这会引发某种奇特的循环因果关系：原因导致了结果，同时结果又导致了原因。

对鲁多上尉来说，难以接受的是：事关她未来的重要信息，就这么没头没脑地冒出来了。而她的婚姻和事业也同样莫名其妙地就这么决定了。伊坎吉卡觉得她也许跟自己一样，为此感到十分郁闷。也许，伊坎吉卡之所以能嫁给鲁多，只是因为她已经嫁给了鲁多。也许，伊坎吉卡之所以在自己所处的时代是个上校，只是因为她在过去曾经是个上校。她是谁，她凭什么能成为配偶或军官，也许这些并不重要。鲁多上尉刚才那番刻薄的话，为她们的人生注入了这些"也许"。

"我在努力寻找解决方案，库兹亚奈。"伊坎吉卡说，语气中带着些恼怒，"这是我作为上校的职责所在。"

听到这样的责备，鲁多眯起了眼睛。

"我不知道你来的那个时代是什么样子，上校，但在这里，"她敲着桌子说，"一切都尽在掌握。我们逮捕了聚合政府派到远征军来的所有政委。我们认为，聚合政府在我们的船员中安插的所有卧底特工已尽数落网。但现在，舰队中的各个政治派系正在明争暗斗，想获取控制权。大家都在盯着对方的一举一动。"

"我一直以为塔卡塔法尔在南杜罗死后就掌握了部队的指挥权。"伊坎吉卡说。

"她确实掌握了指挥权，但仍有许多军官忠于伊坎吉卡准将。塔卡塔法尔也拿不准自己是否能够信任那些人。这些事情你应该都知道吧？"

"我知道日期。我还知道晋升和分派的具体安排,这些都有记录。"

"未来的我竟然没有给你一份更详细的简报,这可真奇怪。"鲁多说。

这话很伤人。地图、密码、设计图、时间表、人事档案和值班安排,这些她都有。她和鲁多中将光考虑了回到过去后如何才不会被人察觉,仿佛她只需要跟年轻的鲁多接触就行了。为什么她没有拿到更详细的简报? 对过去的了解并不会造成时间悖论。难道鲁多中将不信任她吗?

"我们需要岩芯样本,"伊坎吉卡说,"你觉得我们应该怎么做?"

鲁多久久地审视着她,仿佛在试图建立心理优势。如果伊坎吉卡一直面对的是这样咄咄逼人的鲁多中将,那现在她可能会感到十分不安。可是她发现,跟她在自己那个时代所认识的鲁多不同,眼前这位上尉并不可怕,尽管她总感觉对方身上有那位将军的影子。这时候的鲁多尚未证明过自己,无论是向自己还是向其他人证明。她还只是个年轻的军官,像伊坎吉卡一样,早早地卷入了政治婚姻。鲁多移开了目光。

"这需要大量的准备工作。"上尉说,"得好几天。希望不是好几周。你们两个带身份证件了吗? 有没有什么地方落脚?"

"我们来找你就是为了这个。"伊坎吉卡说。

"地表的空间十分有限。来了很多船员,都在不同的项目上,"鲁多说,"而且签发安全身份证件的权限也不在我这儿。那得通过塔卡塔法尔手下的宪兵办理。"

"这一点,我想未来的那个你帮我们解决了,"伊坎吉卡说。她将一个数据硅晶片放在桌面上推过去。"作为审查员,你有权限访问过期安全密码的记录。这个晶片里面存着主安全网本周的密码。这些年来你一直保存着这些数据。"

鲁多的眼睛稍微睁大了一点,但她没有去拿晶片。

"黑进网络可是死罪。"她说。

"我知道。"

"这可真是个好圈套。你说晶片里有密码,然后我一试,接着就被发现,逮捕,最后被处决。"

"这不是圈套,"伊坎吉卡说,"如果其他派系的人想除掉你,他们不是应该早就以你真名的事为理由下手了吗?"

"让伊坎吉卡去试吧。"阿霍纳说,他的非洲法语口音十分完美,"如果密码无效,你就把我们俩抓起来。抓获两名企图黑进联盟网络的间谍,你还可以当个英雄。如果密码能用,那你就得给我们准备隶属于你连队的身份证件。"

鲁多上尉考虑着阿霍纳的提议。"狡猾。"她说。

"他说的对吗?"伊坎吉卡问道。

"如果你们真的是来自未来,而我给了你们几天的身份证件,那我就有了两个秘密间谍,我可以用你们来帮我解决掉一个问题。"

"什么?"伊坎吉卡说。

"我会给你们身份证件,"鲁多说,"有效期二十四个小时。"

阿霍纳身子一僵,连军装都皱了起来。

"等我听到某个人已经死了,我会再给你们二十四小时。"

"你疯了吗?"阿霍纳说,"我们必须不惜一切代价避免改变过去。这里的任何变化都可能影响到你的未来,而不仅仅是我们的未来。"

"在未来,你们认识一个叫泽西罗·纳布威尔的中尉吗?"鲁多问伊坎吉卡。

上尉的双手已经稳定下来。她的脸上显露出一副新的表情,既像犹豫不定,又似想下定决心。

"我猜你们不认识,"鲁多说道,又将目光转向阿霍纳,"那我估计他对历史并没有那么重要,要不就是他真的死在了这里,死在了你们的手上。"

"你不能冒这个风——"阿霍纳开口说。

"我不是刺客,"伊坎吉卡打断了他的话。

"你是个军人,上校,"鲁多说,"军人有军人的职责。"

"你这是法外杀戮。如果纳布威尔理应被审判,那就把他交给司令部或者军事安保处。"

"你知道情报和反情报工作是什么样的,对吗?"鲁多说。"证据都是间接的,只要死不承认,就足以逃脱军事法庭的制裁,然后对每个人都会造成政治伤害。"

"要杀你自己去杀。"伊坎吉卡说。

鲁多上尉的表情有些动摇。然后她倾身向前。

"我给你们二十四小时。今天晚些时候,他和他的船员会在北边的通信主干线路那里。杀了他,你们就可以再得到二十四小时。"

"你难道还不明白,获取那些样本有多重要吗?"伊坎吉卡从椅子上站起身来说道,"此事关系到联盟的自由。"

"我这件事也一样,"鲁多嘶声说道,回瞪着伊坎吉卡。鲁多表面上有所迟疑,实际上却表现出了钢铁般的决心。"你的母亲,如果她真是你母亲,现在正卧床不起。我听到的传言,说她怀孕的情况不太好。她很有气度,接受了塔卡塔法尔对部队的指挥,但是她手下的那些人可没接受。纳布威尔正在编造莫须有的指控,打算落在一些人身上,而这些人恰好就是我的妻子和丈夫。"

"为什么你的妻子和丈夫不去处理这事?"伊坎吉卡说,"他们俩都比你资历更深。他们可以证明那些指控都是无中生有。"

"这种事情他们不擅长。再说,要查明真相、还我们清白,需要花上好几个月的时间。那些指控与信任有关。如果塔卡塔法尔无法信任我们,哪怕只是一段时间,造成的损害也是无可挽回的。"

"一定还有别的办法。"伊坎吉卡说。

"再没有比这更有效的办法了,"鲁多说,"只能按我说的这个法子来。"

阿霍纳将一只手按在伊坎吉卡的肩膀上。

"你不会真的在考虑这事吧?"他问道。

"我母亲会不会卷入此事?"伊坎吉卡问道。

"这重要吗?"鲁多语带轻蔑地问道。

"重要。"

"在我看来,"鲁多说,"应该不会。但她那些手下,对塔卡塔法尔获得了部队的指挥权可是十分不满。"

"你不是刺客,上校。"阿霍纳说。

"那你说,还有什么别的办法?"伊坎吉卡问道。

阿霍纳拉着她转过身来,面对着自己。他也直视着她。

"我们可以按我们的方式来做,"他说,"利用我们手头的资源。我们不是杀手。"

伊坎吉卡甩掉他的胳膊,转回身去面对鲁多。

"二十四小时,"伊坎吉卡说,"纳布威尔。"

鲁多将她的手枪收回枪套里,起身走到一个架子前,上面堆满了旧的数据平板。她将一块平板递给伊坎吉卡。阿霍纳转过身,背对着那俩人。

"输入你的密码,上校。"鲁多对她说。

伊坎吉卡握住平板。对她来说,这台设备很古老。在她还是个小孩子的时候,上课时用过一些古旧的全息界面平板电脑。但即使在那个年代,部队的工程师会回收所有废弃的设备,将其作为备用的零部件,所以很少有老旧的东西能存世好几十年。她将平板连接到主网络,用一个管理密码登录进去。她一路来到人事系统,上面跳出一些闪烁不已的橙色全息认证问题。她键入鲁多中将之前给她的密码,显示屏由橙色变成了绿色。

"简直不敢相信。"鲁多目瞪口呆。

伊坎吉卡将平板还给上尉。

"给我们几个好用的身份证件。"伊坎吉卡简短地说了一句。

鲁多一动不动,一直盯着那块数据平板。他们就这样黑进了系统,对她而言,这似乎比任何东西都更有说服力。她现在已经陷得太深,难以置身事外了,无论她面对的是两个时间旅行者,还是一个圈套。她坐了下来,但没有碰平板。

伊坎吉卡坐了下来,抱着胳膊,也盯着鲁多,直到上尉移开目光。尽管她努力想透过鲁多那令她感到陌生的圆滑外表,看透她的内心,但眼前这位二十二岁的上尉身上却丝毫没有显露出一位伟大军事指挥官的潜质。鲁多的疑虑和秘密之下有火苗闪现,是那种灼热的信念,那种可以支撑她率领远征军一路冲过偶人主轴的信念。但这种火苗此刻却无迹可寻。伊坎吉卡穿越时间,回到过去,本以为鲁多会她指引前进,结果却是这个样子。还有纳布威尔。

她本该做好更充分的思想准备。鲁多中将肯定知道:过去的自己太过脆弱,无法支撑起整个联盟为之战斗的希望。可是,假如中将关心的并不是什么战争,而是要避免时间悖论,那该怎么办?未来的鲁多知道,她必须把伊坎吉卡送回过去。有可能是因为鲁多记得伊坎吉卡在过去行动失败,甚至死掉了,所以她要确保过去的观察结果不会被改变。也许伊坎吉卡和纳布威尔一样,都扮演着牺牲品的角色。

她倾身向前,直到鲁多对上她的目光。

"库兹亚奈,赶快开始吧,我们要是在你的办公室里待得太久,可能会被抓起来的,"伊坎吉卡最后说,"先给我们找个床铺和住所。然后尽快帮我们拿到在地表工作的授权,这样我们才能搞到新的样本。"

鲁多深吸一口气,开始工作。她花了十分钟时间,创建了几份人事档案和相关记录,将两名刚刚应征入伍的船员——一名下士,一名列兵——从"朱巴号"上转移到地面基地,"朱巴号"是一艘正在执行远程警戒任务的巡洋舰。她在第四兵营里给他们弄了两个铺位,那里没有其他来自"朱巴号"的船员,然后把他们分到审查小组,负责执行营外劳务。一做起熟悉的行政工作,鲁多似乎恢复了一些上尉的军官气派。

"尽量避开所有人,"鲁多说着,递给伊坎吉卡一个数据晶片。"白天不要待在营房里。我会留意军事安保处那边关于纳布威尔的消息。一旦我看到有了结果,就会延长你们的通行证有效期。我需要几天时间来编造正当的理由,好申请你们需要的钻探设备。"

"如果我们需要联络你,该怎么做?"伊坎吉卡说。

"那就确保你们不需要这么做。"

鲁多的语气让伊坎吉卡想起了自己的妻子。伊坎吉卡拿起桌子上的两把手枪,将其中一把塞到阿霍纳手里。她瞥了一眼鲁多,决定还是不要费事道别了。她打开门,从那位职业骗子身边走了出去。他默默地跟在她后面。他们来到气闸,穿好宇航服。来到外面,距离大楼二十米远后,他才通过激光通信开始说话。

"我们不是刺客!"他说。

她没有反对。但这件事讨论起来于事无补。她靴子下的碎冰嘎吱作响。

"我们没资本跟她争,只能听她的。"伊坎吉卡说。

"我们可以欺骗她!"阿霍纳说,"让她以为我们按她说的做了。我们一定有办法做成这场骗局。"

她心中升起一阵怒火。她真想找个什么东西或某个人来暴打一顿。她停了下来。

"欺骗别人,"她厌恶地说,"你就会干这事儿!你就是个小毛贼,只会搞些小偷小摸。这是战争,不是诈骗。"

"这不是战争,上校!你那位中将把我们送回这里,却没有把一切都告诉我们。她绝不是忘了那些细节!所以,这只能是对你的一次考验。年轻的鲁多想下什么命令都随她便,但我们并不需要听她的。你更年长,经验也更丰富。鲁多将军跟我们刚才看到的那位并不是同一个人。也许你被送回来的任务就是将她从自己手上拯救出来。"

伊坎吉卡一把揪住他的宇航服。

"你他妈的赶紧醒醒,阿霍纳!我们不是在打牌赌钱,或者搞什么有趣的思想实验。如果我在这儿失败了,我的人全都会死。你也别忘了,你的人也一样会死!现在不是胡思乱想的时候,我们只能见机行事。一个人的死换两个民族的生,这是一桩很划算的交易。"

"这不是你说了算,上校。在这里我们每个人都有一票,包括圣马太。"

"你那个疯子A.I.?"

"我不是任何人的A.I.,而且我也不比任何人疯。"圣马太说。

"这儿没你说话的份,A.I.。"伊坎吉卡说,"我们第一次会面时,我研读过圣马太的故事。银行的守护神①、叛徒税吏②、与征服者合作的人。这样的人,远征军会枪毙他。"

伊坎吉卡放开了阿霍纳。她继续朝之前的方向走去,他跟在她后面。

一阵令人尴尬的沉默。

"你的婚姻并不是刚才那个样子,对吗?"阿霍纳说。

他们又嘎吱嘎吱地走了十几步。她对阿霍纳的憎恶之情变得复杂起来,让她感到有些不安。他欺骗偶人,帮助联盟穿越了偶人主轴。他还偷走了联盟最珍贵的宝物。可是现在她也亲眼见过了时间之门的内部。那无尽的陌生感和可怕的空间,都是人类的心智无法理解的,甚至无法正确感知。阿霍纳和梅希亚却可以忍受这一切,并且能够在时间之外的那个世界里找到方向。而且,尽管她仍然对来的时候穿越那个陌生国度

---

① 马太作为耶稣十二使徒之一,后来被当作银行、会计、股票经纪等金融财务行业的守护神。

② 马太在跟随耶稣之前,原任罗马帝国犹太行省的税吏长。

的旅程心有余悸,她还是把他带回了自己家(可以这么说),带他参与了也许是她进行过的最私密的一场谈话。她与阿霍纳之间关系的发展,并不像轨道上绕轴运行的星体那么有规律,而是一种混乱中的运动。另外,在他们身处的这个过去,他是她唯一的帮手。

"和我结婚的并非刚才那个女人。"她缓缓说道。

说出这句话后,她之前心中若有若无的失望之情一下子变得无比清晰。家人最重要。她只认识鲁多和瓦吉昆达这两个家人。在正常的家庭,大家可以心照不宣地埋葬过去。老是盯着过去不放,就无法建立信任,而且也不公平。鲁多从没想过一个女人从未来跑回来,用一堆她还要再等个三十年才会达到的标准来评判她。鲁多上尉从没要求过这种事,她是她那个时代的产物,正如鲁多中将是未来那个时代的产物一样。

"我跟鲁多中将以及我们的丈夫很亲近。我们的结合是一桩由契约和岁月凝成的信任保护起来的政治婚姻。但是在这里,这些关系的基础都不存在。接下来的二十五年,我们彼此都还是陌生人。"

"你没有告诉她圣马太的事,就是出于这个原因?"阿霍纳问道。

伊坎吉卡停下脚步。阿霍纳注视着她,脸上的表情丝毫没有透露出他问题中的深意。

"你知道他能做什么,"阿霍纳说,"圣马太可能今晚就能搞到那些采矿设备了。"

年轻的褐矮星放射出分散的橙色辉光,照耀在他们周围的油质黑色地表上。

"我敢肯定,偷这个也好,偷那个也罢,对你来说都是一样的。"她说，"但有的行动会暴露我们，有的则不会。你来自一个完全按规则运行的世界。偷窃对你而言只是个技术问题。但在这里，在远征军的这个时期，监视、告密和线人无处不在。我没有能力在这个世界畅行无阻。但鲁多能。"

"我在你们未来的那支舰队里所看到的那些，你管那叫信任?"他难以置信地问道。

"在未来，我们不信任外人，"她说，"在这里，我们不信任彼此。"

二十六

贝利撒留不喜欢第四兵营。空气寒冷刺骨，比偶人自由城里还冷。他感觉自己再也暖和不起来了。不仅如此，营房里还混杂着各种难闻的气味：汗水、恐惧、认命，以及单纯的忍耐。对于恐惧和绝望，他非常了解。那是他面对傻子时拨弄的欺骗之琴上的琴弦。所以他明白自己在伊坎吉卡身上看到的是什么。她觉得没有别的办法能行得通，甚至没有去寻找别的办法。单是恐惧就足以驱使她去杀人了。

他在鲁多身上也看到了同样的情况，一种无路可退的感觉。但她和伊坎吉卡还有些不同。上校身上背负了巨大的压力，她用自己坚定的使命感以及对上级从无二心的忠诚来应对这压力。这些鲁多都没有。她只是个上尉，坐在赌桌旁想要玩牌，却不明白赌注有多高。鲁多可能会输个精光。

贝利撒留能应付这样的局面吗？他什么时候会输光？

他可能会先冻死。

联盟的船员不仅用冰块建造了物资储藏室，还搭起了桌子和长凳。沿着一面墙摆着一排电炉灶,上面的一锅锅汤、炖菜糊和生物反应器生产的各种酱虽然冒着热气,可连一点儿食物的香气都闻不到。伊坎吉卡用一张半冻着的面饼刮干净碗,然后盛了一大碗这些食物。

贝利撒留偷偷用衣袖擦了一下他的碗,闷闷不乐地往碗里舀了一勺看着根本嚼不烂的炖菜。这碗炖菜里还能闻到一丝漂白剂的气味,尽管如此,他的大脑却不由自主地计算出了细菌生长曲线、微生物对非中性pH值的适应度以及嗜冷[1]特质的潜在选择系数[2]。这一切只花了几秒钟时间,但得出可能繁殖的细菌数量之后,他便再也无法将那个计算结果从头脑中驱散了。

伊坎吉卡狼吞虎咽吃完了碗里的东西,然后走出用餐区,把碗和勺子放入泡沫消毒剂中。贝利撒留站起身,强迫自己大口咀嚼着黏糊糊的食块,然后咽下几口带着发酵味的食物。面饼很硬,吃起来有纸板和氯的味道。

他跟上伊坎吉卡,去配置处领了被单,然后找到那两张分配给他们的铺位。最后一班轮到睡觉的士兵们刚刚起床,带着被单离开了。贝利撒留铺好被单,强忍住想狐疑地嗅一嗅那余温尚存的毛毯的冲动。

他直挺挺地躺下,身上又僵又冷,却还留心观察着伊坎吉卡,想看她是如何应付这一切的。不过她就像根本没有注意到身边睡着这么多动来动去、散发着各种气味的身体似的。

他没办法不去理会这些。这样他可没法睡觉。但是,从现

---

[1] 此类微生物能够在低温的环境保持生长和繁殖的能力。

[2] 面对演化的选择压力,不同个体在同一种环境条件下被淘汰掉的百分率。

在起的三十九年后,在大约五百光年远的地方,他的同胞们挤在原本不是给人住的狭窄货船里,他们也是这样睡觉的。想到这个,他的胃不禁一紧。

他想摆脱这种情绪,于是开始想象空间的积木时间几何结构①,那里面包含的时间和空间可以将他与自己的同胞分离开来。即便他是量人,身处在那个广袤无垠的时空里也会感到晕头转向。没有任何已知的经验可以帮助他行走在过去,在时间的长河中逆流而上。伊坎吉卡一定也有同样的感觉,可在经历了这样一种可以说改变人生的体验之后,她却这么快就能把头枕在毛巾卷成的枕头上,还轻轻地打起了呼噜。

她是怎么做到的?

"圣马太。"他默念道。

"您还好吧,阿霍纳先生?"贝利撒留的皮下听觉植入体中传来A.I.的回答。

"不怎么好,"他默默地对A.I.说,"拯救量人不能以谋杀为代价。"

"您可以不帮她。"

"量人需要一个家园。难道我能回去对他们说:我没法给他们一个家园,因为我阻止了一个陌生人杀死另一个陌生人?"

"没有人是陌生人,阿霍纳先生,"圣马太说,"那正是你为自己的人民做这些事的原因。"

"就算我出手阻止伊坎吉卡,也不一定能拦得住她。再说如果没有她,我们根本不可能得到样本。"

---

① 堆积木宇宙理论是一种认识时间本体性质的观点,该理论认为过去和现在是存在的,而未来不是。随着时间的推移,更多的世界从无到有地形成,宇宙像堆积木一样增长。

贝利撒留拉高毯子把脸盖住。他闻到了许多别人的气味。他闭上眼睛，仍然能看到时空的几何结构。一幅更大的图像——时间之门内部的超空间——也加入进来，尽管他还无法想象出它的整体。

道德问题。逻辑问题。几何问题。

"我什么都看不清楚，"贝利撒留说。"我们在谈论谋杀与灭绝孰轻孰重的问题，可是我们已经回到了过去。在这里，谋杀已经发生过了。我们抛弃了一切——我们进化的初衷，或者说被设计出来的初衷。我们穿越了裸露的超空间。里面的一切都很别扭，却也令人无比敬畏。你的头脑是如何适应这一切的？"

"我也不适应。"圣马太说。

"我觉得我正用指尖抓着理智。我觉得我可能会坠落下去。"

"我已经坠落过了。"

"听到一个A.I.这么说，谁会相信他是使徒转世？"

"非理性只是一种心理状态。"

"胡扯。"

"阿霍纳先生，有时候，你得到的观察，不仅无法纳入任何理论，而且与已经获证的事实相悖。但那不是非理性。那是上帝创造我们的方式使然。那是敬畏进入我们生命的方式。"

"你信奉的是一个非理性的宗教。"

"我信奉我能证明和解释的事情，也信奉我无法证明和解释的事情。"

"你不可能做得到！"

"这个世界有其不同的表现方式。"

贝利撒留深吸一口气,让肺冷却下来。

"你是要我同时接受非理性和理性?"

"那些标签,对于身处此地、此时的我们并没有什么帮助。"

"我无法这样活着。"贝利撒留说。

"我们活着,都得忍受许多无法忍受的事情。"

贝利撒留呆坐了一个小时,最后起床时间到了。许多男人和女人开始去冲澡,淋浴水短暂而且冰凉,贝利撒留连碰都不想碰。他犹犹豫豫地跟着那些人,努力不去考虑自己的双脚暴露在多少细菌和病毒之下。人们瑟瑟发抖地站在墙边,用着粗糙的氨皂,淋着时断时续的冷水细流。最后他也照做了。他已经低烧好几个星期了,这使得冰冷的空气和水变得更加难熬。他哆嗦着回到自己的床铺,穿上衣服,钻回被子里,努力让身子暖和。

伊坎吉卡翻身醒来,看上去休息得很好。她在寒冷的空气中干脆利索地脱掉衣服,走到淋浴点,跟着其他人一起迅速冲洗完毕。她用毛巾擦干身体,然后把被单和毛巾挂在床铺上方。她穿衣服的时候没有哆嗦。

他们吃早餐的时候没有说话,也没有在营房里逗留。铺位的下一班使用者已经拖着脚走了进来,开始找床铺和食物。贝利撒留和伊坎吉卡跟着其他二十名船员,身着宇航服,通过一个巨大的气闸,然后众人分头执行各自的地表任务。他和伊坎吉卡走到了冰面上。褐矮星仍然散发着昏暗的晕光。尼扬加被潮汐锁定①了,所以那颗发育不良的星球永远都不会动,就像

---

① 也称同步自转、受停自转。发生在引力梯度使天体绕自转轴旋转一圈要花上与绕另一天体公转一圈相同的时间,因而永远以同一面对着另一个天体。例如月球就永远以同一面朝向地球。

时间在这里静止了。这为尼扬加平添了一种梦幻般的舒缓感。

走了二百六十六步后，贝利撒留停下脚步，伸手戳了戳那黑色的油质地面。平坦的地面像油一样泛着光，还像冰冻的太妃糖一样坚硬。其他无人走过的地方，蔓生着花彩般的茎状物。探照灯聚光在基地外围和时间之门上，黑暗笼罩着他们身处的地方。

"我跟你说的那些话，你有没有好好想想？"他问她。

"我已经想得很清楚了。"

"你要去杀了他。"

"要打胜仗，就得不怕牺牲。"她说。

"圣马太能帮我们搞到钻探的设备。"

"他也能对守卫做口头汇报吗？"她诘问道，"他能拿起铅笔填写今天的授权工作细目表吗？到了早上，等分区负责人按规定对前日发布的命令做例行复核的时候，我们的钻探行动，我们大张旗鼓地钻探行动，能否通过检查？鲁多并没有说谎。在这里，每个人都互相盯着。你太过依赖那些计算机把戏了。"

"所以那位可怜的中尉只能死了。"

"我从来没听说过他，所以他显然没有活到我那个时候，"伊坎吉卡说，"也许在历史中我真的杀了他，只不过我到现在才发现我所扮演的角色。"

"你竟然对一个你并不了解的上尉抱有如此坚定的信念。"

"我是对你和你的A.I.抱有信念。"

"你该不会指望我会帮你吧？"

"你缺乏军事训练，阿霍纳，带你参加真正的行动会很危险。你不能掺和进来。我还有十六个小时来拯救你的人民和我的人民。"

"你可以选择不这样做,让鲁多再好好想想,她是否还打算干掉这个中尉,"他略带紧张地说,"你没必要让她这么轻易就称心如意。那以后,要是你还想帮她……我会阻止你的。"

伊坎吉卡笑得十分响亮,贝利撒留不得不把耳机的音量调小。但是他的态度很坚决。他有手枪,身上还有电肌块。她有的是数十年的训练经验。他还有智慧。她调整了一下站姿,头盔里那张脸依然咧嘴笑着。她将一只手放到枪柄旁边。她的另一条胳膊松弛下来,那是将要动真格的致命威胁。

"你会受伤的,阿霍纳。"

"阿霍纳先生,"圣马太在他的耳内植入体里说,"要想说服她,这可不是最好的方式。"

"你要动手了吗,阿霍纳?"伊坎吉卡问道。

他向前一冲,去抓她的手。她并没有躲避,而是闪电般地探出手来,抓住了他的手。他释放出九十毫安的电流,足以击倒一名哪怕是服过增强剂的人类。电流从他宇航服手套的指尖嗞嗞通过,烧得手套变脆、指尖生疼。电弧一闪,照亮了她的宇航服,能看到从上至下有许多精密的接线。

她的宇航服接地了。

而他却仿佛燃烧起来。他想把那热度甩掉,可是手却被她紧紧攥住。接着,她一拳打在他的肚子上,他疼得弯下腰来,差点儿背过气去。他眼冒金星,心中万分惊恐,过了好一阵子,才终于又能喘上气来。

"空气很快就会漏光,到时候你会严重受伤,所以赶紧去换一只新手套吧。"她说,任凭他瘫软在冰上。"然后离我远远的,别来碍我的事。去看看那些花啊什么的。待会儿我会回来找你。"

　　伊坎吉卡迈开步子,在冰面上悄无声息地离开了。贝利撒留把已经冰冷的手塞在腋下。空气正从他手套烧焦的指尖处嘶嘶流失。

二十七

伊坎吉卡离开躺在冰面上的阿霍纳后，便开始发起抖来。她打伤了他。她早就想教训他一顿，杀杀他的威风，让他为偷走的东西付出代价。但揍他一顿并没有费什么力气。她没觉得他受了应得的惩罚。

她就像个恶霸一样，故意找了个绝不可能在打架中获胜的人打了一架。一直以来，她都尽量审慎而公平地对待所有下属，现在却把一个冥思者逼进角落，害得他弄伤了自己。那不是他的错，这方面他是个白痴，指挥这项任务的是她。她要对他负责。

这还不是最糟糕的。自己正在做的并非正义之事，这一点是最让她烦恼的。当兵就要杀人。只要是合法委任的军官，就从政府获得了权力，士兵们就必须服从他们的命令。第六远征军已经流亡了四十年，无人监管，却从未有过任何私心。每一位指挥官，从南杜罗，到塔卡塔法尔，再到鲁多，都在为联盟服役，行事一贯光明磊落。

鲁多上尉居然会下令执行一项法外处决,这对她来说实在匪夷所思。伊坎吉卡不认识纳布威尔中尉,也不知道他的什么行为妨碍了鲁多或是她的盟友。与普通的地面士兵或飞船船员不同,她不能只是盲目地服从上级的命令。她是一名军官,有自己的专业职责。她需要理解接到的命令,或是信任她的指挥官能够理解。在这里,她没有指挥官,却同意了去暗杀一个人。

撒哈拉以南联盟很穷,它的海军更穷。责任和荣誉就是第六远征军的饮食。他们只能依靠责任和荣誉来对抗几个月后很可能会面临的灭顶之灾。在未来,第六远征军的军官和船员履行了自己的职责,没有丧失自己的荣誉。

而她来到了此时。这笔账她很容易就能算清楚,完全可以就这么告诉阿霍纳。一个人。一个人怎么比得上两个民族的生存和自由。为了战术上的利益,她也曾送人去死。这次也是一样:以死亡为代价换取战略利益。但这种心理安慰却如此空洞无力。

纳布威尔中尉是鲁多开出的代价,而非战略利益本身的代价。再说数量上的成本并不是整个成本。若是执行了这次谋杀任务,伊坎吉卡就变成了一名罪犯。法外杀戮是一种耻辱,无法抹去,也无法赎回。更深入地说,她很清楚鲁多上尉的暗杀命令是对目前形势的恰当应对,这也是联盟在建国阶段常有的事,但正因为这样,她才更加觉得脚下的大地似乎都动摇了。如果她那新生的祖国其实是诞生于这片泥沼之中,在此过程中毫无荣誉和责任可言,那么她为之奋斗的意义又在何处?

胜利?自由?为了谁?为了在巴克维兹装腔作势的那些政客?还是为了在这里明争暗斗、想夺取远征军控制权的那些人？如果她的行动并非基于荣誉和责任，那么就算她为联盟夺取了胜利，他们又是否配得上这胜利？

但也可能是她把荣誉看得太重了。为了她的人民，她连自己都可以牺牲，所以又何必把她的荣誉放在至高无上的地位呢？

伊坎吉卡来到总部旁边的充气站。地面基地的许多地方都有军事安保人员巡逻把守，但充气站这里没有。只需简单地刷一下密码卡，无须亲自进入其中，就能将气罐重新充满空气。这套系统还会交叉检索供给系统和人事系统，这样就可以对空气用量进行跟踪和审查。之所以这么设置系统，是希望通过这种跟踪和审查手段，抓获某些疏忽大意的聚合特工。她将一根软管连接到她的一个气罐，抽出一部平板电脑，开始查阅充气跟踪系统的文件。

除了昨天用过的那个主密码，鲁多中将还给了她许多子密码和管理员密码。她用低级审查员的密码登录了系统，又跳转进入人事系统，然后查询纳布威尔中尉的信息。

信息显示出来。泽西罗·纳布威尔中尉，男性，26岁，工程专家，第六远征军成立时被派往"恩登号"服役，担任初级安全官，同时还分属于尼扬加的军事安保处。

这里面没有任何次要信息。档案里没有列出他最喜欢的颜色，或者他为什么加入海军，或者家里是否有老婆孩子在等着他。他不是一个鲜活而具体的人，而她要杀他，也不需要他是。如果他有家属，他们也会空守家中，像第六远征军的所有家属一样，直到大约十五年后，等联盟部队的人员折损情况得以解密，便会举行象征性的集体葬礼。她曾经代表第六远征军拜谒过巴克维兹的公墓。那是一次怪异而毫无意义的经历：在一个她从未到过的地方,站在她母亲的空墓旁边,像个荣归故土的英雄一般被盛情款待。现在还活着的那位纳布威尔中尉,到时候肯定也会在那里有一个空的墓穴。

现在还活着的那位纳布威尔,他今天的日程表已经安排好了。有许多电力、通信和网络系统必须沿着冰层穿过一栋栋建筑,然后到达发射机和天线。他带领着一个小组负责维护这些硬件,检查其中是否有安全漏洞。

他和一队军事安保技术员今晚会待在外面。日程表上没有说他们要做什么,但他们的工作有一部分是在摄像头监控范围之外进行的。她研究了一番地形图,心中开始拟定战术计划、火力和视线的角度、照明和人员的分隔。她可以完成这项任务。

二十八

贝利撒留步履沉重地走回到第四兵营。他的手指很疼,但这种疼痛并非难以忍受。他可以把感觉路由到大脑的不同部位,加以过滤,就像他在时间之门内部所做的一样。他没能挽救一个人的生命。尽管那人并无特别之处。他以前也曾目睹过人类和偶人的死亡。那时候他也许是个很差劲的人,因为死亡对他来说没什么大不了。但现在,死亡对他来说不再是小事了,因为它正如影随形地跟在他自己的同胞后面,就像一头狮子悄悄跟踪着一群瞪羚。每一次死亡似乎都意义重大。

"看起来不太顺利呀。"圣马太说。

"是啊。"

"我很遗憾,阿霍纳先生。"

他通过气闸,进入装备区。他的宇航服有些漏气,不过他已经调大了气罐输出,以保持宇航服的内压。他掰开脖子上的密封扣,摘下了头盔。

装备区之外的兵营里,轻微的鼾声和缓慢的呼吸此起彼伏。四处悬挂着宇航服,摆放着工具和小型设备,一些睡不着的人挤在一个大冰块周围,玩着纸牌游戏。贝利撒留的手指还夹在胳膊下面,一个列兵转过身,怀疑地看着他。他们可能以为他带着武器。贝利撒留从腋下拿出戴着手套的手,露出熏黑的指尖。那人放下了手中的纸牌。

"哇噢,你没事儿吧?"列兵用带着口音的绍纳语问道。

"没什么大事儿,看着吓人而已。"贝利撒留用同样不太利索的绍纳语回答。要想恰到好处地假装自己的语言水平很蹩脚,可比正常情况下学习一门语言要难得多。但他已经编好了一套算法来引入常见的语法和发音错误,这套算法帮了大忙。"那根电线按说不应该是通了电的。"

列兵一脸愤慨。"你要报告这事儿吗?"他气得从绍纳语换回了法语7.8,"不管这事儿是谁干的,都是严重渎职!"

贝利撒留摇了摇头,也切换成列兵那种四十年前带有非洲口音的法语。"是我的错。"

贝利撒留掰开手套上的密封扣,脱掉手套。他的指尖满是红肿的水泡。

"看起来还不太糟。"贝利撒留用法语道。

"嗨,"列兵说,"我猜你的士官不需要知道这事儿,是吗?"

"我已经吸取教训了。"

"我记得尤米塞存了一箱不配套的宇航服备件。嘿,尤米塞!"列兵朝打牌的那几个人招呼道。

很快,他们就把贝利撒留带到急救站,给他的宇航服配上了第二只手套。他一边用绷带包扎手指,一边在脑中分析那些人的纸牌游戏。尤米塞十分巧妙地耍了一招发底牌[①],贝利撒

---

① 扑克魔术、骗术的一种发牌技巧,将底牌调换发出。

留还真没看出来此人竟有这么一手。而一个叫珀约珂的女人正在数牌。其他人牌技也不赖。他非常迅速地推断出了游戏规则,有九成五的把握他可以轻松获胜。他渴望能够有那么一会儿沉浸在概率和统计的世界里。但那不是他来这里的目的,再说那样肯定会暴露他那并不严密的伪装。

他重新密封好自己的宇航服,感谢了那名列兵,很快回到了户外的冰面上。

量人作为一个物种,饱受智力超群所带来的急躁之苦,但威尔·甘德教会了他该如何克服这一点。每一个骗局都需要耐心。要让傻子们有足够的时间,直到最终认定骗局其实是他们自己的主意。贪婪必须文火慢炖,才能最终沸腾。在傻子们被文火慢炖的过程中,骗子必须始终装作漠不关心。贝利撒留此刻并没有在欺骗谁,但他知道自己必须耐心。

幸运的是,时间之门释放出怪异而微弱的磁干扰,就像一座奇特的植物园在他周围绽放。整个文明里,只有一种传感装置的灵敏度高到能感知这种干扰波,就是量人体内几十亿个肌细胞中的几十亿个磁小体。通过磁小体上的触感,他知道存在那么一个人类肉眼看不到的世界。

贝利撒留在距离时间之门大约三百米的地方停了下来,这段距离是大多数摄像头和传感器的极限范围。褐矮星微弱的光线只能勉强照亮部分环境,主要是覆盖着黑色植物的地表。他跪了下来。地面覆盖着纤薄的茎,以及沥青色的小叶片,仿佛一个个扇形的棚罩。附近的植物最近刚被靴子踏平,表面的覆膜也被扯开,露出下面混杂在一起的碎冰和黑油。眼前这幅图像的几何结构令他目醉神迷。他的大脑将这幅图像以十余种不同方式旋转、翻滚,仿佛在琢磨该如何将拼图碎片拼在一起。但这样做有太多限制，于是他的大脑又将这些碎片表现为更小的各种形状，开始运行排列基因连锁分析。

解剖学和生物化学的假说在他的脑海中形成：那种油质黑色塑料本身就是植物。就像藤蔓一样，它缺乏可以让自己直立于地面的结构。它必须找到什么东西攀爬上去，才能抢在其他植物之前获取微弱的褐矮星光照。尼扬加上充当这种负重植物茎的是一根根分叉的水凝冰柱。那些植物都绕在冰柱外面生长，里面是中空的，不过这些冰结构本身也不是自然形态。它们也具备了植物的形态，这是趋同演化的标志。任何时间迭代、选择和竞争都会相互作用，某些分支的形状因而变得可以预测。

他的大脑运行了一系列并行模型，对可能的生长算法和能量分配进行着权衡与舍弃、混合与匹配，最后终于有所发现，或许能够解释那些冰的形状。那些黑色焦油般的植物，能够吸收褐矮星的红外光照，并利用这些能量融化微量的水。赶在那些水重新冻结之前，植物将液体向上送，形成茎状基底，它们就可以在上面生长了。

尼扬加的植物利用褐矮星的热能来雕琢它们生存的世界表面，这是多么奇妙的一种可能性。它们骑乘着自己在冰上雕琢出来的东西，然后去争夺光明。这个想法无声无息，却又充满希望，令人难忘。

如果远离人迹踩踏形成的道路，这些植物会长成更大的灌木，甚至是低矮纤弱的树木。这些乔木和灌木的茎枝无比纤细，但是在低重力和稀薄大气的环境下，它们还是可以伸展开来，捕捉褐矮星的红光和红外光。贝利撒留走在那些较为高大的植物之间。他竭力不去触碰它们，但有些地方它们实在挨得太过紧密,他不得不碰断一些树枝。冰破碎时本应发出脆响,在这里的稀薄大气中听起来却微弱而模糊。

贝利撒留来到时间之门周围的探照灯光芒形成的警戒区附近,然后停下了脚步。再近一点就会触发警报。不过这个距离已经足够靠近,他可以看到那里耸立着成百上千的叶状植物智能。经过一小段时间,就能察觉它们正在像冰川运动一般缓慢地移动着。

离他最近之处,一条短粗的腿向前探出,动作慢得能急死人,整个植株的身体也随之倾斜。三十八秒后,那只脚触及地面,身体缓缓一晃,又抬起落在后面的另一只脚。那条后腿的关节又花了五百一十二秒才充分融化开,得以借助重力的帮助把脚落下来。

还有些植物智能用大叶子罩着自己,笨重地围着时间之门移动。贝利撒留借助眼内植入体放大眼前的图像,逐步提高红外和紫外增益。风呼啸着吹向时间之门,从树叶上带走轻飘飘的花粉,将它们带进过去。尼扬加稀薄的大气在未来更为浓密,这种密度差导致了一股缓慢的时间逆风。

循着通过时间之门内部的最小能量路径,这些花粉将出现在十一年前的过去,也就是大约在第六远征军发现尼扬加的十年前。然而,从十一年后的未来吹来的风中就再也没有花粉出现了。联盟很快就会窃取时间之门,并将在未来的三十九年一直拥有它们。十一年以后的未来,也没有能把自己的花粉送回来的植物智能了。大约十二年后,远征军的科学家们就会开始将科学成果发送到过去,这些成果都将用人造花粉进行加密。贝利撒留是所有这一切的参与者,因为三十九年后,他将在另一起盗窃行动中获取时间之门。

他脑袋里有些想法在微微跳动，但还没有成形。他的大脑正在进行别的运算，构建生态能量分配的模型。这种植物生命从褐矮星那里接收到为数不少的日射能量，但它们需要更多的卡路里来融化和形成微量的冰块来驱动他所看到的运动，这还没算上维持智能所消耗的能量。他无法得出能量分配的确切数字，因为他不知道它们使用的是何种化学系统，但既然这一切是在一颗褐矮星之下进行的，那么那些系统一定相当高效。

宇宙就是一个巨大的热能机，不断地散发和混合着能量。生命就在这一股股能量流中不断涌动，为着各自的目的短暂地转移能量。大多数时候，它们的转换效率非常低下。所以任何高效的能源使用，都离不开量子世界的参与。地球植物的光合作用远比看上去有效率得多，就是因为其中的电子传输过程包含了与量子隧穿等效的机制。也许，尼扬加贫瘠的生态系统无法在没有量子过程参与的情况下为运动和智能提供动力。眼前这些智能生物的本质将对他的估算造成影响。

他增强了电肌块发出的微电流，送到体内数以百万计的磁小体，提高自己对周围磁场的敏感性。褐矮星紧绷的场线稳定而遥远，但时间之门的磁场纹理对他的压感略微不同于他在未来的时间之门附近时的感觉。那个磁场的纹理更为丰富。但这种差异非常微妙，他之前都没有注意到。

难道在过去，时间之门周围的量子干涉具有不同的性质？

这个想法萦绕在他脑中，挥之不去。他观察着植物智能的磁场，想知道它们的量子过程是如何工作的。它们这种"冰川运动"，暗示它们也许生活在另一种时间尺度上，就像生长缓慢的树木和静止的苔藓。在它们看来，周围喧嚣的人类可能就像一道道一闪而过的光，而几个月后那场即将融化这个星球表面的闪焰,对它们而言也许像是明天就要发生。

如果他能进入量子神游,借助其并行处理能力和感官洞察力,或许可以解开这个谜。可是他现在甚至不知道要如何与那些感官互动。他之前黑进"木塔帕号"上的联盟系统时获取的档案上,曾提到联盟找到了一种与它们对话的机械方式。可惜当时他并没有细看那条记录。

他很想和那些植物智能谈谈。

"阿霍纳先生,"圣马太说,"有人过来了。不是伊坎吉卡上校。"

贝利撒留的大脑继续研究着那些奇怪的干涉模式,这占用了他的大部分处理能力,不过他还是恼怒地回头看去。一名列兵大步穿过低矮的灌木丛,直接踩在那些植物上,厚重的靴底踩碎了沿途的一切。这个人身材魁梧,个子差不多有一米九。他在贝利撒留面前停下,举起手枪指着他。

贝利撒留没有编造好的理由。他还以为伊坎吉卡会搞定这种事。鲁多告诉他们待在户外,不要引人注目。如果他胡说八道想编个理由出来,那可就引人注目了。

"停留在本地低频道上,"那人用不太流利的绍纳语说道。"有人想跟你谈谈,但如果你敢轻举妄动,我就给你的胸口添个大窟窿。"

贝利撒留小心翼翼地举起双手。大个子男人握着手枪,警惕地领着他走过冰面。然后,列兵把手枪收入枪套,但手一直按在上面。他们在平原上嘎吱嘎吱地前行,脚下的路是被无数的靴子践踏出来的,尽是破碎的冰冻灌木和植物焦油。远处的地面工作人员和各处的安保摄像头都不会注意这里有任何异常。贝利撒留可以试试用他没有烧伤的手指电击对方,但列兵只是个引子。是谁想要见他？

"有什么想法？"贝利撒留对圣马太默念道。

"我唯一的想法就是：如果当初你没有接那个活儿，"圣马太说，"我们现在就不会陷入这个困境。"

"那你这会儿还枯坐在萨格奈空间站上一座空荡荡的教堂里，而我则孤零零地待在偶人自由城里。"

"现在又好得到哪儿去？我都还没把信仰传播出去呢，连一个人都没影响到。量人全都无家可归了。而这个打手正准备把你杀掉，抛尸在荒郊野外！"

"他们杀不了我们。"

"他们当然可以！"

"是啊，他们是可以。"贝利撒留承认道。

他们在黑暗中走到一间小屋附近。这屋子只有几米见方。他用了弱光放大，从颗粒状图像中辨认出了一个气闸。

"进去吧，士兵。"列兵的声音在他的头盔里响起。

贝利撒留打开外舱门，他们一起挤了进去。那个男人再次拔出手枪，贝利撒留可以感觉到对方的枪口抵着他。他力气太大，即使贝利撒留想反抗，也根本挣扎不动。电击也许可以把这人干掉，但由此引发的抽搐很可能导致他的手指扣动扳机。

贝利撒留打开第二道舱门，跟跟跄跄地走进一个亮着灯的小房间。那名列兵跟着他，关上了身后的气闸，然后将手枪塞回枪套。小屋角落里站着一个身穿宇航服的矮个子。

"摘下你的头盔。"通信系统中传来鲁多上尉的声音。

他的宇航服显示，这里的环境是七个大气压、零下四十摄氏度。相比外面零下一百多度的低温，这可能是小屋能够达到的最暖和的程度了。贝利撒留掰开密封扣，摘下头盔。冰冷的空气包围了他。鲁多也摘下了头盔。她身旁那个壮汉没有这么做。

"他听不到我们讲话。"鲁多说。

当然。也许那家伙的耳机里正播放着白噪音。

鲁多给了个信号,一记重拳狠狠击打在贝利撒留的体侧。空气嘶嘶冒出,他的宇航服皱缩了。他没有摔出去太远。列兵一手抓住贝利撒留,又一拳猛击在他的肚子上,还好他没吃什么东西,不然这一下肯定全都吐出来了。

"阿霍纳先生!"圣马太在他耳边说,"做点儿什么!"

列兵回头看着鲁多,好像在迟疑是否应该继续。贝利撒留已经瘫软了。鲁多点点头,列兵又揍了他一拳,力道之大,他终于跪在了地上,捂住肚子,几乎无法呼吸。贝利撒留的头盔在冰冻的地板上翻滚着。那人的靴子后退了两步。

"你不是军人。"鲁多上尉说。

"我常常……听人这么说。"贝利撒留上气不接下气地说。

"你是什么顾问吗?谁雇佣的你?"

贝利撒留身子后靠,坐在地上。他靠在墙上,不住呻吟着。他掰开手套上的密封扣,将两只手套都扔到冰面上,伸手摸了摸肋骨。

"回答我的问题,不然他就用靴子伺候了。"鲁多上尉说。

"我是科学顾问。"他缓缓地说,"你应该不会想知道太多关于未来的事情吧?"

"我想知道关于未来的一切。"

"你是白痴吗?"

他没有看到她发出的信号,但大个子的靴子又重又快地踢中了他。贝利撒留伸出胳膊捂住挨踢的地方。麻木的疼痛。

他没有听到脆裂声,但那可不是什么确切的诊断。

"快说。"鲁多说。

"阿霍纳先生!"圣马太说,"说点儿什么! 哪怕是个谎言。我们不能杀她,但她完全可以杀掉我们,同时还不会导致祖父悖论!"

"无论我说的是真话还是假话,"贝利撒留说,"都可能改变你的未来,还有我的未来。"

"你认为我无法避免因果悖论?"鲁多喝问道,"我们他妈的找到了一台时间机器! 每一个命令,每一次行动,每一项研究,全都被仔细检查过,以确保我们不会搞砸。"

"我没有看到这里有时间伦理委员会。除非他就是,"贝利撒留指了指那列兵说道,"但他看起来没那么聪明。"

这一次他看到了她发出的信号,但他那麻木的手臂也做不了什么。列兵的靴子踢断了什么。贝利撒留吐了。呕吐物冻结在地板上,像块硬邦邦的绿色薄饼。贝利撒留挣扎着站起来,背靠在墙上。

他朝着列兵比了个中指。

"阿霍纳先生!"圣马太在他耳边说。

那人的拳头猛击在他的脸颊上。他的头撞到墙上又反弹回来。他的大脑中幻化出一幅烟花般的图案,还试图对其进行回归分析,然后他才尝到口中血的滋味,眼睛后面传来爆裂般的疼痛。列兵在他的头盔后面微笑着,但这并没有结束。

贝利撒留是个量人。他的大脑被基因工程改造成可以同时在多个通道上运行,其中任何一个都可以按需要隔离起来。他的思维已经分裂成多条路径,每个分区中都有一个整体智能在运行。他将疼痛信号重新路由到自己大脑中运行的量子客观。量子客观并没有意识。贝利撒留的痛苦对它而言不是痛苦,只是数据,并且是无趣的数据,很快就会被删除。

"你根本不相信我们来自未来,是不是?"贝利撒留用完美的绍纳语说道,就好像他一辈子都在说这种方言。绍纳语能达到这种水平的人,再过个十年甚至更久,也不可能在第六远征军中出现。"你揍我也是另有原因,是不是?"

面对着这么一个外国人,却能说一口完美地道的传统语言,而且还是远征军无比珍视的那种语言,鲁多自信的表情有些动摇。她肯定非常想知道某些事情,而此时此地,站在她面前的他就是一个千载难逢的数据源。

她再次向列兵发出信号。那人的拳头像条出击的蛇一般疾速挥出。贝利撒留的大脑计算出了重量、加速度,又根据弱重力环境做了修正。他的一只手也动了起来。在这些人看来,贝利撒留的反应速度看起来似乎是超自然的。

他的指尖在那人的手臂下方绕过,划出一道弧线,轻抚在他身上。一百毫安的电流以三百伏的电压从指尖灼烧而出,击中了对方的宇航服。那人脚下的冰只有微弱的导电性,但电弧完全击穿了他,直达气闸。列兵的动量使他腾空而起,浑身抽搐着越过贝利撒留,重重摔落在地板上,劲道之猛,肯定摔碎了他的头盔面罩。他的宇航服背部都被烧焦了。

鲁多瞪大双眼看着贝利撒留。电光火石的一瞬间后,她才开始行动。贝利撒留已经数过了好几个一瞬间,不过她的身体和心理反应的确很快。而他比自己平时要慢。他的一根肋骨可能折断了。他的器官还在悸动。他看着她拔枪。他伸手触到了她的袖子和手套之间的金属密封扣。与此同时,枪已出套。

　　她拔枪的同时后退一步,正好靠在墙上。电流冲入她的手臂,一路烧过宇航服的内部加热金属丝,然后钻进小屋的接地金属框。她大叫一声跌倒在地,捂着胳膊。贝利撒留伸脚踏住她的手枪。

　　他伸出另一只手,用轻微灼伤的指尖拿掉这根手指上带着余烬的烧焦绷带。通过指尖的浪涌电流一般只会造成轻微的烧伤,然而一旦指尖是包裹着的,电流灼烧覆盖材料就会造成更大的伤害。

　　"我原以为你很在乎远征军。"他用完美的绍纳语对她说。

　　"我是很在乎。"她说道,虽然声音仍然铿锵刺耳,身体却在颤抖。

　　"我差点儿就上了你的当,"他说,"比你更聪明、来自未来、身负重大使命的人来找你帮忙,可你却尽在捣乱,而不是提供帮助。"

　　"如果你真的来自未来,那你既可能是我这边的人,也可能是敌对派系那边派来的人。"

　　"未来并没有什么派系。"

　　贝利撒留把她的手枪踢开,然后开始小心翼翼地将手套戴回手上。

　　"你是真打算给我们搞到设备和许可,还是在利用伊坎吉卡帮你了结私人恩怨?"他问道。

　　"我想要更多信息。"

　　"我们说的话你爱信不信。如果你信,就是在帮助未来的自己。"

　　"还有未来的那些顾问吧?"

　　他忍痛扣上一只手腕上的密封扣,脸上不禁一皱。

"我和你的利益基本是一致的，"他说，"不能算完全一致。伊坎吉卡也会这么认为。但眼下我们得生死与共。"

"你听起来像个敌人。"

他扣紧了第二只手腕上的密封扣。

"你为什么来这里?"她厉声问道，"是谁派你们来的?"

他戴上头盔，调整好位置，然后扣好脖子上的密封扣。

"是谁派你们来的?"她说。

"你。"

她颤抖着站起身。

"我? 是我雇佣的你? 是我派你俩回来的? 我在未来是什么身份?"

"那时候的你更有团队精神，这点可以肯定。"说完他捡起自己的手枪，塞回枪套，然后开始转动气闸把手。"现在对很多人来说，能否保住性命，就看你能有多快成为那个人了。赶紧行动吧。"

他通过气闸，返回黑暗。全靠着将部分疼痛导入其他分区，他才强撑着一瘸一拐地走出了小屋。接下来的几个小时，他不能回自己的铺位。他得去一个不引人注意的地方，找些事做，以免招致怀疑。

他蹒跚地走到四百米外的一个工具棚。里面没有人。他从一大堆工具中找到了金属探测器、地震传感设备和用来打破如混凝土般坚硬的冰层的重镐。他带上最轻的金属探测器，将绑带套在身上，沿着较高的植物的边缘徘徊，缓缓地来回晃动探测器，甚至都没有将其打开。他专心地研究着时间之门发出的微弱磁场中的磁干涉模式，同时继续将疼痛路由到不会感到疼痛的那个智能分区。

二十九

译自法语7.1

收件人：金星安全委员会聚合常委会主席

2499年5月10日

主题：招募报告R312HBR21

1. 根据《政府保密法》第106条(a)及(d)项，情报部特此报告有关第三十一位稻草人的招募情况。石化目标为情报特工代号1D446(人事档案、医疗和心理测试以及外勤考核结果均见附件)。

2. 1D446的情报员职业生涯表现出色，在行动代号O417TCH34和O414TCL98中均发挥了重要作用。他的忠诚度已经过各种标准(参见心理报告R616BGV13及R616BGV66)和非常规(参见心理报告R616BGV79)方法测试，综合测试结果认为其具备极高潜质，可作为稻草人部队招募对象。

3. 1D446曾在一次手术中严重受伤(机密报告R419JJY01，

仅可亲阅），这使得他即使装上假肢，也无法为任何其他情报机构服务。

4. 现行使第106条所授予权力，平叛行动指挥官启动了石化及玻璃化程序，开始稻草人过程。这一过程预计需要十个月。整个过程中1D446将处于镇静状态，待醒来后观察其意识是否存活以及是否适合武装和训练。

5. 1D446的新身份将引发一些变更，包括向安全委员会的汇报序列及本署的监督工作。这些变更应作为常设议程项目添加到总司令和平叛部队高级军官的简报和证词当中，以符合第106条的规定。

金星情报部平叛行动舰队第一分队司令员
皮埃尔·奥代将军

三十

伊坎吉卡躺在地面基地北部的冰面上。一条主干通信线路延伸出去，连接着一组通信碟形天线。无线电和微波信号可能过于密集，所以这里被分隔出来，距离基地有整整两公里。电缆处在零下一百度的超导状态，没有任何特别的铺设措施，也没有埋在地下，就那么摊在冰面上。

即便如此，它释放出来的那一点点热量也和本地植物能从褐矮星吸收到的热量旗鼓相当了。那些植物不断尝试着在电缆上生长。正常的维护程序包括清除这些冰冷的植物。纳布威尔和手下一个技术人员正在往主干电缆上加挂一些不知道是什么的设备，正常的维护工作可不包括这个。

伊坎吉卡隐蔽在灯光之间的一片阴影区域，用植物碎片盖住自己，以此掩盖自己的体温。这个距离在她的手枪的有效射程范围内。她的枪法很好，她一点也不担心失手不中。

她辨认出了他们正在安装的那些未经授权的设备。纳布威尔和一个手下在窃听通信干线。之前鲁多上尉认定纳布威尔要搞鬼,看来他已经付诸行动了。这让她心里舒服了一些。不管他这是在干什么,她作为一名上校都不能坐视不管。联盟授予她军官的权力,要求她逮捕任何参与犯罪的人。这是部队培养她的目的,也是她一直在履行的职责。

但现在是过去。在这里,她并没有被授予这种权力。

她有的只是自己的道德与荣誉。

还有一把手枪。

很简单。只需要一枪。纳布威尔的其余手下会乱作一团,而她可以趁乱返回。一路上可以利用的一系列传感器盲点,鲁多中尉已经告诉她了。再过三十或四十秒,纳布威尔就要脱离射程极限了。

简单,但是不够正义。

可是,跟所有那些赌注比起来,正义能排上号吗?也许这时需要的只是机械反应?不论在这个机械过程中扮演的角色多么令人不舒服,她其实别无选择。纳布威尔中尉,不管他是谁,无论他有多么忠诚,在她的那个时代也已经死了。她从来没有见过他,也从来没有听说过他。所有决定他生死的斗争,都在很久以前就结束了。

眼下她只不过是身处过去。

鲁多中将绝不会命令她杀死另一名军官。自从伊坎吉卡记事以来,远征军一直严守法律。可是中将知道过去发生了什么,她知道鲁多上尉会向伊坎吉卡下达这个命令,要求她谋杀纳布威尔中尉,然后才会提供帮助。中将对此只字未提。为什么?

当初身为上尉时的所作所为,中将是否无愧于心?

也许鲁多一生都在为这次任务做准备,伊坎吉卡则是那个她选来执行任务的人——她回来并不是为了获取什么岩芯样本，而是为了拯救鲁多，让她免于自我毁灭。伊坎吉卡考虑过鲁多上尉面对未来访客时可能会有的种种反应，但她只考虑了时间旅行本身会对人的智力造成巨大的震撼，却没想过那也将对人的道德理念造成冲击。

有时候，伊坎吉卡并不觉得自己对鲁多中将有多么重要，也不会去考虑自己的参谋长位置和政治婚姻的分量。伊坎吉卡从不觉得自己配得上那些。鲁多以前当上尉时就认识她。知道了这一点，她的疑虑更深了。然而，假如对鲁多中将而言，她其实比自己以为的更加重要呢？假如伊坎吉卡上校改变的不只是事件，还包括鲁多上尉这个人呢？这个想法让人很难接受，也许只是一厢情愿。一厢情愿的想法在任何行动里都是危险的。

但如果鲁多这个人被改变了，那未来的事究竟是一种憧憬，还是一种信念，抑或只是一种预知？伊坎吉卡一直想像鲁多那样，拥有毫不动摇的决心和坚定的信念，即他们一定会回家。鲁多的信念给了伊坎吉卡信念，还让整个第六远征军有了牢不可破的信念。而这种信念，正是远离故土四百光年的他们所需要的。可是，说不定鲁多并没有什么信念。鲁多见过了来自未来的人，早已知道自己与远征队定会成功。

纳布威尔中尉站起了身，弄完了对通信主干线搞的秘密非法勾当。只需一根指头扣动扳机，他的心脏就会停止跳动。他要离开了。现在，是时候清除这个属于过去的问题了。这是伊坎吉卡证明自己信念的时刻。纳布威尔在那里又站了几秒钟，与手下的人交谈着。

伊坎吉卡把手枪放回冰面。

纳布威尔应该在由《军纪法典》授权的军事法庭上为他的罪行付出代价,而不该由一名刺客来惩罚他。她等待着,直到纳布威尔和手下人走出视线以外,这才从叮当作响的细小碎冰片中站起身来。

她拖着沉重的步伐,朝地面指挥部走回去。现在再也没有身处历史之中的感觉了。之前她心中充满了敬畏,因为自己正在真真切切地亲历撒哈拉以南联盟的诞生过程——他们有时称之为植物园里诞生的第一粒种子。而现在,这种敬畏感消失了。尼扬加并没有什么植物园。这里有的只是黑暗、寒冷和卑鄙。

她回到地面总部,在门口出示她的军用手环,通过了气闸。她摘下头盔挂好,但没有脱掉宇航服,空气仍然十分寒冷。她不想在这儿待太久,于是转头走向里面,那里的一间间冰室都是办公室和工作区。她敲了两下,门才打开。鲁多上尉打量了一番伊坎吉卡,又朝走廊里四下看了看,然后摆头示意她进来。

"你来这里干什么?"鲁多上尉锁上门,厉声问道,"你会被人看见的!你这个假身份没有理由来见我,也不应该认识我!"

"我需要和你谈谈。"伊坎吉卡说。

伊坎吉卡语调十分平和。她已经认识到,自己的年纪更大,经验也更丰富。她的谈话对象是一名上尉,而不是将军。

"你不能跟我说话!"鲁多抬起一根手指对她说道,"我们的见面会引发各种问题。"

"就像杀掉一个人一样?"

鲁多眯起了双眼。"你在勒索我吗?"

"我没有杀他。"

"那你为什么还来这儿?"

"我不是刺客,你也不应该是。你不该树立这种榜样。这么做毫无荣誉可言,也不会让人们追随你。"

"我不需要别人追随我。"鲁多说。

"我认识的那个鲁多,不会说这种让自己蒙羞的话。"

鲁多困惑的样子不像装出来的,她似乎无法理解伊坎吉卡在说什么。

"你到底是什么人?"鲁多说,"还有那个叫阿霍纳的? 我从来没见过那样的增强模块。"

"什么增强模块?"

"装在手上的电击枪。就是你们带着的那家伙。"

"阿霍纳干什么了?"

"快滚吧!"鲁多说,"我再也不想见到你们了! 我估计他们正在监听我的频道。"

"帮我们搞到设备和许可证,不然我就在这里一直待下去。你一生所追求的一切,都在未来等着你。"伊坎吉卡说,"只差一小步了。没有你的帮助,我无法完成任务。如果你要搬起石头砸自己的脚,行行好,现在就动手吧。也许历史将自我重写,另寻他人出头,来完成该做的工作。"

三十一

贝利撒留强咽下寡淡无味的食物，然后瘫倒在别人刚腾出来的床铺上。他没有洗漱，直接钻进了被窝，身子瑟瑟发抖。他这个班次还要过几分钟才会熄灯睡觉。伊坎吉卡突然到来，跪在他身旁。

"噢，嗨，"他低声亲切地说道，"你的杂活儿做完了吗?"

"你做了什么?"她语气平淡地问道，眼睛却盯着别的床铺。

贝利撒留挪了挪身子，脸上痛苦地一皱。"你是问她的打手跳上来揍我之前还是之后?"

她的表情依旧很冷漠，但贝利撒留已将欺骗艺术与量人的观察力杂糅合一，可谓炉火纯青。她的肢体语言没有任何变化，但四十三块面部肌肉的紧张程度以及一些较大的颈部肌肉却暴露了她隐藏在表面之下的沮丧情绪。

"我没有下手。"她说。

他一下子如释重负。考虑到他们彼此之间微乎其微的信任程度，这种感觉强烈得不可思议。他可以忽略自己和一名士兵的差距,可他真的不希望伊坎吉卡变成一个杀人犯。他低声向伊坎吉卡讲述了发生的一切。她沉默片刻,也将自己与鲁多上尉的奇怪会面告诉了他。两个人都默不作声,回味着自己听到的话。贝利撒留与伊坎吉卡不同,他可以同时进行许多思考,但这也并没有什么帮助。他的大脑从这件事中看不出任何模式。

"她会帮我们搞到工作的授权吗?"他问道。

"我不知道。"

灯熄了。他们周围窸窸窣窣的谈话声渐渐消失。

贝利撒留屏住了呼吸。

"你有B计划吗?"他问道。

"我有几个,不过,它们之所以不能当作A计划,是有原因的。"

"她不是我们认识的那个鲁多。"他说。

"的确如此。"

贝利撒留很希望能安慰她,甚至安慰自己。他很想说:眼下这些麻烦,有一些只能船到桥头自然直,还有未来在等待着他们。可是这种说法不太站得住脚。鲁多中将始终记得与伊坎吉卡和他在过去的会面。如果他们没有及时赶回去,就会引发祖父悖论。但是所有这些事件中,唯一因为要满足因果律而必须存在的,也只有这一部分了。在过去,伊坎吉卡和贝利撒留都有可能死亡或失败,却不会对时间线有任何影响。

"我们什么时候换成B计划?"他问道。

"在A计划失败的时候,"她说。过了一会儿,她补充道:"就算她今天开始,也需要几天时间才能拿到授权,因为要好几个人签字才行。"

　　跟时间旅行相比，一点延误已经算不上荒诞，可他仍然感到时间紧迫，局势危险。他不能就这么枯坐着，就像所有量人这会儿正枯坐在"红色号""蓝色号"和"绿色号"上一样。他们需要他抓紧时间。

　　"明天我要跟植物智能谈谈。"他说。

　　"为什么？"她皱起了眉头。

　　"我们得在地表上做点儿什么。整个文明之中，也许是远征军第一个发现了真正的智能外星人。"

　　"我看过报告。尽管几个军官有些诗意的遐想，但植物智能实在是乏善可陈。它们的名称中，关键字是植物。"

　　"如果真是这样，我跟它们谈谈也没什么害处。"

　　她抿着嘴，似乎想找个反对的理由，但显然没有找到。她回到自己的铺位，裹起毯子，很快就打起了鼾。贝利撒留在脑中默默计算着冰块铺就的天花板上毫无意义的颜色模式，好让自己放松下来。

三十二

　　贝利撒留收回目光，又将脸转向阴郁的褐矮星。矮星是暗淡而静止的物体，这些恒星的余烬多数都在可见光谱范围内庄严而静谧地逐渐冷却。但即便在五十万公里之外，那纠结缠绕的磁场线仍然能让他体内亿万个磁小体微微发生角度倾斜。褐矮星并不经常发生闪焰，即便有也往往比较微弱。但时不时地，这些发育不良的恒星可能会喷射出足够融化大部分尼扬加的能量。这样的大破坏即将降临在植物智能的头上，让它们永归沉寂。

　　昨天夜里，圣马太已经仔细查询过军需系统，找到了用于和植物智能对话的翻译设备。远征军设计并制造了这种翻译机，但他们随即发现，植物智能并没什么有用的信息可以告诉他们，于是这些机器就被弃置不用了。事实上，植物智能的优先级是如此之低，存放翻译机的储物柜位于一个安全级别最低的工棚。

　　工棚里有几名船员在准备工具，正要开始他们这一班次的工作。贝利撒留等着轮到他。伊坎吉卡从他身边经过,推开另一个船员挤了过去。她拉着贝利撒留跟在她身后,一路经过骂骂咧咧的士兵,来到储物柜前。圣马太用伪造的密码和相关派工单打开了锁。他们拖出两个大大的翻译机装备包,再次推开人群,走出工棚。

以时间之门为中心,大概三千个植物智能形成一个巨大的圆形群落。它们正进行着"冰川运动",沥青色的叶片震颤着。在比满月还少的光照下,又隔了这么远的距离,这幅景象愚弄着人类的大脑,让他们以为自己看到的是夜间舞动着的草尖。

远征军放任植物智能在时间之门周围走动,是因为它们不会构成任何威胁。行动迟缓,又脆弱得令人难以置信,只需一名船员拿着一根铁棒,就可以摧毁这一整个群落。但军事安保处不允许未经授权的人出现在大门附近。贝利撒留和伊坎吉卡在聚光灯的照射范围之外停了下来,距离一个人员稀少的区域五十米远。

植物智能的讲话方式十分奇怪。它们虽然有感光细胞,但如果彼此之间用光甚至红外线传递信号,所消耗的能量它们负担不起。尼扬加稀薄的大气减弱了声音,直接讲话也不可能。另外它们也不产生电信号。它们的沟通是用气味进行的。

在尼扬加日渐消失的大气层中,气味至少可以直线传播。几个月前,联盟破译了植物智能语言的大约一千种独特气味。这些气味就是语标和图片,翻译设备将它们逐一梳理,编成了一部字典。远征军人工合成了这些气味,将它们装入一千个小型喷雾器中,还制造了一种受体板,用以接收植物智能发出的"词语"。这套翻译设备还很粗略原始,但通过它,远征军至少知道了一点:这些生物实在太过奇特而原始,无法在军事或科学方面派上用场。

"之前鲁多发火的时候提到过,"贝利撒留望着褐矮星的上层大气中飘动的铁色云朵,说道,"这事儿要坏,是不是?"

"我们的岩芯样本记录显示了深度从几十米到几百米的不同融化时期,"她说,"包括与植物智能的出现重叠的时期。它们这一整个物种,在进化史上完全融化过很多次。"

"但这次你们拿走了时间之门,"他说,"这对时间之门,这些植物智能没在使用吗?"

"反正它们没发火,如果你问的是这个。"

"我不是问这个。我拿走了时间之门,想用来研究宇宙,你们因此非常恨我。但你们其实也是从这座植物园里偷走了它们,想用来制造武器,对吗?"

她没有回答,他不确定是不是说清楚了自己的想法。他再次嘎吱嘎吱地缓缓走过冰面,进入了植物智能群落。伊坎吉卡跟在后面。他们穿过齐腰高的黑色怪异植物,走入一块开阔的平地,里面所有的地面植被都被踏平了。在这里,一双双不知疲倦的脚将植物智能到处转移,有时是凭借裹挟着它们的花粉吹回过去的微风,有时又跟随从未来吹来的呼呼清风。还有许多植物智能立在缓慢行进的群落边缘,吸收着聚光灯的照耀。几株风化的大型植物智能沐浴在一座聚光灯的灯光下。贝利撒留走了过去。

"它们来自哪里?"贝利撒留问伊坎吉卡,"褐矮星还太年轻,时间不够它们从这里演化出来。"

他一说完这句话就意识到:当系统里包括了一台时间机器的时候,所有的天文学或进化时间的假设就都得扔掉了。在短短的四十年时间里,远征军在武器和推进技术方面取得了不可能实现的飞跃。他所知道的是,植物智能在时间之门的周围经过几千年的演化,从无到有,再到具备了移动能力和语言。再考虑到褐矮星的不稳定,这一演化过程有可能已经反复进行过好几回了。

"基因相关、无柄、不会思考的生命形式寄生占据了这个星系的彗星,"她说,"但仅此而已。"

他的出现让那些智能生物有了反应,一片片树叶缓缓朝他倾斜过来。虽然宇航服是绝缘的,他还是有可能泄漏出一些热量,在这些植物的红外世界里已经显得足够明亮了。植物智能是如何看待人类的? 他也算是那些炽热的、移动迅速的天使般的生物之一吗?

植物智能具有一种怪异的美感。它们的腿有两个关节,类似脚踝和膝盖,但没有真正的脚,只是一个黑色硬垫。它们有四条腿,呈径向对称张开,彼此成九十度角。这种径向对称结构向上延伸,形成了一个巨大的花瓶状躯干。那是一圈肋骨般的冰柱,外面蒙着一层如鼓面般紧绷的黑色皮肤。有几处的皮肤有所破损,显露出下面晶莹的冰。好似花团锦簇般的叶片高高地立于胸口位置,比贝利撒留还要高。花粉正是从这里出发,搭乘上幽灵般的风。看不出有明显像脸的部位,所以贝利撒留不知道应该朝哪里说话。不过,不用对着一张脸说话,这非但没有让他感到困扰,反而令他感到了一丝安慰。

它们的"冰川运动"表明,这些生物正在沉思冥想,就像量人一样。它们与量人之间或许还有别的相同之处。根据联盟的资料显示,在褐矮星之下,环境的变化是如此剧烈,以至于植物智能和花儿一样,对自己携带的染色体数量进行着各种尝试。联盟的生物学家们经常能观察到拥有四套甚至八套染色体的花粉,这意味着某些植物智能携带着八到十六份自己基因信息的拷贝。所以从基因上看,它们就像一种叠加的状态,一种可能性的混合,同时尝试着所有的基因组合。在贝利撒留大脑中的硬指令嵌入的量子逻辑看来,这幅图景具有极大的吸引力。

贝利撒留将翻译软件的显示界面投到头盔投影仪上。眼前浮现出一片空白显示区,旁边是一列可供他使用的词语。位于胸部的气味受体板上只有九百七十八个嗅觉语标,如果用来进行一场对话,这点儿词汇量显得太少了。他下达指令,要散发代表沟通的气味。胸板嘶嘶地响了一下。他的显示屏上,"沟通"这个词出现在空白工作区的中央。

一个植物智能动了起来,稍稍转向贝利撒留。一片片漆黑的皮肤上粘着碎冰片。轻微的运动让这些碎冰片无声地相互撞击在一起。他想象着吊灯的水晶挂坠发出的那种响声。

"沟通"这个词还没有完全消退。联盟的研究员们曾对一些脱落皮肤进行过化学和神经学测试。与人类神经细胞不同,植物智能的神经细胞在触发后不会很快放松,它们感受到的刺激持续时间更长。贝利撒留眼中的一道闪光,对于植物智能来说,却可能是一个持续好几分钟的静止物体。在那之前或之后许多秒,还可能有其他感觉出现,这些都重叠在一起,构成了一个混杂着同时性和模糊因果关系的故事。对它们而言,"现在"这个概念,可能有着不同的含义。

显示屏上,在他表达的词语"沟通"旁边,出现了几个其他词语。

长老。

基因/词语。

正种/事实。

他不确定第二个和第三个词语单元应该如何解读。联盟给一种气味赋予了两个意思：基因和词语。显示器上词语的显示方式不符合通常的直觉。他觉得以远征军习惯的坐标来看，这些词语应该是竖着或横着排列的。可这些词语却是呈辐射状堆在一起，轻柔地飘动着。"长老"和"基因/词语"慢慢地向他的词语靠拢，而他的词语正在以难以察觉的速度消退。

为什么联盟要如此排列词句的显示方式？他见过联盟其他的显示风格，全都是坐标式的。因此，这一定是出于跟植物智能沟通的某种需要。他那经过基因工程改造的大脑嗅探着，想看看有没有什么模式与假说。

他主动提出要"沟通"。它们对此的回应是"长老"，那个词要么是指称它们自己，要么就是询问他。它们没有指代名字的词语，但也许它们是在问他是什么。他是什么？量人这个名称对他们毫无意义，再说他也没有语标符号可以用来解释这个词。要和人类沟通，还真是一点儿都不简单呢。虽然他自己并不喜欢，但他现在的确是某个人类分支的领导者之一。

长老，他也发送道，胸板又嘶嘶了一声。变种，他补充道。

他跟植物智能和伊坎吉卡不同。他的第一个词语"沟通"仍然在消退，但他的"变种"覆盖了正种/事实，就好像这个问题从未被提起过。这出乎他的意料。

他的行为导致一些说过的词语被擦除了。他和植物智能正在书写一次对话，而这次对话与因果律的关联程度十分松散。对话的历史内容不是无法改变的。这是一种非常量子化的思维方式。

他重新思考了自己的假设。植物智能的"现在"被扩展，并不仅仅因为它们的神经细胞反射时间超长。对于这种定期地一边从未来获取生殖物质,一边又将其送回过去的智能生物来说,感知和时间会是什么样子的呢? 它们生活在一个逐渐冷却的褐矮星下,不管它现在有多稳定,终将发生闪焰,从根本上重写周围的环境。

植物智能送回过去的那些花粉中包含的基因信息,正是在不可预知的未来中幸存下来的。这种基因反馈回路将加速适应。而这势必创造出一个概念空间,在那里,未来不仅影响到过去,而且改变了语言和信息的含义。

数以万亿计飞回过去的花粉颗粒,都是统计信息。植物智能发回过去的并不是确凿的事实,而是概率——一门量人熟练掌握的语言。如果未来和过去前后十一年的信息都被当成了感官输入,那么植物智能所感知到的现在很可能是十分宽广的。因为有这种信息的实时交换,它们概念中的"现在"可能包括了二十二年的宽度,就像一个代表"当下"的巨大滚筒。

来自前沿/未来,植物智能用它们的气味语言说。这些词语出现在变种上,但并没有覆盖掉原来的词语。两条词语占据了相同的空间,难以辨认。它们的词语澄清了他的词语,但并没有擦除它,二者如同量子概率一般相互干涉。这是它们提出问题的方式吗? 两种状态同时存在,直到做出选择,就像薛定谔的猫。

前沿,贝利撒留说。这个词语被翻译成气味,从覆盖他胸板的微小气孔嘶嘶喷出。他的回答使重叠在一起的两条词语消失了。于是他们的对话内容——他们之前共同建立的现实共识——现在变成了长老,前沿,沟通。其余的内容都消失了,就好像从未在对话中出现过,又好像在一个观察者导致叠加状态坍缩后,最终的对话内容才从一组可能性中出现。

他的屏幕上出现了一个词语:"人民",位于他们刚才生成的那组词语右侧,半实半虚。

一个问题?

遥远,他回答道。

他还想写危险,但词典里没有完全匹配的语标。最接近的是阴影/缺少花粉,所以他就用了这个词语。这两个词语出现在他的头盔显示屏上,分别位于"人民"的上方和下方。他的人民正在遥远的地方,身处阴影笼罩之下。而他是前沿的长老,来寻求沟通。

一个植物智能长老的叶片朝时间之门倾斜着,上面的花粉正从现在流回到过去,然而并没有花粉从未来出现。

等待和花粉/智慧出现在他的显示屏上,位于两组词语之间。

这是条建议,还是在陈述它们在做什么?它们是不是在等待现在到达未来,好知道为什么未来停止把花粉送回现在了?它们将花粉和智慧联系在一起。这是否意味着它们明白自己的智慧在自然界中其实是一种统计存在,埋藏于花粉中包含的基因出现次数之中?也许,比起跟他一路走来的那些人,植物智能反而与他更为相似。它们是一群满怀问题和概率知识的造物。

可惜的是,这一次他的知识并不是概率性的。他清楚地知道它们的花粉为什么停止了。无论是即将到来的闪焰,抑或是时间之门的失窃,都将终结花粉。因为未来已没有可以把花粉传送回来的植物智能了。有些孢子和花粉可能在冰里存活下来,但这些长老和它们的智慧将在闪焰中灰飞烟灭,重新从零开始它们的文化。他提醒自己不要忘记:这一切在三十九年前就已发生,而过去仿佛一块琥珀,他就穿行于凝固在琥珀中的一系列事件之中……但这个事实并不那么容易接受。

等待,贝利撒留补充道,他的同意加强了它们的等待。

他现在其实就在等待。他的人民也正在等待。

"巡逻队来了,"伊坎吉卡说,"我们先回工棚,拿几样不太显眼的工具。"

用现有的这些语标,贝利撒留无法写出再见,也找不到任何类似的概念,所以他只好退了回去,心中还在想:伊坎吉卡就这么带着他走了,不知道植物智能看到的或想到的会是什么。它们看到的是撤退的天使,不起眼的天文现象,还是两个怪物?

"你是在浪费时间,"伊坎吉卡说,"我们应该开始考虑在哪儿钻孔了。"

他们走入几幢简陋的建筑物之间,来到一处存放工具的小营地,将各自的胸袋放下。他们身后是涌出的轮班人流。他们挑拣出测量设备和两支镐头,准备先做些粗略的样本收集。一旦鲁多能给他们搞来重型钻探设备,他们就马上开始。

如果她给他们搞来设备的话。

他们走回到冰上。贝利撒留在离开未来之前就已经研读过相当于硕士水平的冰行星学教程,其中包括升华和沉淀方面的内容。在这里,他那不甘寂寞的大脑已经运行了各种计算:褐矮星光度、行星反照率、与地表植物的相互作用以及平均闪焰活动性。但这些计算实在没什么意思,很难让他保持注意力。与此同时,他们继续走着。

时间之门位于一个宽达上百公里的巨大峡谷中,地平线上犬牙交错的峡谷边缘掩映着星空。尼扬加被潮汐锁定,永远呈现出同一面,这样在正午时分,冰就会在分子级别一层层地升华。新升华出来的稀薄大气有一些会穿过时间之门进入过去,但大部分都向外扩张、冷却,变成雪落到峡谷的边缘上。远征军原始冰芯样本中的花粉测量表明:时间之门和植物智能在这里已经超过十万年了。峡谷中有好几个地点都可以提供他需要的数据,用以校准时间之门的精确时间跨度。现在就要看哪一处可以为他们提供最好的掩护,招致最少的注意。

他们仔细检视着覆盖了一簇簇植物的黑色地表,与此同时,贝利撒留大脑的另一部分也一直在思索着植物智能。随着对褐矮星那微弱的光不断进行深入测量,他愈发确定:保持这个世界植物生存的代谢途径的核心正是量子效应。

他构建了几种不同的模型,来模拟尼扬加上光合作用可能的分子途径,从可能的受体到电子载体机制。这些模型都不具备足够的效率,无法将如此微弱的红外光变成足够的能量,用于运动和维持智能。在这里,要维持生命,唯一可行的能量分配方式必须保证新陈代谢的效率高于百分之九十九。陆地光合作用可以通过某种量子相干性达到这一效率,所以毫不奇怪,这里的光合生命体与地球上的生物殊途同归,都选择了同样的进化解决方案。

但即便如此,要获取足够的能量来发展出智能,还远远不够。

"你们的人有没有研究过植物智能的解剖结构?"贝利撒留说道,"它们有没有别的化学能量来源或是储能器官?"

"你怎么还在想着它们?"她说。

他没有回答,只是蹲在那儿检查着地形。

"研究人员解剖过许多尸体。"伊坎吉卡说,"除了光合作用系统，我在报告中没看到它们还有什么别的东西。这就是为什么它们移动得那么缓慢。"

也许是他想错方向了。哺乳动物的大脑保持在三十七度，这需要大量的能量。他的大脑现在就十分活跃，所以他一直都处于低烧状态。但这些植物并没有哺乳动物的大脑，它们的智能是在零下一百度以下运行的。新陈代谢的具体计算会有很大的不同。

"你们在它们的大脑中有没有发现什么？"他一边问，一边把平板电脑上的一处位置标记为可能的钻探点。

"神经元？"她说。

"接着说。"他转过来面对着她。

"这就是典型的量人行为，上校，"圣马太对俩人说道，"他们如果发现了一个难题，就一定要追问到底。"

"我一直问，是因为我认为这事儿很重要，"贝利撒留有点恼火地说道，"到底有多少神经元？"

"上校……"圣马太说。

"别在这儿指手画脚，圣马太！"

"有个几亿吧，"她无所谓地挥挥手，说道，"有些到了十亿。"

伊坎吉卡在前面领路，他们带着那几样基本装备，来到下一个可能的钻探点。贝利撒留还在苦苦思索他那些模型。虽然植物智能的神经元数量只有他的百分之一，作为智能水平的衡量而言，算不上多，但这却让他动用了大量的数学建模能力。只有他的大脑的百分之一大小的大脑，在干冰的温度下运行，需要的能量当然也会更少，但仍旧没有足够的抽象和语音处理能力。

如果按照经典理论计算的话。

量子计算是一种量子相干性,它使用较少的能量,并行处理多项操作,这就意味着它需要的组件可以比较少。

伊坎吉卡在一个小洼地停了下来。这里被一些长得较高的植物遮蔽,避开了摄像头和其他船员的视线。他们开始通过头盔里的管子吸食营养品。

"联盟一直没有给它们命名吗?"贝利撒留说道。

"我们为什么要那么做?"

"我要叫他们量园①。"他说。

"为什么?"

"你是智人。我是量人。它们也应该有个名字。"

"那个词有什么意思吗?"

"翻译成法语 8.1 的话就是 le jardin quanti-que,翻译成英西语就是量子植物园。"他说道。

他们默默地吃着东西。她把他当小孩子看待。圣马太也是如此。

"已经三十六个小时了。"他鼓起勇气说。

"是的。"

"你觉得鲁多会不会改变主意?"

"如果鲁多上尉不会帮助我们,鲁多中将就不会派我们来这儿了。"

"那可未必,"贝利撒留说,"鲁多上尉一直在阻挠我们,甚至给我们带来了危险。我不知道她是否会跟我们合作。也许到了这里,一切都得我们自己搞定。要真是那样,鲁多将军没必要提前告诉我们。事实上,我们对个人的未来知道得越少,

---

① Hortus quantus,拉丁文,意为"量子植物园"。

鲁多将军遭遇时间悖论的可能性就越小。"

"我们在这儿无端瞎猜,只会把自己搞晕,阿霍纳。"伊坎吉卡说。

"我们也可以再慎重地考虑一下,要不要我们自己做主。"

"你有什么建议?"

"你有权限很高的密码,"贝利撒留说,"圣马太比这个时代的任何处理器都快。他可以检查鲁多的通信,看看她到底是已经出卖了我们,还是正在努力帮我们获得钻探授权。"

她的呼吸节奏并没有透露太多想法。虽然沉默良久,但也看不出异样。

"这是一个疑心重重的时代,阿霍纳。"她最后说道,"远征军里有不同的派系。有人提出带上时间之门,马上回家;还有人说,我们应该在这里研究清楚,然后利用它们来制造武器;有个人数很少的派别甚至提出:我们应该带上时间之门远走高飞,建立自己的国家,不再与整个文明相见。将军们,甚至包括一些军舰舰长都在争夺权力。舰队的第一任司令死了之后,紧张的政治气氛几乎将舰队撕扯得四分五裂。有些派系监视着每一次查询、每一次击键。我们做任何查询,都有可能引起注意。"

"要是圣马太可以避开那些监视措施呢?"

她没有回答,时间就这样过去了很久。褐矮星像一只伤痕累累的巨眼瞪视着他们。贝利撒留经过基因工程改造的大脑和眼内植入物仔细研究着它的光谱和温度。高空云层中,铬和钒的氧化物循着大气深处的磁暴线,流过朦胧的熔融铁雾。虽然美丽,却孕育着毁灭。

"对你来说,不信任鲁多一定很难。"他说。

"我不信任你。"

她检视着激光测量器托架上的一个闩锁。

"我信任的是她日后成为的那个女人。"伊坎吉卡说。

她脸上黝黑的皮肤笼罩在头盔的阴影中,表情很难辨认。他调高了眼内植入物的增益水平,光照不足的地方变成了一块块灰色像素。但他还是看到了。

"不,你不信任那个她。"他说。

"什么?"

"有些谎话,人们能够接受,"他说,"但有些就不能了。几十年来,鲁多对每个人都撒了谎。我觉得你也没有想好自己是不是真的能够接受这一点。"

"如此说来,信任这种事,您是无所不知喽?"

"信任是所有骗局的核心。"

"是啊,你教过我这一课。"她尖刻地说。

"你从来都不相信我。你只服从命令。"

"或许鲁多也不信任你,"伊坎吉卡站起身说道。她的身体绷得很紧,不过并没有显露出要动粗的迹象。"她在未来雇用了你,仅仅因为我是和你一起来到过去的。我们出现在过去,迫使她在未来做出了那样的选择。也许联盟中根本没人需要你或信任你,我们跟你一起工作,只不过是为了避免祖父悖论。也许这也是一种循环因果结构。也许这次回到过去的旅程,目的根本就不是什么岩芯样本,也许你仍在耍弄我们。如果是这样,也许我可以挽回这一切。"

"我当时认为你和鲁多都是慷慨赴死的爱国者!"他说,"我没想到你们会赢!我当时以为聚合会轻松碾碎你们。我这么想,你们能怪我吗?假如你们失败,我都准备好了要躲起来一阵子,让所有人都查不出主谋是谁。就因为你们成功了,我现在成了文明中赏金最高的通缉犯,被人四处追杀,而全体量人都跟着我一起倒了霉。我想挽救我的同胞,而你需要更多的通天轴。"

"我不知道你的同胞在哪里,"伊坎吉卡说,"我不知道他们是否真的逃离了聚合的追捕。我也不知道你关不关心他们或者任何其他人。我只听见了你说的话,而且我还知道,那甚至不如你放的屁可靠。"

"我们需要彼此。我并非坚信你不会开枪,但是我相信你会为了联盟的利益而行动。如果圣马太能在鲁多倒班睡觉的时候检查她的工作,我们就可以降低被发现的风险。"

"再多给她些时间,"伊坎吉卡最后说道,"如果到了明天早上换班的时候,我们还没有收到她的消息,我会批准进行一次低风险的快速侦察行动。"

三十三

　　伊坎吉卡被有人早起去冲澡的动静弄醒了,于是坐起身来,发现还有二十分钟才亮灯。她总是能在钻出睡袋时就彻底清醒,这对一名士兵来说是个优秀的素质。一切都跟之前看到听到的没什么明显不同:士兵们揉着惺忪的睡眼,起来撒泡晨尿。但空气中却隐隐有些紧张的气氛。船员们在公开场合什么都不会说,再说她也没有获得别人的信任,没机会参与机密讨论。如果她属于这个时代,她可以找个其他下士问问,或是问她的军士。在部队,最好的八卦通常来自下级士兵。可她不属于这个世界。

　　她检查了军用手环。没有鲁多上尉发来的消息。她的希望落空了。她原本希望自己回到的地方,起码还是有人信任她的。但这里并不是这样的所在,可她依然必须完成任务。如果她真的命令 A.I.查看鲁多上尉的工作,就会表明她确实心存疑虑。

　　需要做出战术决定的时刻,她很少会犹豫不决。她练习过无数次,恐惧、焦虑、骄傲和兴奋,所有这些全是阻碍,统统都要推到一边去。可是,质疑自己的指挥官是否对任务忠心不二,这却是她从来未曾试过的。要把那些焦虑推到一边,所需要的"情绪肌肉"感觉很是绵软无力。

再说这种情形下,理性也很难适用。过去的一切都告诉她,鲁多与她的追求一致,也就是追求联盟的独立。但鲁多却一直在撒谎:对她撒谎,对所有人撒谎。伊坎吉卡对谎言有一种本能的反应,她也不知道该如何消除这种反应。但她并不怀疑自己的任务。她从不怀疑自己的任务。

把感情推到一边。

专注于理性。

评估风险。

这场起义的成败,也许就取决于她在这里的任务。如果她的联络人不是自己的妻子,不是自己心目中的英雄,那她会怎么做? 她会怎么应对一名有缺陷的军官,一个可靠性未知的工具?

三种选择:要么利用这名军官,要么换掉这名军官,要么绕开这名军官。

专注于理性。

评估风险。

把感情推到一边。像一名任务指挥官一样处理这个问题。

阿霍纳看上去又有些虚弱了。没关系。她轻轻踢了他一脚,他随即呻吟一声。"起床了,"她低声说,"今天就算是圣人也得工作。"

阿霍纳哆嗦着坐起身来。A.I.肯定已经听到了伊坎吉卡的命令,没准儿现在正忙着黑进某个他需要访问的系统。

她和阿霍纳穿得又厚又暖，两人抓起一个个食品包，一边吃一边将宇航服的食品槽全都插满。片刻之后，他们踏上尼扬加的地表，走向存放工具的桌子和工棚，头顶上红彤彤的褐矮星一动不动地注视着他们。她接通了两人宇航服的专有激光通信。

"鲁多那儿没有得到任何消息？"阿霍纳问道。

"你的A.I.有什么发现？"

"我可不是谁的A.I.。"圣马太愤愤不平地说。

"你有什么发现？"她说。他们携带镐头和声呐设备来到一个钻探点，这里高高低低堆放着矿渣，冰层下的岩芯已经钻出。缓慢升华中的平原地势起伏不大，相形之下，破冰处就像个伤口，耸立着尖锐的碎冰。

"用你给的密码，我没办法黑进鲁多的通信记录。"A.I.说。

"中将没有给你一个全局通用密码？"阿霍纳问道。

"她给了。"伊坎吉卡说。

"鲁多上尉给她的通信记录做了额外的加密层，我在联盟网络的其他地方也见过这种方法。"

"每个人都有权阻止别人对自己账户的访问？"阿霍纳问道。

"这是一个疑心重重的时代，阿霍纳。"伊坎吉卡说。她蹲下来，看向下方钻入冰层的窄洞。这个洞形状完美，环壁光滑。她将手腕上的灯照入洞口，灯光消失在一片能引发幽闭恐怖的黑暗之中。

"也许从架构角度可以更准确地描述：这是一个各立山头、壁垒森严的时代。"A.I.说。"一定还有很多没有联网的系统。目前我能看见的网络规模无法给这样大小的基地提供全部的计算机功能。"

"所以你没能进去。"阿霍纳说。

"我当然进去了,"A.I.说,"只不过用的不是你给我的密码。这个时代的技术,即使是用上了量子加密,用未来四十年后的工具也都是可以破解的。"

意识到他们的系统竟被这个A.I.如此轻易地突破了,伊坎吉卡突然间十分恼火。没错,阿霍纳的确比她技高一筹,偷走了他们的时间之门和她与生俱来的权利,也许她应该从他手里夺走这个疯子A.I.,作为报复。不过现在,她还不能对这些恩怨做个了断。时候未到。要有耐心。

"她会为我们搞到钻探设备吗?"伊坎吉卡问道。

"她正在编造全套命令手续,"A.I.说。"看起来差不多快完成了。她弄到了好几级的签名授权,但据我所知,她没让上级知道。这说明情况很乐观,对吗?"

"还要多久?"伊坎吉卡问道。

"看起来应该是今天。"

"你看不到消息吗?"伊坎吉卡问道。

"在这些系统里看不到。"A.I.说,语气里带着一丝恼怒。

她的胸中微微感到一丝宽慰;为了这次任务,也为了她的妻子。

"还有两个问题。"A.I.说。

"什么?"伊坎吉卡问道。

"昨晚,军事安保处在北面的通信干线那里发现了一台非法安装的发射器,"A.I.说。她的胃里感到一阵焦虑。"那是军事安保处的设备,作用是窃听从生化武器部到舰队的信号。"

"塔卡塔法尔少将在监听伊坎吉卡准将的通信,"她说道。

她本可以阻止这一切的。"这会让局势变得很紧张。"

"更糟的是,"A.I.说,"干这事儿的技术人员已被尽数逮捕,其中包括纳布威尔中尉。"

"塔卡塔法尔试图掩盖这事儿,想假装自己没有参与。"伊坎吉卡说。

"不,"A.I.说,"他们使用的密码和设备并不是来自军事安保处,也就是塔卡塔法尔少将的单位。有人想陷害塔卡塔法尔,而且被逮住了。"

"如果塔卡塔法尔被当成奸细抓起来,除了你母亲,还有谁会得利?"阿霍纳问道。

伊坎吉卡紧抿着嘴唇。她昨晚本有机会杀死纳布威尔中尉。暗杀一名低级军官,造成的破坏性比眼下的情形小得多。一旦被审讯,纳布威尔就会承认他已经在军事安保处工作了好几个月,只不过代表的是伊坎吉卡准将的派系。到那时,所有人都会指控她的母亲。

"鲁多想让我在纳布威尔换班后杀掉他,"她若有所思地说,"可能是为了引起人们的注意,好发现他在通信干线上加装的东西。但军事安保处比她想象的厉害些。他们找到了发射器。"

"这是圈套,"阿霍纳说。"塔卡塔法尔设计了这一切,要不就是有人替她做的。"

"为什么?"A.I.说。

在这一刻伊坎吉卡才发现:尽管圣马太态度粗暴,偶尔还很乏味,可同时他也非常天真。阿霍纳一听就明白了。一旦伊坎吉卡开始像巴克维兹的政客那样想问题,她也马上就明白了。

"为了动摇远征军的军心。"伊坎吉卡说,"这样一来,船员和军官们,哪怕是忠诚、中立的那些,也不得不选边站队了。如果情况看起来是伊坎吉卡准将在陷害塔卡塔法尔,那就更是如此了。"

听完这段可怕的预测,阿霍纳和A.I.都没有说话。

"第二个问题是什么?"她问道。

"我在鲁多上尉的虚拟工作区里发现了一些原本不该出现在那儿的东西。"A.I.说。

"什么意思?"伊坎吉卡问道。

"鲁多上尉有一个秘密共享工作区,被她用自己的私人密码加密隐藏起来了。看起来,她似乎一直在那里面跟至少三个人用加密消息讨论什么非法的事。"

"看起来?"伊坎吉卡说,"我想那密码肯定也被你破解了吧?"

"是的。"

"然后呢?"

"她和另外三人密谋杀死伊坎吉卡准将。"

她浑身一凉。在她的过去,她母亲已经死了。这次任务期间,她一直都没有理会这一历史事实。她始终没有琢磨那个想法:她的母亲现在还活着,就在距离她不到一公里远的地方,呼吸着,思考着。那也是一个事实,与历史一样,有种古怪的现实感,但似乎与第一个事实不符。她的母亲现在还活着,却很快就要死了,这想法存在于她的脑中,令她感觉很不舒服。现在,她越来越觉得鲁多可能并不清白。

"你有多肯定?"

"她的加密账号不是伪造的,"A.I.说,"那就是她。"

"非常抱歉。"阿霍纳在寒冷中伸出手。她用力拍开。她望着远处，徐徐地长出一口气。

"叛国罪。"伊坎吉卡说。她的声音在自己头盔里听起来出奇的平静。

"我们今天还能完成工作吗?"A.I.说，"现在的混乱局面会让我们的工作更加困难。我们得尽快离开。"

他们头顶上方很高的地方，可以看到微小的灯光光点在星空中移动着，那是第六远征军的飞船。她对自己那个时代的所有飞船都如数家珍，但现在是四十年前，联盟手中的飞船还只是聚合政府施舍给他们的二手货，作为联盟给他们服役的补偿。即便面对聚合的中型飞船，这些飞船也撑不过十五分钟。

"你有多了解你的母亲，上校?"阿霍纳轻声问道。

在这个年代，远征军还没有发现暴胀子驱动器和暴胀子大炮。他们毫无特别之处，只是一支野心与实力远不相称的失踪舰队。这些人都还没有脱茧羽化。今天活着的这些人，大多数最后都死掉了。

"在我出生后不久，聚合卧底特工就找上了我的母亲。"

"我很遗憾。"阿霍纳说。

虽然穿着太空服，伊坎吉卡还是试着耸了耸肩。"我一点都不了解她。很多在远征军里长大的孩子都没有父母。我知道我迟早会面对这些事。"

"鲁多知道你会发现她参与了这些事吗?"阿霍纳追问道，"她与另一个派系渊源颇深啊。"

"或许她也是被陷害的。"

阿霍纳透过头盔面罩斜视着她。

"就连鲁多这个初级军官，也是卧底特工多次暗杀未遂的目标。"伊坎吉卡说,"她被提拔成了上尉,又被吸纳进了一个有影响的三方婚姻,这些都让她得以方便地扮成一个英雄,来揭露一个位居高处、已经设法向聚合政府发出信号的特工。"

"先不说鲁多,我们可能还有一个更大的问题。"A.I.说,"你是什么时候出生的,上校?"

"2476年2月34日。"

"我在鲁多的秘密工作区里看到的信息,全都是关于伊坎吉卡准将的暗杀计划,时间是2月28日。"

从现在起,两天之后。

"你的母亲是怎么被杀害的? 也许她依靠生命支持系统,又多撑了好几天?"阿霍纳问道。

"枪决。头部和胸部。"她干脆地说。

"那我们就要面临因果关系的麻烦了。"阿霍纳说。

"或许还有什么我不知道的情况。"伊坎吉卡说。

"为什么鲁多之前没有告诉你这些?"阿霍纳沮丧地说。

"我是她最年轻的配偶,"伊坎吉卡抑制着怒火说。就算她现在对自己的指挥官起了一丝疑心,但如果有人毫无根据就批评鲁多,她也绝不会允许。"我是她的参谋长,替她出谋划策。我知道她关心我。在我们回到过去之前,她也提到过这个时代的罪恶与错误。也许她是希望我不会发现这些事。也许她一直都不知道我发现了。"

"我非常遗憾,艾扬。"

"我对你的同情不感兴趣,阿霍纳。我从来都不认识我的母亲。我的父亲是个被判有罪的犯人。我本该成为一名出身有问题的低级水手,劳碌地度过一生。但中将选中了我,让我接受军官训练。中将是远征军团结一致的精神象征。她解放了我们的人民。我的一切都是她给予的。我对母亲的了解，并不比对这些植物的了解多，而孕育它们的花粉，也来自它们永远无缘认识的父辈。"

"你是一个人类，艾扬。"阿霍纳说，"这些事换作任何人都很难面对。"

"别跟我谈什么人性，量人，"她说。"永远也别怀疑我能否完成我的任务。现在，我们该去获取其他通天轴的位置信息了。"

"这个因果问题可是非同小可，上校，"他说，"如果鲁多或她的同伙在你出生之前就杀害了你母亲，后果将是灾难性的。"

"那并没有发生，阿霍纳，"她说，"我这不是还在这里吗。"

"可我们并不知道，我们这些人在多大程度上直接为你的幸存提供了助力。"阿霍纳说。

伊坎吉卡向前走了几步。情况太复杂，也变化得太快。从怀疑她的指挥官和年长妻子说谎，到现在面临的这种可能——她的妻子是刺杀她母亲的凶手。她不知道要如何接受这一切。理智从哪里开始，情感在哪里结束？战术和战略地形又是什么？阿霍纳让她一个人走了。

三十四

贝利撒留看着伊坎吉卡走远后,这才转头望向冷却的褐矮星,感受着它缓慢运动的磁场掠过基地的所有磁性物体。但他的思绪已经飘到了九霄云外。他开始把自己对量园的各种观察转变成模型和理论。他已经大致确信,量园把某些量子现象纳入了它们的生命周期,而且这一过程还是通过时间之门作为中介的。他还没有搞清楚这些机制,但情况势必如此,否则他的模型就无法成立。这里生活着一种非常独特的物种,它们已经被宣判了死刑,可他却毫无对策。

"你不能就这么站在这儿,阿霍纳先生,"圣马太打断了他的思考,"这样看起来会很可疑。"

"这一切简直就是场灾难。也许你是对的。也许我当初就不该接这个活儿。"

"唉,可你毕竟还是接了。我也一样。我们无法改变过去。我们只能对它屈服和妥协。"

贝利撒留跟着伊坎吉卡走去,然而她又朝他们的方向走回来了。"我们已经有了钻探设备,"她说道,语气中带着一丝疲惫。"现在去采集岩芯样本吧。"

她带领他们,穿过一层像黑色的皮肤般覆盖着冰冻峡谷的植物,来到了军需官的大楼。这栋楼矗立在那里,有八米高,由厚厚的冰块筑成。在大楼外,她朝扫描仪划了一下军用手环,门随即滑动打开。他们的手环上显示出地图,引导他们来到半公里外的一个自动化区,里面存放着各种工业设备,以及用来操作这些设备的芯片。

这里停放的拖拉机、推土机和钻探机当然不是尼扬加上的远征军分队当初一起带过来的。他们只是一个中队,执行快速武装侦察任务。他们一定是用采自小行星的金属,在这颗发育不良的恒星下面制造了这些设备。他们在这么短的时间里完成了这么多活儿,实在很了不起。

伊坎吉卡将控制芯片插入一辆金属轮式卡车,车上有一个巨大的平板车厢,车前还装了一部装卸臂。她慢慢地将卡车开到一个地方,那里堆放着钻探附件、备用电池和金属芯管,以及其他类型的建筑设备。她开始编制程序,好让机械臂装车。这需要一段时间。

上校正在专心研究程序的时候,贝利撒留走了过来。他想再次就她母亲和鲁多的事提醒一下伊坎吉卡。她在行动中可能会陷入激烈的感情纠葛,而他可以帮助她。自私点讲,主动向她伸出援手,或许还可以平息他自己的忧虑。可是他们之间并没有那种关系。主动伸出援手,可能还不如让她自个儿静一静。

"你离开后,量园会怎么样?"他最后问道。

"我不知道,"她说,"我们带了一些标本,以保证下一个十年也能有花粉流回过去,这样就能确保我们不会干扰到远征军第一次到达这个星球时得到的观察结果。我想那些留下来的植物,在它们的褐矮星发生闪焰之后采取的应对方式,应该和之前类似的情况下采取的行动没什么两样吧。无非是先被击倒,然后又重新站起来。"

"是啊,"他不太确定地说,"但在之前,量园有时间之门帮助它们恢复繁殖循环。如果这次你们把时间之门带走了,它们又会怎么样?"

"有没有时间之门,它们都可以繁殖。"

"但不是以现在的方式。而且我开始觉得,它们之所以能演化出智能,很可能也是因为在它们的生命周期中有一部时间旅行机器。它们的生命周期就是围绕这部机器进行的。我们只是不知道其中的详情。主恒星闪焰可以算是栖息地面临的一种压力,可是失去时间之门,那就会对栖息地造成破坏了。"

"我没时间为此感到伤心,阿霍纳。"她说,"我这里片刻的分心,就可能意味着牺牲一名联盟士兵、损失一艘飞船,或是失去我们仅有的那条主轴。强者生存,弱者消亡,这是永远的真理。没错,也许这就是植物智能的终结。很遗憾,但我已经没有眼泪可为它们而流了。不论我们是否发现了它们,这场闪焰都将终结它们。"

"但那就是问题所在。一颗活跃的褐矮星每隔几千年就会发生闪焰。但量园并没有被消灭,而且它们的智能也不可能是自上次大闪焰之后的短短几千年里进化出来的。不知怎么回事,有了时间之门,量园就可以在灾难发生之前和之后都生存下来。"

"那是说不通的,阿霍纳。如果现在它们能被消灭,那未来它们也就能被消灭。"

贝利撒留苦苦思索着各种概念，将量子逻辑和因果关系交织混杂在一起。通常来说，这两样是不相容的。这样的思考领域，即便是对他那基因工程改造过的大脑来说，也是只能勉力触及的边缘地带。他的思维在各种推算之间跳跃，在扩展到可证明之外的各种理论和假说上寻找平衡。

"量园指的不仅仅是它们的身体，还有更重要的东西，"贝利撒留说。"在闪焰中融化的身体，对于它们而言可能是最不重要的部分。遗传信息在时间轴上的相互作用也许和量子干涉模式类似。一个单一的环境事件可以影响它，但无法摧毁它。"

"我不明白你讲这些有什么意义，阿霍纳，"她说，"尽是些学术上的东西。"

"没有了时间之门，信息就无法在时间轴上相互作用和干扰。"

"时间之门现在在你手里，阿霍纳！如果你的感觉真那么强烈，那就把它们还给我。但现在远征军需要它们，所以我们要带走它们，"伊坎吉卡说，"这是历史。观察到的历史。闪焰发生之后，谁知道时间之门又会在哪里。封冻在十米厚的冰层之下？被炸飞到太空里？时间之门可不是微风吹过的隧道。"

"你的人来到这里的时候，发现时间之门就在这儿，而花粉由风吹着穿越其中，已经持续了十万年之久，这期间经历了多次闪焰期和平静期。"他从她的话里听出了一些东西，值得继续追问，"是什么让时间之门在这么长的时间里始终保持着方向性？信息一直在二十二年的时间段里流淌着。也许正是这一事实让时间之门的位置与方向得以稳定，就像一种角动量。"

"我对你说的这些也许你可能没有任何兴趣，阿霍纳！我有一个实际的目标要完成。你是建议我们把时间之门留在这里、改变时间线吗？好啊，那我们就这么做吧！这样你就没法偷走它们，而我们也就没法回到这里来了。我还得向最伟大的量子骗子解释因果悖论，这可真是件很讽刺的事情。"

贝利撒留犹豫地站在原地，看着伊坎吉卡继续前行。他的所有这些想法，都只是直觉和感觉。在这样的心理空间内，他必须创造没有数据的模式，这是他所不熟悉的。他疾走几步，追上了她。他必须为他们摆出事实和原则。

"下面这些历史事件都是确定的，"他一边说，一边在她面前伸出戴着手套的肥大手指开始列数。"联盟带走了时间之门。我们回到了这里。你出生了。你的母亲被暗杀了。但历史的某些部分并未被具体书写。我们可以碰的就是那些部分。也许我们可以将量园的一些东西保存下来。"

"我们现在什么也做不了，分心只会危及你我人民的未来，阿霍纳。"

贝利撒留想再说点儿别的什么，让她也感觉到同样的不安，像他一样因未解的谜团而心痒难耐。可是他们之间横亘着一道生物学意义上的鸿沟。他们已经不是同一个物种了。他有着数以千计的额外基因，与她有数以百计的解剖学差异。她可以依靠智人在人类二十万年的生存过程中历经考验的本能和理性。一旦进入寻找模式和关系的状态，量人很容易变成大战风车的堂吉诃德，发生假阳性误报。现在再看看自己找到的这些模式，就连他也觉得不再那么肯定了。

三十五

这位情报特工被剥去了名字,正处于一种意识寒冷的状态。痛苦的声音噼噼啪啪,四肢咯吱作响,强光打在那双无助的眼睛上。

透过外科手术机器人蜘蛛般的机械肢,一张脸清晰地出现在视线之中。那是一张女人的脸,悬在他的脸上方,细节处由像素颗粒构成,浅色皮肤的五官上涂着由紫外光和红外光组成的模拟颜色。虚拟现实?

"1D446,"她说。她的声音转化成了数字信息,经由采样,被分解为近似的振幅、音调和频率,然后呈现为带有测谎生理反应标注的图形。"回答①,1D446。"

"1……"他刚一开口,就被自己的电子语音惊得停了下来。那声音在她的声音旁边被绘制成图形:狭窄的长条、单调的分布、数字到数字。"1……"他又试了一次。那是他的声音。他在用义体说话。他的嘴在哪里?他的脸呢?

_____

① 原文为法语。

"回答,1D446。"她重复道。她的声音听起来很慢。他能感觉到音节之间的每个瞬间,但她讲话的节奏没有改变。他的思考速度变快了,凭借着某种数字化的虚幻意识。

"1D446。"他终于说了出来,那陌生的声音充斥于他的双耳。更多的图形塞满了他的头脑。

过了好长一段时间,她的脸消失了,只说了一句"好[①]。"

只剩下他与杂乱的图形、刺眼的灯光和艰难的思绪为伴。他的头脑深处仿佛有一部显示屏,显示着一个精密的时钟,上面的微秒计数指针正无情地转动着。就这样滴答滴答,又过了好多秒。

然后另一张面孔占据了他的视野,一个稻草人,属于早期模型。它头上包裹的是网状的金属和碳衣,嘴和鼻子都是画上去的,再往下又是包裹的块状金属和碳衣。一个摄像头眼睛凸出来盯着他,仿佛随时都会爆裂开来。在那镜头里面,他只看到许许多多电线、镜片和电路总线的倒影。他这是在哪儿?

"1D446。"那稻草人说。

"是的[②]。"

"你准备好服役了吗?"稻草人说。

"是的。"他殷切地说。

"随时听候差遣。"稻草人说,那是情报部的座右铭。

"是的。"

"你还记得什么?"稻草人说。

"我……"这句话无法完成。他自己的电子声音噼啪作响,通过机器分析,被绘制成图形,又插入到他僵硬的大脑中……

---

① 原文为法语。

② 原文为法语。

这不是我。他记得自己是个情报特工。他记得金星国的敌人。他记得飞越云层。"1D446准备好服役,随时听候差遣。"

"1D446已经死了,"稻草人说,"稻草人部队需要新的特工,忠诚的特工。"

稻草人部队。

他们想让他成为稻草人? 为什么是他? 他不配,他也不想。部队里有个"他"离开了吗? 稻草人全都是机器,生长于生物模板上的A.I.。为了一名新稻草人的诞生,1D446就必须死掉,在制造过程中被毁灭。

已经摧毁。他死了。过去的那个男人,现在已经死了。没有人会为情报人员哀悼。他们就这样消失了。他们的代号也被废弃不用了。1D446不在了,人、姓名、身体和遗物,全都销蚀得无影无踪,就像故乡金星上任何落入酸云里的事物一样。

"准备测试。"另一个稻草人说。

测试。无情而尖锐的想法绕着那个词盘旋,改变着它,寻找着同义词和定义。他不可能通过稻草人部队的测试。他从没想过要参加什么测试。他不具备稻草人所需的品质。他不想永生。

新的图像强有力地呈现在他的大脑中。新的声音开始落在他身上,就像一股洪流:声音、感觉和信息,面孔、名字、截获的消息、人员和金钱的流动、间谍、叛徒和叛乱分子的联盟与分组,全都汇聚成一个连绵不绝的大瀑布,坠入他的脑中。

"开始测试。"另一个稻草人说。

三十六

卡桑德拉的胃里有点翻腾。驾驶座椅和安全带都令人感觉备受束缚。循环空气闻起来有股活性碳、湿气和汗水的气味。风扇虽然很安静，但量人的大脑却能感知到它们混乱而不一致的节奏。她感觉很不习惯。什么都不习惯。因陋就简，就像一个士兵或者……她也不知道是什么。在她成长的环境中，舒适属于基本条件，这样才能保证思考不会受到干扰。在阁楼，甚至连鸟儿都不会乱叫。"量化风险号"那经济节约的空间结构、坚硬的座椅和临时拼凑的摆设，都让人很不舒适，严重干扰注意力。

这些许的自我怜惜立时让她感到了内疚。至少她还得到了新的数据。现在又有多少量人能够享有舒适的条件？阁楼已经毁灭。大家都在疲于奔命，也许还包括贝尔。而她，作为市长，正坐在这里，安全地待在全宇宙最广阔的宇宙学实验室之中。她看到一道道虚幻的光闪过，在多普勒效应的作用下变蓝或变红，暗示着某种引力场特征，在四维空间中都找不到可以与之类比的事物。眼前的情景令她心驰神往，足以忘却之前的不适，哪怕低重力造成的恶心感正在不断累积。

斯蒂尔没有抱怨。也许他习惯了因陋就简。想到他此刻被锁在一个八百大气压的加压舱里，不知怎的，她觉得有点高兴。不然的话，她真不知道该和他聊什么，更何况还得费尽心机地要求他在她思考问题的时候保持安静。

但他还是默默地、精确地遵循着她的导航指令，让时间之门通往过去的出口始终保持在飞船视野范围内。她没有以三维空间的视角观察虫洞口，而是让他将"量化风险号"沿一个时间轴旋转四十五度，使虫洞口暴露在二点五个空间维度和一点五个时间维度上。在视觉上，通往过去的虫洞口被部分涂抹，像一幅手指画。然而在它的前方和后面，还堆叠着许多朦朦胧胧的副图，就像玻璃中一层层反射的图像。非整数维度的精确组合决定了图像的数量和间距，这是她和贝尔在路上研究出来的办法，但斯蒂尔似乎对数学解释没有兴趣。所以她放弃了这个话题，只告诉他监视一组传感器就行。

她选择的几何结构让"量化风险号"上时间流逝的方式发生了改变。在贝利撒留、伊坎吉卡和圣马太的时间维度上，接下来的两个月内，无论他们何时进入时间之门入口，卡桑德拉和斯蒂尔都能看到他们。与此同时，"量化风险号"上却只过了一小段时间。如果有必要，她还可以进一步调整角度，使他们感觉到的时间相对虫洞口内的时间过得更慢。但她希望在贝尔、伊坎吉卡和圣马太看来，他们不过是在几天之前的过去。对于贝尔、伊坎吉卡和货船中的所有量人而言，时间就意味着暴露和危险。她不会情愿和他们交换位置的。她不是个战士。

为了打发时间，卡桑德拉停留在白痴天才状态中，尽可能多地从快艇的传感器上收集各种数据。所有这些数据都可以留待以后,由量人进行卓有成果的分析。还有数据可供挖掘的时候,她不想与斯蒂尔或任何人说话。但头脑里那个计时器走得越来越响,让她逐渐意识到:也许她还承担着一些社交义务,哪怕是定期检查一下他的状况。终于,她长叹一口气,打开了内部通信系统。

"你觉得环境怎么样,有没有让你不舒服?"她问道。

"我没什么不舒服的,公主。"

卡桑德拉很不情愿地退出了白痴天才状态。她不想无意中冒犯他,因此不得不调动自己全部的社交技巧。就算这样,她仍旧听不懂他的语气。人们通常以为他只是借助了技术含量很低的文本到语音转换程序。然而作为一名擅长辨别频率的量人,她听到的频率和语音速度上的变化之多,可不是什么简单的软件能够实现的。他的语音中另有一层含义,是他加密嵌入的,但要想破译这层意思,就需要一台顶级的电脑,或者一个吃饱了撑的量人。这是波江人反社会的又一个例子。

"超空间也没事儿吗?"她问道。

"不管外面他妈的发生了什么,'量化风险号'上的传感器都翻译得不怎么样。"他说,"这倒没有让我不舒服。我曾经飞得比这还高。"

卡桑德拉真想对隐藏在他那机器语音中的语气好好做一番分析和解密。

"什么?"她说。

"什么什么?"

"你说比这还高,那是什么意思?"

"嗑药了,公主。像喝高了,晕了,飘飘欲仙,醉得鳏都翻出来了。"

"什么？你喝醉了吗？"

"没，"他说，"我没醉，我没嗑药，也没嗨。短路了……嗯，差不多吧。我把所有连到我水箱的输入都关掉了，可这儿还是回荡着电气回声，也不知道从哪儿来的，前后左右，多普勒来，多普勒去。"

"这样的超空间飞行，你以前进行过吗？"她怀疑地问道，心中一凉，觉得事情要搞砸。

"什么屁话，甜妞！这算得了什么。有一次，我去轰炸一个二级武士道基地，飞得实在太狂暴，结果把一天三顿饭全吐出来了，就在我的水箱里。那胃酸可真他妈辣眼睛啊，而且我可能都头上脚下了，但我还是把那一堆炸药全都丢在了目标上。不过第二天的宿醉倒是挺难受的。"

"文森特！醒醒！你现在还能飞吗？"她着急地问道。

"妈的①，公主，你不用瞎操心！永远别说我不能飞。咱们静止不动的时候，我就会听到这些斜眼维度里发生了怪兮兮的干涉模式。而咱们移动的时候，电磁信号又会直穿墙壁和地板，从离奇的角度发过来。是啊，就好像我刚刚嗑了药。但是没有人在嗑了药之后还能比我飞得更好。"

"你还真的嗑药之后飞行过？"她追问道，声音里明显带着一丝恐慌。

算了。

算了。

卡桑德拉和贝尔还得对付超空间。他们的大脑要集中精力思考超空间的事情。他们本来寄希望于斯蒂尔自己能够搞定这一切。

"你为什么不早点说?"她问道。

"你还有别的飞行员吗?"

她举起双手,用手掌下沿揉着眼睛。他们要做的就是坐在这里。真到了紧要关头(如果需要的话),她还可以编程进行导航修正。那样比人工驾驶要慢,但她可以做到。一接回贝尔,他们就可以慢慢地飞回通向未来的虫洞口。这是他们的错。他们应该多测试一下这个方案的,但当时已经没时间了。

"你是不是没怎么干过那回事啊?"斯蒂尔说。

"什么?"

"派对啊,"他说,"放飞自我。爬到桌子上跳舞。跟大家伙儿搂抱在一起,抽着大麻烟,你摸我,我摸你。"

"没有!"

"我操!那你都靠什么找乐子?"

"思考。"她说,希望自己的语气能够告诉对方这个答案是明摆着的。

"真的吗? 那真是白瞎了。我的意思是,你肯定很正点,对吧,长着两条腿。"

"什么?"

"杂种人没有腿啊,美女。我们办起事儿来可就是另一番天地了。没人听过歌里会这么唱:'嘿,宝贝,把你的泄殖腔坐在我这里。'"

她一时无法判断:他是真的在和她聊天,还是就想恶心她。

"我直说吧,"斯蒂尔说,"咱们老板就算是最会玩的量人了吗?"

"不是。"她犹豫不决地说。

"我看到他既赌博又犯法。我敢肯定,他跟偶人住在一起的时候也没干什么好事儿,你懂我的意思吧。"

她的胃一阵翻腾。

"如果你不懂,我的意思是老板跟偶人一起爽歪歪——"

"文森特,为什么你们波江人一直留在印地之泪?"她打断道。

"杂种人能生存的只有那么几个破地方,我的小甜饼。"

"听着很受局限。"

"差不多吧。你要是不怕被压成糨糊,可以自己来看看,"他说,"那地方暗无天日,还臭气熏天,就像硫黄、氨水和死尸的味道。你就想象地狱里有一根巨大的马桶下水道爆裂了。印第之泪上的海洋就是那副情景。"

"你们为什么不去一个气态巨行星上殖民?"她问道。

"你也嗑药了吗?"

"如果你们需要八百个大气压的环境才能生存,气态巨行星上总有能达到那个要求的高度。那样一个压力带会比你们现在住的地方大得多,而且如果你们找的这颗巨行星离它的主星比较近,你们还会有足够的光照。"

"我们不呼吸空气,傻瓜。"他说。

"那就穿上飞行翼,里面可以装备呼吸水系统。在一个气态巨行星上,可以很容易地将栖息水环境加压到八百个大气压,整套系统还可以让你在云层中穿行。你们不需要生活在恶臭和黑暗之中。"

一段长时间的沉默,她怕自己刚才算错了,于是在脑中又验算了一遍压强和光度计算。原则上,她刚才描述的情景,与聚合的人在金星云层里建造栖息地所采用的办法如出一辙。

"妈的。"他突然说道。

她不知道这又是怎么回事。

"妈的!"斯蒂尔又说了一遍,声音里带着愤怒之情。"有人在给我们发信号打招呼!"

"给我们什么?"

"有通信讯号进来了。"

"是贝尔吗?"卡桑德拉问道。

"我操,"斯蒂尔说,"操!操!操!"

"到底是谁?"卡桑德拉急切地问。

斯蒂尔打开了驾驶舱内的扬声器。一个阴森森的声音响起,讲的是上个世纪的法语:"载有贝利撒留·阿霍纳的联盟飞船,这里是印第安座ε星稻草人。立即关闭驱动器,将控制系统接入我的飞船。胆敢轻举妄动的话,你们将成为我的开火目标。"

"稻草人是怎么进到这儿来的?"卡桑德拉急切地问道。

"回你的加速舱去!"斯蒂尔说。

卡桑德拉手忙脚乱地解开安全带,从驾驶座上跃起,冲向那一排棺材大小的舱室。她钻进第一个加速舱,密封好自己的加速服,努力将帽子往头上套。

"它是从哪儿来的?"她喊道,双手颤抖。

"别管什么流程了!"斯蒂尔说,"直接把你的加速舱灌满。"

卡桑德拉砰的一声关上加速舱门,接好神经插口,然后猛力一砸按钮,释放凝胶填充舱室。

"我们的传感器在这个空间里全都成了废物,"斯蒂尔说,"我能隐约看到一公里外有个不起眼的物体。但以这个分辨率,我看不出那是个什么。你不是会量子魔术吗,能不能看看我们要对付的到底是他妈啥?"

"我的感官并不是那么工作的。"卡桑德拉通过神经插口说,她正在抗拒自己的本能,吸入令人窒息的厚重凝胶,因为吸得太着急,还连声咳嗽起来。

"我就知道,"斯蒂尔说,"你们这些量人,一到真有事儿的时候就都变成了吃干饭的。操。操。操。一个稻草人。"

"情况有多糟糕,文森特?"

"以前给聚合当飞行员的时候,我的工作是干死他们的敌人。而聚合在想要干死他们的朋友时,就会派出稻草人。"

那死人般的低沉声音再次开始讲话:"给你们十秒钟,关掉驱动器,交出飞船的控制权。我已经做好开火准备。"

卡桑德拉将遥测分辨率调至最大输入,然后进入白痴天才状态。周围的世界发生了变化,模式丰富起来,有了逻辑。各种线性、几何和指数关系也建立起来,分形模式可以看得很清楚,只有边缘还是一片混乱。

"看起来好像是一枚导弹,斯蒂尔。"

"操。"

"不应该是一枚导弹啊。"

一条灼热的线从稻草人的飞船跃出,划过一公里的超空间距离。快艇表面随之发生了一次爆炸,震得他们东倒西歪。

"我日啊!"斯蒂尔说,"他发射的是反物质! 这一击就是个警告。意思是他立马就能摧毁我们。"

卡桑德拉的大脑飞速计算着,要产生她刚才观察到的散布快艇船体各部分的加速度和振动,所需的能量是多少。"是几微克!"她说。

"该你出场了,智多星。"

"该我什么?"

"我他妈只是个雇来的帮手,公主。我什么狗屁武器都没有。我可以逃跑,不过你得赶紧告诉我:你打算怎么办。"

快艇猛地开始机动动作,卡桑德拉觉得天旋地转,即使身处加速凝胶之中,她也感到胸口被重重压住,身体里的空气都被挤了出去。至少三十个重力加速度,还混合了角加速度。即便她还能从神经插口收到遥测数据,但在多维度上的位置和速度也已经乱作一团。在这里,快艇无法跟踪记录所有维度数据。只有她能。

"别动!"卡桑德拉说,"快停下! 你会让我们迷路的!"

"我们现在有比迷路更大的麻烦,智多星!"斯蒂尔说完再次转向,对方的飞船消失了,可是卡桑德拉也不得不在她的脑中拼尽全力追踪他们这艘飞船的运动。"这狗杂种要是动真格的,再扔个反物质过来,我们都得变成一摊肉泥。"

"这是一个二十二维的时空区域,而且没有任何地标!"卡桑德拉说,"我们只能通过航位推测法来导航!"

"那你最好推测准了,美女,因为要死我也得死在海里!"

"停机!"她说,"马上停机! 然后沿 p 轴旋转四十五度,再沿 v 轴旋转四十五度!"

她感觉肋骨和关节上的巨大压力先是继续增大,接着又消失了,然后再次上冲。

"他跟上来了。"斯蒂尔说。

卡桑德拉的大脑飞速运转,一边计算他们的位置和速度,一边借助仅有的一点传感器数据对稻草人飞船构建更清晰的模式。她将其绘制成图,投射到斯蒂尔的显示屏上。

"你认识这个吗?"她问道。

她画的是一枚导弹，长度在十九米加减六十三厘米的范围，直径有一百六十米加减九厘米的范围，周身布满突出的直边。

"是'破脸'导弹，"斯蒂尔厌恶地说。"这狗东西飞得可快了。"

"那上面能坐人？"

"稻草人就是机器人装上个A.I.,宝贝，他不是人。他不需要生命支持系统。只要把'破脸'的弹头部位拆下，就能空出老大一块地方来装各种武器。"

"他还在跟着我们，在做同样的翻转动作。"她说。

"也许他就是这么跟到这儿来的，"斯蒂尔说，"一枚导弹本来就不太起眼，要改装成对传感器隐身的状态，不会太费劲。他一定是跟着我们有样学样，把所有的机动动作都照做了一遍。赶快决定，要么跑，要么打，小天才。我这样可坚持不了多久。"

她从未参加过战斗。她曾引导第六远征军穿越过偶人主轴。她曾从"林波波号"上逃走。但那大都是贝尔的计划。她从没和任何人、任何事物"战斗"过。但这个叫什么稻草人的东西想伤害她。

"让我们来看看，这个他还跟不跟得上。"她说。

三十七

距离地面总部大约一公里的地方,在量园群落的另一边,伊坎吉卡驾驶着遥控地表卡车,贝利撒留跟在后面。当她忙于给不同的钻探机器人组件编程时,贝利撒留那闲不住的大脑也在四处寻找有意思的事物。不出所料,他的注意力再次转移到了量园上,开始验证各种模式、关系和类比。他越是思索它们对时间的感知,就越觉得它们陌生。

在量园看来,过去的十一年和未来的十一年可以是相互毗邻的,甚至也许是同时发生的。它们向其中一个发出信号,又从另一个那里收到信号。但是中间的那些岁月,比如说过去方向的五年和未来方向的五年,对它们来说肯定不是无形的,否则从进化意义上就解释不通了。

它们知道在这段时间里,自己身处的空间发生了什么,但并不是通过观察知道的。也许它们是像射电望远镜一样工作的。建造射电望远镜最经济的方法不是建造一个大的望远镜,而是将一组较小的望远镜的许多小图像集成一个大图像。他肌肉细胞中那亿万个磁小体也以同样的方式工作。它们每一个都是极其微小的磁体，每一个都只测量自己周围的微小磁场环境，但是等它们将所有输入信息都送到贝利撒留的大脑中，就能汇聚成超高分辨率的电磁图。之前卡桑德拉在引导远征军穿越偶人主轴时，曾使用纠缠粒子来观察超空间距离上的时空环境，当时她用的也是这种方法。区别在于，量园并不是将不同空间的观察结果汇总在一起。它们是把这二十二年范围内的信息全都当作同时发生的来进行整合。

那么，量园会看到什么呢？它们并没有在组群之间发送什么电子图案或照片。不适应未来的基因组合都被淘汰，不再送回过去。它们通过对基因频率的抽象观察，就能看到自己的环境。因为它们看到自己是如何对环境适应演化的，也就看到了自己的环境。它们也许连脚下的地势起伏都无法辨识，却可以通过自己的基因望远镜看到如此广袤的图景。贝利撒留想到此处，觉得心中一阵激荡。

它们是伟大的外星生命，注视的是抽象，而不是世界本身。他和卡桑德拉与量园之间的共同之处，也许比他们与伊坎吉卡和其他人类之间的还要更多。这是一个令人眩晕和恐惧的想法。对他和宇宙而言，量园更有价值。他一定得再和它们谈谈。

他接通了跟A.I.的单线联络。

"你觉得我是不是疯了？"贝利撒留问圣马太。

"你要我怎么回答这个问题？"A.I.回复道。

"我是说关于量园。"

A.I.沉默了一会儿。

"在没有证据的情况下，你断言了一些令人难以置信的事情。这对你而言是很罕见的。"圣马太最后说。

"关于它们是如何工作的,我只能靠推测,"贝利撒留说,
"我还没有测试过。也不知道要怎么测试。"

"对此我倒是有些想法,不过我不知道你会不会喜欢。"

"什么意思?"

"你是量子专家,"A.I.说,"你不相信命运,但是你当初说服
我离开萨格奈空间站、帮你实施骗局的时候,曾经对我在宇宙
中的位置做了一番很好的陈述。"

"是吗?"贝利撒留谨慎地说。

"你不相信命运,但其他量人都相信爱因斯坦堆积木宇宙
理论的时间观,认为未来和过去都是已经写好的,自由意志是
一种错觉。这一信念可以换一种说法,可以用命运来描述。有
些人叫它命运,我称之为上帝之手,有些量人则把它叫作积木
时间。而且我认为它是真实的。联盟已经在这里好几个月了,
但只有贝利撒留·阿霍纳才会注意到量园的本质。"

"你到底想说什么?"

"上帝之手的移动方式,可以连圣徒也无法理解。"

"你在其中也扮演了角色?"贝利撒留问道。

圣马太停顿了片刻,终于开口,声音里带着一丝不安:"阿
霍纳先生,量园正处在一个十字路口,而我们却发现自己跟它
们在一起。我想不通,为什么我们要被派来目睹一场灭绝。虽
然你不相信上帝,但我觉得祂的手就在我们身边。"

"那么,祂的手就是把我们放在了一场自然物种灭绝和蓄
意种族屠杀之间。"

公共频道里传来伊坎吉卡的声音,打断了他们的对话。

"圣马太,你在鲁多的加密文件中找到了刺杀伊坎吉卡准

将的阴谋,这件事你确定吗?"

贝利撒留和 A.I. 切换到他们的公共频道。

"如果你是问会不会有人故意把那些材料放进去的,我认为不是。"圣马太说,"她肯定牵涉其中,我对此毫无疑问。"

"在我的历史中,没有她参与此事的任何迹象。"伊坎吉卡说。

"历史只是一种叙事,它可能忠实于也可能不忠实于某一组观察。"贝利撒留说,"别人告诉你的那些事情,有可能是篡改过的记录,篡改者也许就是鲁多本人。我们没有人观察到是她扣动的扳机、开枪杀害了伊坎吉卡准将。或许,正是因为你来到了这里,说服了鲁多上尉不要参与这个阴谋,可能将她的计划推迟了足够长的时间,让你得以出生。"

褐矮星像一盏灯,淡红色的光微妙地发生了改变。虽然人眼无法分辨,但他的眼内植入物探测到了光度的短暂加倍,还有 X 光的射出。云层之下,闪焰正在纠缠的磁场中暗暗地酝酿着。

"你去不去跟鲁多上尉谈谈这件事?"圣马太问道。

"你的发现可以有一百种解释。"伊坎吉卡说,"条件和机会随时都在变化。暗杀可能会自行推迟,而且鲁多没有参与。也许她在其中只是个小角色。"

"你赌上的可不仅仅是自己的生命,上校。"贝利撒留说,"不管你自己是否愿意,你现在已经是联盟历史上的一个重要人物。如果你没有出生,那我们的时间线就要出问题了。你这么了解鲁多,一定能说服现在的这个她。"

"钻探岩芯样本,需要三天时间。"伊坎吉卡说,"你们留在这里。我去找鲁多上尉谈谈。"

贝利撒留不太有把握地看了看那辆大卡车和移动钻机,还有那几十台可编程机器人。

"没问题。"贝利撒留说。

伊坎吉卡转身朝基地楼群走去。贝利撒留关掉了发射机,让自己和圣马太可以单独待在一起。这也许是他最好的时机。数日重复无聊的工作有机器来完成,而他必须抓住机会,尝试再度认识自己,认识量园。

"你来操作那些机器人好吗?"贝利撒留问道。

"为什么?"

"我要试一试,在神游中看一看量园。"贝利撒留说。

三十八

伊坎吉卡已经记住了基地的布局、标准的操作程序、地表的上百名军官和军士,并通过他们又认识了上百个次要人物和项目。她知道,在自己不睡觉的两个轮班期间,鲁多上尉也没有休息,通常就在她那个小房间里工作。可是,伊坎吉卡来到鲁多的办公室后,却发现里面空无一人。她只好坐下等待。

半小时后,那位小个子天才出现了。她不知道从哪里跑来,有点气喘吁吁。看到伊坎吉卡等着她,鲁多脸上露出了毫不掩饰的失望。伊坎吉卡见她这副样子,觉得十分别扭。在未来二十年的某个时候,鲁多将变成那位镇定自若、充满自信的军官。而眼前这个年轻版的鲁多既傲慢无礼,又缺乏安全感,只能算是个一模一样的化身,与她认识的那位年长女人完全匹配不上。鲁多关上办公室的门,坐了下来。

"你来这儿干吗?"她压低声音说,"我已经给你们许可和设备了。"

"我们正在钻探。"伊坎吉卡说。

"你不应该出现在这里。"

伊坎吉卡又坐了下来，抱起胳膊。"我需要和你谈谈未来。"

年轻的鲁多与未来的那个她一样，都喜欢眯着眼睛看人，但脸上的其余部分缓和了她严峻的审查目光。鲁多的本能就是要控制局势，只要双方机会均等，她总是主动寻求支配地位。但此时此地，她还是个小字辈，经验和知识都有所欠缺。

"我有工具，可以破解在我之前四十年里的加密文件。"伊坎吉卡说。

鲁多一下子坐直了。

"在未来三十九年后，你亲自交给我了一项任务。为了更好地完成这项任务，我查了一些你在这里的文件。"伊坎吉卡说，"我看到了你和其他几个人计划在2月28日要干的事儿。"

"我不知道你在说什么。"鲁多说。

"我担心的不是我母亲。"伊坎吉卡说。

年轻军官的身子几乎就要局促不安地扭动起来了。

"我从来没见过她，"伊坎吉卡说，"我担心的是时间线上的两件事情。第一，我于2月34日出生。第二，你与准将被暗杀毫无干系。如果我死了，会危及三十九年后某些相当重要的成就。如果你和伊坎吉卡准将被暗杀有关，你的军人生涯就会终结。而且，对于远征军的历史而言，你比我重要得多。"

这番话似乎使年轻的上尉泄了气，仿佛这份仁慈证明了伊坎吉卡上校果真来自未来。这一认知带来的冲击远远超过了谋杀的念头。上尉的嘴唇紧闭着。

"我不知道你有什么迫不得已，"伊坎吉卡说，"但我需要你明白这里面的利害关系。不要做这件事。或者更改日期，这样至少我还有时间出生。"

　　"我必须现在就处理这个问题,"鲁多身体前倾,急切地说,"否则我们就无法拥有你说的未来。远征军已经到了土崩瓦解的边缘。"

　　"你必须保证自己不要牵扯进去。你给我们搞到了钻探设备。我们还需要几天的掩护身份,然后你再帮我们拿到许可令,返回时间之门附近。"伊坎吉卡说,"我不知道现在你是不是保住远征军的关键,但你的帮助直接影响到未来的战备工作。"

　　鲁多直直地盯着她。"战备工作?"

　　"今天和明天,你都要做到出类拔萃,上尉。"

　　鲁多的眉头耸起,这是她的习惯动作,并不代表惊讶或好奇,代表的是极度的危险。

　　"上尉,是吗?"她厉声说道,"官大一级压死人是吗,上校?去你妈的! 我他妈才不认识你从哪儿来。你也许来自未来,但你可能并不是我这边的人。我能知道的是:你在未来抓住了我,严刑拷打让我供出了真名,好让你现在可以以此要挟我。"

　　伊坎吉卡的手在椅子扶手上握得越来越紧。"我不知道你现在面对的是什么情况,上尉,但是在未来,大约还有三个月,我们就会被聚合政府碾碎。就算我拿到岩芯样本即刻返回我的时代,我也不知道是否还来得及。"

　　"你们不是有部时间机器吗,上校。那就用啊。"

　　"它并不是那么用的。我们只能旅行到特定的时间和地点。"

　　"这里的时间也不够了。"鲁多说,她压低了声音。"我已经选择了塔卡塔法尔少将这一派。我的年长妻子和中间丈夫还没有下定决心加入任何一方,他们想保持自己的独立。但是谁也没法当什么独立派。"

"这些都是政治纷争。迟早会自然解决的。"

"这看起来可一点儿都不像是政治,"鲁多说,"这看起来像我出身的那个地方。"

"文比索·唐格维莱出身的地方。"伊坎吉卡低声说。

"我曾经在哈拉雷的贫民窟里待过很久。远征军的这场斗争跟那里的黑帮火并没什么两样,只不过各派系把它搞得像一场政治斗争的样子。这反而会让斗争拖得更久。我们肯定会损失好多艘舰只和好几年的时间,也许是永远。"

伊坎吉卡的背上感到一阵寒意。损失舰只是不可想象的,不仅因为所有十二艘战舰在未来全都穿越偶人主轴,幸存了下来,还因为随后他们仍然需要其中的每一艘,以作为他们的战备资本。

"你能解决这个问题?"

"黑帮火并从来不是因为意识形态,永远是因为金钱与权力。打架要花钱,死人不发财。他们会做交易,或者通过其他方式迅速解决问题。"

"关于未来的信息,能给的我已经给你了,不能给的我也给你了。"伊坎吉卡站起身来说道,"你我二人对于维持时间线都至关重要。千万不要让我们俩出局。未来的损失,也就是现在的损失。"

她打开门就走了。

从办公室和隔间出来,站在冰筑的楼梯井里,一股突如其来的战栗压倒了她。有那么十五或二十秒,她的双手完全僵住了。她一直感到一种令人不安的头晕。她知道那是什么征兆。军官们受过训练,能够在自己的船员身上发现它,有时候也可以是在自己身上。

休克。

她单膝跪下,低下了头。有人从楼梯走了下来,伊坎吉卡装作正在调整宇航服的踝部密封条。那些人没有注意到什么,从她身边走了过去。伊坎吉卡站起身,朝她放头盔的气闸走去。

她从前也经历过休克,因为受伤、因为失效凝胶加速室带来的损伤,但她从来没有因为精神创伤而陷入休克——时间旅行,遇见她那年轻的未来妻子,发现暗杀她自己母亲的阴谋。

时间旅行不是她的工作职责。她是个士兵。她可以面对危险,与任何敌人战斗,严格执行任务计划中的每一步。但时间旅行并不只是另一场战斗。先是见到年轻的鲁多,然后又发现她的妻子身上隐藏着一个可怕的秘密,这些都深深动摇了她对自己未来妻子的信念。

她的母亲呢?她的母亲眼下还活着。对此她的大脑可以思考和处理。但是她的心呢,又有什么期待?她可以和母亲生活在同一个世界?艾扬·伊坎吉卡无依无靠地长大,只不过是远征军里一个普通的孤儿,她在"木塔帕号"上被当作学徒水手收养,任何人需要搭把手她就得去出力。六岁的时候,她已经在"木塔帕号"上轻车熟路,十五岁之前已经可以修好飞船上的任何东西,就像所有想在舰队里谋生的孩子一样。

没有人看望过这些孤儿,也没人给他们送来礼物、告诉他们有人爱他们。从小到大,这一切都没有困扰过她。她知道自己是谁、有什么用处。她的父亲是个罪犯,在她出生前几个月就被处决了。大家都知道,她母亲随后也被暗杀,一直背负着污名。如果艾扬还想搞清楚自己的母亲到底是个什么样的人,那可不太明智。所以她从小到大,都没有任何背景,与任何人都没有关系。

然而,现在她却有机会认识自己的母亲,这念头深深地触动了她。认识真实的她。不是通过舰队档案里枯燥的工作录音。她知道母亲在哪里。见一见这个早已死去的人,这种渴望出人意料地越来越强烈。但她无法接近准将周围十几米的范围。在联盟海军,一名下士如果平白无故想接近一名将军,将被射杀或监禁。她的假身份可以应付草率的检查,但即便是四十年前,安全区里的交叉对照措施也会立即让她暴露。再说,就算真见了面,她能说什么?

我是艾扬,你的女儿,我来自未来?

她母亲会不会认为她是个疯子? 也许不会。会怀疑她,是的,但联盟已经得到了时间之门,尽管他们还不知道要如何使用它们。在未来,他们的后代弄清了它们的用法,这也不算什么天方夜谭的想法。

我是艾扬,你的女儿。

我不认识你。

伊坎吉卡不喜欢这些想法。她觉得这么想的时候,自己都不像是自己了。她没有受过这方面的训练。她戴上头盔,旋紧,希望能把那些一直想感染她的黑暗想法阻隔在外。她通过了气闸。

她来到了地表,身处在绵软的红光下。黑色的地表在她靴子下嘎吱作响,覆盖其上的一片片植物被踩倒,露出下面明亮的地面。一层层遮蔽物消失,就会显示出真实的世界。亮堂堂的真相非常重要,但这里却有一层层狡诈与喧嚣,掩盖了真相。她想念自己之前的单纯,以及她曾怀有的真诚信任。

钻探机高高耸立在地平线上，向下锤击，产生微弱的轰鸣。她靴子感受到的震动比耳朵里的更为明显。阿霍纳站在旁边，正看着机器人安装下一节钻杆。他看见她，走了过来。他一直没有回应无线电或激光通信呼叫。她做好了随时拔枪或是击倒他的准备。可他却从宇航服中抽出了一根细线递给她。直连线，用于在宇航服之间传输软件或数据，也可以用于私密通信。他有什么话是不能用激光通信告诉她的？

"我不确定你是不是已经出来了，"阿霍纳说，"所以没敢给你发信号，也没敢离开工地。"

"出什么事儿了？"

"圣马太在网络里留了些一次性警报程序，如果鲁多那伙人继续他们的阴谋，这些警报程序就会通知我们。"

她的心跳变快。"这些程序被发现了？"

专注于任务。

评估风险。

"没有，"A.I.说，"这个时代的远征军还不具备任何手段可以发现我的程序。"

"发生了什么事？"伊坎吉卡说。

"鲁多上尉被逮捕了，"A.I.说，"罪名是叛国罪。"

"我刚刚还在那里！"

"这事刚刚发生，"圣马太说，"再多待几分钟，连你自己也可能已经被捕了。"

她的胃因为担心而一阵收缩。她不仅是担心这项任务，也担心鲁多这个女人——不管这个年龄的她是多么令人恼火，也不管她到底是谁。

"她被塔卡塔法尔的宪兵以叛国罪逮捕了？"伊坎吉卡说，

"可她是跟塔卡塔法尔那一派合作反对伊坎吉卡准将的啊。"

"他们发现有人使用了中将给我们的密码,"阿霍纳说,"从鲁多上尉进入网络给我们伪造身份开始。"

"是我们用的吗?"伊坎吉卡问道。

她的脑海中涌现出此事对未来的各种可能影响,不禁感到一阵眩晕。

"我们不知道。"阿霍纳说。

"我们有暴露的危险吗?"

"暂时还没有,"A.I.说,"安全程序检测到的只是一个远程的真实密码。他们得花上一段时间才能搞清楚哪些是鲁多干的,哪些是我们干的。"

"他们仅凭这个,就把她抓了?"

"不是,"阿霍纳说,"他们发现相同的密码被再次使用。"

"那是我们干的,我们是想看看她有没有在帮我们申请钻探许可。"伊坎吉卡说,她感觉背上有一股令人恐惧的寒意。

这是她造成的。虽然那是阿霍纳的主意,但这是她的任务,是她的授权,是她不再信任鲁多。现在远征军的未来指挥官被关在禁闭室里,有足够的证据可以把她革职成列兵,甚至处决。

"这是历史发生了改变,还是书中已经有这一集了?"阿霍纳问道。

"书里当然没写这个!"伊坎吉卡说,"不可能有军官先被逮捕,然后却急速晋升。"

"我们已经改变了时间线。"A.I.说。

"时间线上较小的位元也可以是灵活的,"阿霍纳说,"并且没有记录下来。也许这才是过去真正发生的事情,只不过没有人知道。"

"我们改变了过去,阿霍纳!"伊坎吉卡说。

"我们还不确定!我们的到来可能推迟了针对你母亲的暗杀企图,所以你有足够的时间出生。"

"因果关系并不是那样起作用的。相信我。远征军花了很多时间思考如何避免悖论。"

"量人的确想不出什么更新的东西,但是量人会检查现实的本质。因果关系并不是线性的。它可以分岔,在时间顺序上向前和向后发展。它可以采取其他几何形式:二维平面、固体。在时间旅行的情形下,它还可以是漩涡一样的闭环和螺旋一样的开环。"

"我不想听什么图表讲座,阿霍纳!"她说,"你认为是这次逮捕导致了暗杀的推迟,让我得以出生吗?"

"如果鲁多能够无罪或者顶个小罪出狱,那么这次干涉就还是自洽和积极的。"阿霍纳说,"你就把它想象成你在电磁波中看到的干扰模式好了。更进一步,你现在还在这里问问题,这一事实就意味着鲁多上尉一开始的计划没有奏效。"

"你的A.I.到底能做些什么?"伊坎吉卡问道,"没有密码的话,他能多么深入我们的网络,同时不被发现?"

"我可以突破几层安全防护,"A.I.说,"但是有很多重要的东西在你们的网络上是看不到的。就好像你们的网络安全是由一个疑心很重的人设计的。"

"那是有原因的。"她说。

"你想让圣马太干什么?"阿霍纳问道。

"他能编造证据,证明鲁多是被陷害的吗?"

"也许可以。"A.I.说,"你要我将调查引向谁的身上?不管我嫁祸给谁，那个人都很可能会被处决，不是吗？"

"远征军里没有一身清白的人。"她说。

"我的工作不是让任何人受到惩罚。"A.I.说。

"不这么做的话，就会打乱时间线，影响未来。"阿霍纳说。

"可是黑入系统也决定不了什么，"圣马太说，"执着的调查员还是会去寻找物证。物证我们可无法伪造。即便可以，我们能暂时救出鲁多上尉，等到那些伪造的证据被拿去跟真实证据做对比后，她还是会被抓进去。"

伊坎吉卡缓缓地深吸了一口气，但脑中仍然千头万绪，就好像她在水下拼命伸手去够那黑色的水面，可水面依旧遥不可及。她回头朝基地走去。

三十九

贝利撒留的心情也不比伊坎吉卡好多少。在听圣马太述说关于鲁多的新闻同时，他已经开始反思自己对宿命论和自由意志的看法。鲁多和伊坎吉卡对未来已经知晓，然而这反而捆住了她们的手脚，就好像贝利撒留受限于自己的遗传特质一样。但他并不想像她们一样被束缚住。他原以为自己无法控制住好奇心，但现在这种想法正在发生变化。他必须相信，自己并不只是一台自动机，出生时就通过遗传与发育被上紧了发条，然后像个钟表一样走完一生，直到发条弹簧松弛下来。

然而，如果相信他是自由的，随之而来的代价就是责任。他就要真的对自己所做的每一个选择负责，从当年出走阁楼直到此刻。犯了错误就要承担后果，这时候他的天赋丝毫派不上用场。这一点令他十分头疼。一个骗子，如果身处一个自己并不了解的文化中，那就跟废物没什么区别。在一群苦大仇深的士兵中间，一个冥思者又有什么用处呢？

钻头轰隆隆响了起来，他关掉了发射机。

"你要自我封闭了吗?"A.I.问道。

"什么?"

"人类面对长期压力的反应是冷漠和抑郁。你不能继续在意这些事了。"

"你是在给我做心理辅导,还是为我的灵魂担忧?"

"我一直都在为你的灵魂担忧,"A.I.说,"但你还需要再正常地表现一段时间,至少在我们离开过去之前。即使从过去出去了,量人也还需要你,几个月,也许永远。这种压力是很难承受的。"

"那么大一场骗局,还有时间旅行,我都撑下来了。"

"当你独自一人的时候就不一样了。"圣马太说,"你的心智有一个压力释放阀。压力积蓄太久时,你的大脑就会开始认为死亡或其他结果也是可能的,然后坦然接受。但是你无法坦然接受全体量人飘摇不定的命运。而现在,那命运又与联盟起义的未来捆绑在一起了。"

"我们马上就能拿到岩芯样本,"贝利撒留说,"我们能拯救量人。现在,我要进入神游了。"

"你现在的样子可不像我认识多年的那个贝利撒留·阿霍纳。"

"我想看看有没有办法帮助量园。"

"量人可不会钻进白痴天才和神游的状态,来逃避外面的世界。"圣马太说。贝利撒留从来没见过 A.I.公然讽刺别人,但他觉得自己现在似乎体验到了。四点四秒——对他俩而言长得仿佛永恒——之后,圣马太说:"你能做什么?"

"我还不知道。"

褐矮星的余晖下,一切只投下淡淡的阴影,周围的气氛恍若梦幻。只有远处刺眼的探照灯给人一种坚实的感觉，却不是他要寻找的那份坚实。

"我真的需要搞清楚自己变成了什么，对于主观的我与客观的智能在同一个大脑中共存来说，这种变化又意味着什么。"贝利撒留说，"我不喜欢卡茜的想法，但她是对的。很可能我真是量人演化的一个新阶段，如果我能让它进行下去的话。如果我能回去，并给量人带回关于我的大脑如何工作的数据，他们会更加开心。"

"你说的这些，有多少是真实的，有多少只是要满足你的好奇心？你进入神游后，会不会伤害自己？你以前可是这么干过。"

"我应该没事，再说冒点风险也是值得的，只要我能做点事情来保存量园。我只是一个人，但我需要数据。"

"这个人可是必须带回坐标，才能帮助他的人民逃命。"

"你又像只老母鸡一样大惊小怪了。"贝利撒留说。

褐矮星的磁场颤抖了一下。这对气态巨行星来说，相当于发生了一次小地震。虽然只是个微小的天文现象，却预示着一次近在数月之后、规模更大的重新调整。那很可能就是量园的灭绝之日。

也不完全是灭绝。行星冰冻地表上那层油质黑色植物，可以认为是量园的一种变体形式，或者是它们整个生命周期的一段。但那种无柄的生命形式并不是智能，也不具有意识。量园的意识似乎都集中在远征军即将拿走的那对时间之门上。

说起来，这可算是种族灭绝行为。也许不算蓄意，但也并非完全无辜。联盟声称他们这是在将时间之门从一场生态灾难中拯救出来，这未免太过巧言令色。在量园的进化过程中，这对时间之门肯定早已经历过无数次闪焰了。

贝利撒留能做什么？现在时间之门在他手上。他完成任务后，有没有可能找出一条路回来拯救它们？即使没法全都救下来，起码是拥有智能的那一部分？宇宙中有太多的生物和物种生死枯荣，但这些生命是他前所未见的：它们有一部分生活在量子世界之中。它们也许暗示了量人的未来。尽管他和他的同胞有些不同之处，但这份前景确实令他感到一种内心的安宁。

他没有进入神游，没有完全进入。他大脑中量子客观的存在已经不再需要他熄灭主观自我。量子智能一直在大脑中的独立分区内运行，大脑的其余部分则运行着他的主观意识。不这样的话，他便会导致量子智能感知到的叠加态概率波坍缩。

贝利撒留消退下去，量子智能扩展开来，占用了他的处理资源，甚至他的感官。他们两个，主观与客观，无法共存，所以中间隔着一堵高墙。当量子智能将超过百分之九十九的电磁感觉重新路由给它自己后，一股酥麻渗透了他的身体。来自他肌肉细胞中亿万个磁小体的丰富感觉消退了。虽然他看不到这一过程，但相互作用和重叠的波变成了量子数据，进入了叠加态，同时还存在多个状态。

感知灵敏度下降，量子智能在贝利撒留的思想中说。那声音是他的，却不带任何语气，听起来十分怪异。建议对贝利撒留肉身的大脑进行去分区，以提高灵敏度。

量子智能所指的感知灵敏度下降是指大脑分区的泄漏，这也是为何他能感觉到手臂和腿上最微弱的磁压。量子智能不会被干扰，它没有意识。也不能说它自私自利，这个词对一个没有自我意识的智能毫无意义。但它与他有着共同的优先考虑事项和目标:几乎不惜任何代价,尽可能多地了解这个世界和宇宙。智能正在寻求提高其感官效率的方法。

但是分区间的泄漏给了贝利撒留机会,可以从针孔中一窥量子世界,就像之前在时间之门内部超空间中的情况一样。每次简短的一瞥,只是整个重叠概率波很小的一部分,会造成叠加态一个微小的坍缩。因为他的关注迫使宇宙做出了决定,是这一组而不是其他选择。不过,他那基因工程改造的大脑已经快到足以从对量子世界的一瞥之中窥见意义。

一个浩瀚的宇宙,一千个宇宙层层复写,泛起泡沫:各种量子态以难以捉摸的方式模棱两可地检视着所有的可能性,在现实与被舍弃的"或可如此"之间进行着抉择。在过去,量子智能已经看到过量子世界,而贝利撒留看到的只是它的记忆。即便只是些微弱的记忆,却已然令他心生敬畏、为之癫狂。通过这第二手的窥视,他看到了是什么真正构成了宇宙。

不管是什么将主观自我从客观的、无意识的世界中分离出来,他正是借助这种分离,才能有那一瞥。而与他那一瞥比起来,那些记忆就黯然失色了。他看到的那很小一部分叠加态坍缩了,但那整体仍然感觉广袤到无法估量,叠加态似乎在不断地补充自己。他是在透过一个针孔,观看神性。所有的痛苦与忧愁全都消退,在他身后坍塌——都是些被丢弃的可能性。贝利撒留在惊叹中前行,一步接着一步,步伐十分缓慢。

"阿霍纳先生,你正在离开钻探设备。"圣马太说,"我不懂骗术,但我不认为这会有助于掩护我们。"

"平方反比定律。"贝利撒留低声说,"我需要更近地观察。"

量园的大批群落就在前方二百米,各种黑色的形状缓缓移动,践踏着油层覆盖的冰形成的纤细灌木和草丛。但强烈吸引他的并不是眼睛看到的那些。纠结的概率之网,按分形分成了许多层次,勾画出围绕量园群落的一条条轨道。那消失中的一瞥开始构建一幅令人昏昏欲睡的十一维图画。他那为好奇心和发现而打造的大脑狂热地寻找各种模式和关系。围绕着量园,有种东西正在形成——一种它们之间的连通性。

更令人感动的是:他是直接瞥见了量子世界,没有经过过滤和抽象。他看到了一幅断断续续的影片,描述一场奇观——悬而未定和争辩之中的宇宙,正等待着某个意识来宣布:争辩已经结束,然后现实就可以形成了。而且只要他一看这场争辩,它就坍缩了。

贝利撒留又走近了一些。他的发烧在加剧,呼吸越发急促,连头盔面罩也开始起雾。但这并没有影响他去"看"。他没有用眼睛看。在自己导致概率坍缩之前,他看到的量子世界的碎片都是电磁性质的。他的大脑依靠肌肉细胞中数以百万计的磁小体来构建图像,但他只能看到一幅幅快照,因为他的关注会消解这些图像。

亿万条量子纠缠线环绕在整个量园群落周围。无限细的纠缠概率线亿万次穿过时间之门,又穿回量园个体,连成一圈圈无始无终的循环。量园通过时间之门,紧紧地纠缠在一起。

量园的纠缠不仅仅是通过空间。时间之门的两面分别到达了过去和未来。它们通过超空间的最低能量轨道是十一年,但是通过时间之门还有其他路径。

因此,纠缠可能将量园连接到了遥远的未来和遥远的过去。纠缠的概率波相互作用,而且他甚至只需要动用不到百分之一的感知,就能看到每时每刻都有新的纠缠线钻入时间之门,仿佛一根根拖长的风筝线,由一粒粒冰冻的花粉组成。纠缠将量园的不同时代编织在了一起,也许还跨越了闪焰将整个物种融化的时期,将它们的信息穿越时间保存了下来。

这一切是如此美丽,泪水模糊了他的视线。

难怪联盟的科学家在向过去送回信息方面遇到了如此棘手的麻烦。任何无动力物体,要想在时间之门险恶的内部找到方向走出来,成功的概率都是越来越小。但纠缠可以引导量园的花粉,以一种类似量子隧穿的过程,顺利经过毁灭性的区域,全身而出,返回过去。量园就像各种未坍缩量子态的一个巨大叠加态,所以它们的意识本质上就是量子化的。它们存在于一种自然的量子神游中,却不会导致量子场坍缩。

但人类会。第六远征军的科学家对花粉进行了观察。他们使得叠加态的量子概率发生了坍缩,打断了花粉的流动。联盟对量园的每一次观察,都会减少量子叠加态。人类及其主观给这些壮丽的外星生物带来的是腐蚀与破坏。联盟倒也真没什么好责怪的。他们又怎么会知道这些?

量园正在慢慢恢复。花粉循着脆弱的、未经观察的纠缠线,找到方向通过了时间之门的内部。如果联盟不拿走时间之门,花粉的流动终将重新建立起来。来自未来的基因信息将再次到达这里。

但是如果时间之门被拿走了,量园又会是什么下场? 真像贝利撒留想的那样,是一场种族灭绝吗? 量子纠缠与距离和时间无关。也许只要时间之门存在,穿越其间的纠缠织网就可以继续将不同时代的量园连接在一起。想到宇宙中可能存在一种永恒的意识,不受时间和距离的限制,他不禁感到欣慰。一种编织成时空结构的意识。他又犹豫着朝前走了一步。量子纠缠线那犹如相机快照般的感觉开始减弱。

摧毁中,摧毁中。量子智能用语气冰冷的简短声音反复说道。

贝利撒留闭上了眼睛。

"怎么回事?"圣马太问道。

量园停止了移动。他都不必测量它们那慢如冰山运动一般的行进,便已经知道了。如瀑布和海洋般波澜壮阔的纠缠消失了。在褐矮星不祥的凝视下,冰冷真空中的叠加态量子概率全都蒸发了。不计其数、无限稀薄的波原本编织在一起,现在也都散开了。

"怎么回事,阿霍纳先生?"

"我……"贝利撒留开口说道。

他的胸中被一阵剧痛占据。他尝到了自己嘴唇上的泪水。

"我刚刚把它们全都杀死了。"

"我检测到它们还在移动。"圣马太说。

"不,"贝利撒留低语道,一下子跪倒在地上。"不,不,不,不。"

已摧毁。脑中响起他自己的声音,不带任何语气。量子智能之所以能断然说出这一事实,正因为它没有自我,更不会有负罪感。已摧毁。

"它们还活着,阿霍纳先生。"

贝利撒留的胃在抽搐。他的呼吸急促而紊乱,还拼命地大口喘气。他太热了。实在太热了。还是说这是他那总是发热的皮肤对寒冷世界的感觉?贝利撒留挤出了几句话:"行走是它们最不重要的部分。我刚刚导致了它们量子环境的坍缩。我摧毁了它们,比闪焰或联盟能做到的还要彻底。"

"不是你导致花粉停下的,"圣马太轻声说,"它们几乎一年前就停止运行了。"

"我观察了它们的量子态,"贝利撒留用痛苦而沉重的嗓音说,"把支撑量园穿越时间的量子脚手架搞垮了。"

他听到了头盔里自己的抽泣声。那哭声仿佛很遥远。

任何人类都可以观察量园,由此对其造成轻微的伤害,就像联盟那样。任何量人都可以从量子神游中安全地观察它们,而不会造成任何伤害。量子纠缠将它们编织成一个跨越时间的巨大群体心智,而贝利撒留是所有宇宙中唯一能够导致这种纠缠坍缩的存在。

而且他已经导致了这种纠缠坍缩。

四十

"通过s轴和u轴顺时针旋转四十五度!"卡桑德拉通过神经接口说,"二十个重力加速度前进十秒,停机两点四秒!然后通过x轴和z轴逆时针旋转四十五度!"

"明白。"斯蒂尔说,他的声音听起来很吃力。尽管他前面说过那些浑话——超空间带给他的迷幻之旅什么的,但他还是完成了每一个机动动作。虽然骂骂咧咧,却惊人地精准。任何A.I.,即便是圣马太,面对那些驾驶补偿要求肯定也早就左支右绌了,因为她每次下达指令都不能留出足够的反应时间。也没有哪个量人有足够快的反应和冷静的头脑,能在如此压力下执行她的导航命令。

"我倒宁愿直接跟他们干一仗。"他说,"如果这坨臭狗屎上面有武器的话,就算是稻草人,我都能像剔鱼一样给它剔掉骨头。"

"我知道。"她第三次说道。她在防震凝胶中咕哝了一声,抱怨他那狂暴的飞行方式,不过他是听不到的。

"为什么我们要做这么多四十五度旋转?"斯蒂尔继续说道,"之前通过这个迷宫时,你让我做的都是九十度的转弯。"

"之前我们进来时采取的是最接近直线的轨道。"她说,"四十五度旋转通过超维时空,这会涉及分数维度。我想迷惑稻草人。"

"你说的这些话我一句也听不懂,所以你可能的确是有些发现。"

斯蒂尔完成了一连串机动动作。在他们身后一公里,那枚"破脸"导弹空壳也旋转着进入了快艇占据的维度。

"他妈的!"斯蒂尔说,"然后往哪儿走,智多星?我要甩掉那个大傻尿。"

"沿 q 轴顺时针一百八十度。以二十个重力加速度加速五秒。停机。沿 p 轴顺时针旋转九十度,再沿 q 轴逆时针旋转九十度。"

"你知道我想干啥吗?"斯蒂尔说。他操控飞船旋转的力量给她的脊椎造成了巨大压力,她的身体演化还没有为此做好准备。"我想知道,这些驾驶操作是不是真的有效,你和稻草人可别只是在花式兜圈子。"

"我希望稻草人无法进行这些计算。"她说。

"破脸"导弹的空壳在他们身后跟着做了同样的旋转动作,继续保持一公里的距离。

"那家伙一直在舔我的屁股,智多星!"斯蒂尔说,"他要是活儿好我也能称赞一下,可我还是希望能先来点儿小浪漫,你懂我意思吗?"

卡桑德拉没有理会斯蒂尔的话。虽然贝尔对于自己量子客观的偏执使得他说了很多她无法相信的事情,但她还是相信其中有一件是真的。贝尔说过，哪怕是最先进的客观系统，一个主观意识终归也可以识别构建这个系统的算法。

在和稻草人玩这场猫捉老鼠的游戏同时，她对其动作和战术进行了数模分析。不管有多么智能，也无论它的程序中写入了多少人类的模式，稻草人终归也只是一台大电脑，有其预置的软硬件限制，却没有主观的创造性。它可以模仿他们做的任何机动动作，简单而盲目地模仿，并不需要理解周围时空体积的性质。这是一场对战，由机器对主观的人，她必须在这个战场上击败它。贝尔曾经谈到过这个话题，是关于扑克牌的，但她不懂扑克牌。不过她懂时间和空间。

"小公主！"斯蒂尔完成了又一串机动动作后说道，"你需要我做什么，最好稍微提前点告诉我一声。你得吼我，要不然我就接管了，这辆大巴我想怎么开就怎么开。"

"把你刚才做的那些动作，再反着做一遍，"她说，"完全颠倒着做。"

"能有用吗？"

"我只是需要五秒钟来思考一些事情。"

在正常的时空里，她可以领着稻草人通过一系列障碍，希望以此甩掉对方。在时空的这个超高区域里，她无法那样做。但如果她胆子够大，可以让自己的印迹消失。

"文森特！"经过两点八三秒的努力思考之后，她喊道，"你有多勇敢？"

"我的老天啊，小甜姐！你没必要糟蹋一个狗民的荣誉。我从来不会退缩。"

四十一

　　伊坎吉卡走进工具棚,翻了翻抽屉,找到了几部多用途数据平板。这些设备在基地和舰队随处可见。通过它们可以访问大多数设备,最好的一点是,所有的按键操作都被会记录下来,军事安保处可以随时还原任何不当使用。如果有卧底特工用过这些平板,军事安保处甚至可以用它们做情报收集和法医鉴定。由于这个原因,这些平板并没有被严密看管。伊坎吉卡键入了鲁多中将给她的访问密码。

　　这是第三次使用这个密码,出了总部之后的第二次。伊坎吉卡对系统十分了解,可以通过基地内的几个节点重新对其进行路由。密码使她登入了系统,但如果任何人使用了这个密码,军事安保处都能发现,然后设好天罗地网,等在那里。

　　伊坎吉卡担任少尉之后,被分派到了审查科。她当时觉得很悲惨、很失望。她之前拼命工作,表现胜过其他所有新兵,就是为了摆脱自己继承的污名,结果得到的回报却是内务部的差事,远离战斗、指挥、武器和工程。

伊坎吉卡好几年后才明白,这个安排其实是鲁多的主意。她当时还不知道鲁多自己也出身审查科,最早是由一名资深审查员从军校直接选拔的。没人喜欢审查员,这个岗位的军官跳到战斗或指挥部门的希望也相当渺茫。

然而,伊坎吉卡正是通过担任审查员学会了阅读人性的缺点。每个人都犯过错,每个人都有见不得人的事。内务部很少去管那些不检点的事。如果一名下士和一名中尉在储藏室里友好往来,她是毫不关心的。她还发现,如果有军需官从供给品中揩油,自己应该睁一只眼闭一只眼。

黑市的存在可以给军官和船员一种自由的感觉,而远征军也只付出了很小的代价。再说与之相伴的轻微罪过,比如玩忽职守、伪造记录、掩盖过错等等,日后都可以翻出来加以利用,逼对方让步。

通过审查工作,她还明白了罪犯和叛徒如何规避监视。伊坎吉卡亲自清除过许多设计巧妙的地下情报接头点、网络通信暗道和可利用的系统缺陷,但那些都不可能出现在眼下这个年代。即使再过个十几年,也不可能有人发明出来。军事安保处现在还不知道如何应对那些手段。

她抓捕过不少使用这些手段的人,但这是她头一次自己使用。她接入鲁多上尉的虚拟办公室,追寻她那些同谋的电子踪迹。这要花些功夫,但她很快就发现了其他三个人的身份。军事安保处还没有发现这些人。她可以尝试渗透进军事安保处的系统,看看是否能找出鲁多关押在哪里。但要侵入防卫更严密的系统,她必须有更高的安全级别。鲁多中将没有给她那个安全级别的密码。但是,用相同的密码对鲁多的文件进行二度查看,或许可以造成有人试图陷害鲁多的假象。

下一步就是给自己找些盟友。她站起身，戴上头盔，走向气闸。在战区的战舰上，军官和船员之间的隔阂相对较深，但私下的关系可以弥合这一隔阂。在间谍与反间谍活动针锋相对的环境中，这些关系既是力量，也是弱点。隐藏很深的间谍，无论其身份是军官还是船员，都可以利用这些私底下的关系进行共谋。反间谍活动也可以借此构建更大、更有效的线人网络。

一名下士即使迷路，也不该频繁拜访军官宿舍区。但谁也不知道，这是不是一个线人在找他们的上线做汇报。伊坎吉卡在夜间值班时进过军官宿舍区那条两边都是塑料墙的走廊。里面暖气开得很大，空气感觉厚重而潮湿，隐约能闻到机器润滑剂、氨水和燃烧的气味。奥孔科上校和齐瓦伊少校应该在他们的套间里，和他们最年轻的妻子鲁多上尉在一起。伊坎吉卡敲了敲那扇硬塑料门。

"进来。"一个女人的声音喊道，门锁啪嗒一声打开。

伊坎吉卡将滑门拉开，立正敬礼。一个年近四旬的女人坐在一张工作台旁，桌上是一组全息图——一长串的清单，字体太小，站在门边看不清楚写的是什么。

奥孔科上校嘴上叼着一支香烟，眯起的眼睛透过烟雾看着她。她慢慢站起身，回了个军礼。算不上教科书般的标准敬礼，但这一位一看就是随时做好战斗准备的军官。她的肌肉绷得很紧，但似乎没打算做什么动作。不过，她腰部的手枪套也没有扣上。奥孔科又坐了下去，略有点无精打采地摁熄香烟，示意她进来。伊坎吉卡走进房间，略带犹豫地关上房门。

"已经很晚了，你知道吧，下士?"奥孔科问道。

"是，长官。"伊坎吉卡说。她来之前已经想好了要说的话，但现在真的置身此地,那些貌似有理的话却都感觉站不住脚了,不足以支持她要做的事。

作为任务准备的一部分,她之前阅读过奥孔科上校的人事档案。奥孔科是一名特殊的军官。尽管表现平平,她还是在职业生涯中期被挑选成为前任审查科上校的中间妻子。当联盟还在这个冰封世界的时候,老上校死得早,奥孔科于是官升两级,从少校到上校,还获得了嘉奖。她的人事档案里完全没有提到这些荣誉背后的原因。

这种毫无理由的嘉奖和晋升,军队只会留给那些获得了非凡成就却又必须保密的人。伊坎吉卡准将死后数周之内,奥孔科上校就将晋升为准将,并负责领导生化武器部——尽管她从未有过指挥战斗、使用武器或筹划战术方面的经历。她将安静而有效地占据这个职位,直到过世。奥孔科是个有城府的军官,低估她可不明智。但现在,奥孔科的目光却显得既柔和又有耐心。

"我能单独跟您说几句话吗,长官?"伊坎吉卡说。

奥孔科朝一把椅子做了个手势,伊坎吉卡将它拖到上校面前,坐了下来。

"你叫什么名字,下士?"奥孔科问道。

伊坎吉卡深吸了一口气。

"我是伊坎吉卡上校。"她说。

烟雾缭绕中,奥孔科目光一凛,伸手去摸手枪的枪柄。

"你长得是挺像她。"奥孔科说,"但你我都知道,远征军里只有一个伊坎吉卡,不是吗,下士?"

突然间,她觉得这场谈话实在是疯狂透顶,恨不得马上逃跑,回到五分钟以前的过去,然后抹掉这一切。

"我来自三十九年后的未来,上校,通过时间之门。第六远征军总司令派我到这里来,执行一项任务。"

奥孔科的手轻轻按在她的手枪枪柄上。她取下了嘴上的香烟。只要是足够接近远征军指挥核心的人,都应该见过或读过通过时间之门发送信息的早期实验。

他们发现激光和其他电磁信号无法通过时间之门,于是又想了个办法:使金属块漂浮着通过时间之门,金属块上可以用显微级打孔的排列来编码信息。鲁多中将的办公室里现在还保存着一枚这种金属块。他们发现,这些金属块从时间之门里出来之后,不仅外表已经面目全非,连内部也被侵蚀。

时间之门的内部存在着联盟无法触及的时空维度,那里具有破坏性的侵蚀作用。有时候,在军官食堂的餐桌上,大家也会闲聊:假如遇到更确凿的时间旅行证据,他们该怎么办。但那终归只是闲聊。在某种程度上,她能理解奥孔科上校此刻的感受。

"那样的话,现在你就应该展示一些证据,来支持你这番耸人听闻的说法了。"上校说。

"我有证据,但对你来说毫无意义,甚至没什么好处。"伊坎吉卡说。

"要是这么讲,就没有办法谈下去了。你肯定有比这更好的计划,是不是?"

奥孔科轻描淡写的语气中隐藏着一丝警告的意味,她的双眼也稍微睁大了一些。这说明她正一边竭力克制自己的怀疑,一边却在心底考虑是打还是逃。

"我把证据给鲁多上尉看过了。是她给我们签发的临时身份和派工单。不幸的是,她已经被逮捕,没法再帮我们了。"

奥孔科的身体一下子僵硬了。她一脸愤怒。

"为什么?"奥孔科问道。

伊坎吉卡只能垂下了头,仿佛这都怪她。不过,她们俩都嫁给了鲁多。

"未经授权使用军事安保处的密码。"伊坎吉卡说。

"她从哪儿拿到的密码?"

"是我给她的。在未来,那是第六远征军司令给我的,而她则是从军事安保处的审查记录里挖掘出来的。"

"你真的来自未来? 那你怎么如此饭桶,竟然会搞得让一个无辜的傻瓜被逮捕?"

"鲁多并不是那么无辜。"

"什么?"

"军事安保处不知道,历史也没有记载,但看起来,似乎鲁多参与了一场阴谋,想夺走伊坎吉卡准将的性命。"

奥孔科脸上的表情一下子崩溃了。她摇摇晃晃地站着,仍然面朝伊坎吉卡,握紧手枪枪柄的手指在不住颤抖。她深吸了一口烟,透过缭绕的烟雾盯着伊坎吉卡。

"你不是在开玩笑吧?"她低声说,"你的母亲?"

在伊坎吉卡自己的过去,关键岗位上的军官都要参加一门叫《未来信息安全使用》的标准课程,其重要程度与安全处理辐射或生物危害的年度审查单元别无二致。这四十年里,有三十八年他们都在逃亡的路上,来自未来的信息理所当然是一种受控资产,其处理规程必须与武器发射许可或工程规格同等对待、严格管理。回到这个年代,看见联盟在这方面纪律严明,伊坎吉卡感到很安心。

"如此说来,你的故事没有证据,对吗?"奥孔科说。

"我的指挥官没有告诉我要为此准备。因为我的历史没有记录鲁多被逮捕的事情。我出现在这里，可能改变了一些事情。"

"作为伊坎吉卡准将的女儿，你是被当作舰队的精英阶层抚养成人的，这没错吧？所有职位空缺都会先想着你，从小就开始照着指挥官来培养？你现在是什么官儿，军舰指挥官，还是参谋部的？"

奥孔科的反应刺痛了她。伊坎吉卡没怎么幻想过这类事：如果成长过程中身边有母亲的呵护，那会是什么样的生活？更不消说去考虑：如果由远征军中的次级军官抚养成人，又会是怎样一番情景？她的童年，确实有可能受到特殊照顾，享受了一些特权。而且她也确实是由鲁多本人大力栽培起来的。但那是因为要她日后担任舰队指挥官，还是为了让她回到过去，以防止祖父悖论？

"我是参谋长。"伊坎吉卡平静地说。

"把你的手枪放到桌子上，下士，然后我要采集你的血样。"

伊坎吉卡拔出手枪，放在奥孔科的桌子上。审查员将那支枪拨到一边，另一只手仍然没有离开自己手枪的枪柄。

"在未来，鲁多曾警告过我：对准将进行基因查询，有可能会被注意到。"伊坎吉卡说。

奥孔科眉毛一扬。"鲁多刚开始当审查员。所以她不可能知道我做了什么审查，也不知道我能访问哪些档案。"奥孔科从柜子里掏出一个小盒子，将它推过桌面。"用棉棒擦拭取样。"她说。

伊坎吉卡打开那盒子，露出一部与她拳头大小相仿的便携式DNA测序器，四周插满了标本收集试管。她撕开包装纸，取出里面一支小棉棒。她将棉棒伸进嘴里,刮了刮口腔内侧,然后交给对方。奥孔科一边等待设备运行,一边重新设置桌面。桌面上方现出各种不同的黄色全息图,在缥缈的香烟烟雾和两人呼出的团团热气中扩散出朦胧的光晕。

片刻等待后,奥孔科探手伸入怀内,从外套的内兜里掏出一个金属小盒子,轻轻一拍,拎出一支手卷的香烟。伊坎吉卡好几天没抽烟了。奥孔科为她点着那支香烟,然后从烟灰缸里把她那支吸了一半的烟重新点上。伊坎吉卡小心翼翼地抽了一口,咳嗽起来。

"这是什么?"伊坎吉卡问道。

"你们在未来抽的是什么?"奥孔科问道。

"远征军自己种植的烟草,"她苦着脸说,"比这要好,抱歉这么说。"

"我们本来不应该出来这么长时间。这就是一次六个月的任务,如果损失太大,可能还会结束得更早。结果到现在已经一年了。于是瘾君子们根据记录合成烟草DNA,制成了这东西。"

伊坎吉卡又多深吸了一口,然后举起那支烟。"你们尽可以放心,这东西以后会有更好的。"

奥孔科桌面上方的全息图开始变化、列表、绘制链接树。伊坎吉卡很想凑过去看看,但还是忍住了。奥孔科的半支烟低垂在她的嘴唇上。

"我的老天①。"她说。

伊坎吉卡吐出一团辣眼睛的烟雾,等待着。

"你真是她的女儿,"奥孔科惊诧道,"是她和班蒂亚上校的

---

① 原文为法语。

女儿。"

"什么？谁？"伊坎吉卡说道，身子往前倾斜。"不好意思。我一直不知道我的父亲是谁。我甚至没听说过这个名字。"

"班蒂亚上校不是你的父亲。你有两个母亲。"

奥孔科看着她。那表情是同情？和蔼？还是怜惜？

她有两个母亲。有了人工生育技术的帮助，这种事当然是可能的。她之前并不知道远征军已经掌握了这项技术，由此她意识到：自己对远征军的全部技术装备实力其实并没有真正的了解。两个母亲。现在她终于知道了自己另一位双亲的名字。这一刻的她，同时感到了空虚和满足。

"他们告诉我，我的父亲是一个被处决的罪犯。"

"班蒂亚上校是已故南杜罗少将的前任参谋长，"奥孔科说。她说的是第六远征军的首任总司令。"六个月前，她被判叛国罪，然后被逮捕革职，随后被处死。"

伊坎吉卡感到世界在眼前倾斜、晃动。她颓然瘫靠在椅子上。奥孔科漫不经心地检查了一下结果有没有错误，复核DNA中的染色体端粒长度和时变甲基化模式，寻找老化的证据。

"我的老天。"奥孔科低声说。

"我的老天。"伊坎吉卡重复道。

两个女人都陷入了沉默。她们抽着烟，凝望着太空。伊坎吉卡的胃隐隐作痛。两个母亲？她之前就知道，她的……她双亲中的另一位是一名被处决的罪犯，却不知道她也是参谋长……这样说来，几十年之后，伊坎吉卡是女承母业。这可真是一种怪异的呼应。

她们共用着一个烟灰缸，抽完后摁熄烟头。

"为什么去找鲁多？"奥孔科说，"为什么不找个更有权力的人？"

"鲁多在四十年后还活着。"伊坎吉卡说。

"那小叛徒还活着？还有没有王法了？"

所有审查员都知道，鲁多会在牢里度过接下来的四十年。一时间，奥孔科似乎想好好问一问她自己的未来，但她没有说出来。伊坎吉卡觉得如果是自己，肯定会忍不住问出口。她希望永远不要有人从未来回来找她。

"你们为什么回来？"奥孔科说。

"在未来，我们需要尼扬加地表的新鲜岩芯样本。"

"舰队不保存岩芯样本。"

"数据是这样，样本不是。在未来，我们有了新的工具，可以提取更多的信息。"

"然而，在四十年后的未来，你们却无法获取新的样本了。"奥孔科猜测道，"闪焰之后，获取样本就不会这么迅捷了。"

"差不多是这意思。"

"你们通过了时间之门。所以，在未来我们学会了只凭借时间之门就可以穿越时间。"

"我们正在钻探，"伊坎吉卡说，"依靠鲁多上尉的派工单。到目前为止，还没有人来打扰我们的工作。但是我们还需要授权，才能带着岩芯样本通过警戒区，返回时间之门。这样我们才能把它们带回去。"

奥孔科的眼睛微微睁大。"这要求可不是件小事儿。"

"我还有个更大的要求，就是鲁多不能因为任何理由被定罪。在我来自的那个未来，并没有发生这种情况。我现在唯一能指望的，就是所有指控都被撤销，或被证明是伪造的。"

"那些指控是假的？"奥孔科问道。

"也许不是。"

"如果早知道她是这样的人，我绝不会跟她结婚。"

"我……也有同感。"伊坎吉卡说。

她现在已经知道了这一切，以后还会加入鲁多的政治婚姻吗？她一下子想到了这个问题，不禁有些心惊肉跳。

"我们首先要担心的是时间线的问题。"伊坎吉卡说。

"我可没有权力把她从禁闭室里放出来。"

"你是个高级别的审查员。证据是可以做出来的，也是可以删掉的。"

奥孔科的身体一下子坐直。"你开什么玩笑！"

"在未来，鲁多的档案里什么问题都没有。"

"也许她真的没有问题，但那只能由军事法庭来裁决！有些事情别说军官不能做，任何人都不能做。"

伊坎吉卡没有反驳。纳布威尔中尉就还活着，并且将被依照《军纪法典》进行审判。如果奥孔科伪造证据，那也会是一样的下场。伊坎吉卡变成什么人了？道德很重要。但道德和因果关系一样重要吗？

"我很抱歉这么说你的母亲，但我不得不说：伊坎吉卡准将是个很差劲的人，她是一个沉迷于利益和政治的残忍的军官。但如果她被谋杀了，那情况会更糟糕。"

"我们都沉迷于政治的。"伊坎吉卡说，语气却并不坚定。

"也许你是，也许大部分军官都是。"奥孔科说，"但假如人们还有更崇高的信仰，那就不应该这样。"

"你真的相信这些话？"

"是的。"

"那你可是个军官中的异类。"伊坎吉卡说。

奥孔科的手在颤抖。她从那个锻打的小金属盒里又心慌意乱地拎出一支香烟点燃,褐矮星的余晖照亮了她的颧骨。她转过头,漫不经心地点击着图标。三四十年之后的远征军会变得跟现在不一样。军官们也会变得不一样。冲出偶人主轴的那支远征军中,大多数人从小就对自己的使命与梦想抱有坚定的信念。那梦想是从哪里来的?就她目前所见,鲁多的心里可没有那个梦想。奥孔科上校是联盟政治精英的一分子,而伊坎吉卡也是其中一分子。至少,她相信比自己的个人道德更为崇高的道德准则。

奥孔科清空了全息图。

"关于鲁多和时间线的担忧暂且放到一边,听到你的母亲会活下来,你肯定还是觉得欣慰的吧。"审查员说。

伊坎吉卡在内务部和审查部工作的时间不像奥孔科那么久,但她在这两个地方都是佼佼者,是敏锐的调查员。奥孔科的话是在试探她。

"鲁多的所作所为,逾越了军法的界限。"伊坎吉卡说,"这个混乱局面都是因为我的存在而导致的。远征军还要经历许多考验,但在巨大的牺牲之后,我们最终还是获得了一个不错的结果。现在那个结果却受到了威胁。鲁多对那些事件非常重要。"

"在你来到过去之前,鲁多和几个同谋已经在策划谋杀一名自己的军官战友。"奥孔科说,"她的良知何在?"

"她犯了一个错误。"伊坎吉卡说,"不要只盯着那个错误,却任凭众多忠诚的军官和船员们几十年的牺牲付之东流。"

奥孔科盯着她看了很久。

"我可以帮你,但我不会掩盖任何罪行。鲁多应该被绞死。"

四十二

　　贝利撒留痛恨自己的存在。他对自己的厌恶之情越来越炽烈。如果他生为一个人类，或是杂种人，甚至是偶人，虽然也可能很悲惨，却绝不会造成这么大的破坏。他大口喘着气，仿佛内疚是种沉重的有形存在，压得人无法呼吸。

　　他朝量园的群落走去。

　　它们一动不动。他那双基因工程改造的眼睛凝视了许久，但多久的等待也已无法看到它们再度动起来。他转身走开，在不引人注意的情况下尽可能迅速地回到工具棚。他之前与量园对话时使用的胸板翻译机还在那里放着。他签字后领出了翻译机，然后一边往回跑，一边往身上系好绑带。

　　"你在干什么？"圣马太问道，"你现在非常显眼！"

　　"也许我搞错了。"他说。在他的骗子本能听起来，这声音充满了绝望。

　　他在群落的边缘停下了脚步，仿佛眼前面对的已不再是一片充满生机的田野，而是一个即将被侵犯的神圣墓地。他满怀内疚地在冰冻的外星灌木和草丛中择路穿行,朝一个小丘走过去。在那里,他曾与量园的长老们交谈。群落立在那里,静谧得有些古怪。

他认出了之前话说得最多的那位:一点三六米高,另外还有在微风中伸展的叶片,又高出七十一厘米,右前腿的黑色皮肤上有横向的小片病变,碎裂开来,露出下面已经毫无生机的冰。

长老,贝利撒留写道。压电气孔释放出几种气味,胸板嘶嘶作响。过了许久,屏幕上都只孤零零地显示着这个词。

他对它们的世界都做了些什么?量园的现在包含着二十二年的时间宽度,也许更宽。他现在已经明白了,这种时间调和,不只依靠来自未来和送回过去的花粉,还借助了一套仿佛拄毯般交错编织的量子纠缠。如今,它们的现在可能只有一个时刻那么宽了,就像他的一样。世界仿佛一道道闪光飞快掠过,失去了语境和关系。它们对此的感觉,可能就像贝利撒留从量子神游或白痴天才状态中出来、做回普通人类时的那种感觉一样。

贝利撒留的胸板记录了传入的气味,但并没有转换成文字显示在他的头盔面罩内。但对方还是说了什么,因为他刚说的那个词"长老"消退了。那位长老发来的是长老的反义词,抵消了刚才的对话,仿佛从未发生。

帮助,贝利撒留写道。那个词部分消退,半隐半现,像是个问题。

他的词旁边出现了另一个词。然后又是一个。

黑暗。孤独。

泪水刺痛了他的双眼。他的胃里一阵翻腾。量园是一种群居生命,它们借由量子纠缠编织成更宏大的意识,然而现在他却将它们分割成了一群孤立的个体。没有相互保护,彼此的联系被切断,它们现在要独自承受这个世界。如果可以重来,他愿意不顾一切承受任何惩罚。

贝利撒留删掉了孤独这个词。

他可以设法帮助它们。

他在原先写着孤独的地方写下了一个新词:部落。接着又写下一个词:再生。这个词在词汇表里还有已经废止的其他歧义,但联盟的研究人员苦苦思索却仍未搞清楚。

他的胸板唧唧轻响,不同的受体正在接收各种新气味。他等待着文字信息出现,却只看到再生开始消退。新的词语出现了,环绕在部落这个词周围。

错种/错误花粉,这是量园概念中对谎言的描述,意思是错误的基因被送往过去,无法真正让这一代量园为未来做好准备。

但那位长老接着就在他眼前修改了这个词语,使用气味的各种组合作为限定词。这是联盟之前从未观察到的情况。

错种/错误花粉消退,变成了无种。

贝利撒留不知道这又该如何解释。这超出了那部借用的词汇表的范围。对量园而言,花粉、基因、真理和感知在概念上是同义的,都包含了正确以及富有远见的希望的一般含义。而这个词语却截然相反,有一种错误以及绝望的盲目的感觉。

帮助,贝利撒留建议道。再生,他继续坚持道。

量园甚至懒得擦除这两个词语。对它们而言,除了一个代表破坏的光明天使,贝利撒留还能是什么?他切断了它们的脑叶,湮灭了它们的共生灵魂。他不配让它们做出回答。

其他长老都不动了。没有融化的关节和抗冻蛋白。没有微弱重力下的缓慢脚步。黑色的光合作用皮肤黏附在一座座冰雕上，执行着无意识的新陈代谢功能。它们的思想精华已经流逝，离开了这个由一座座孤岛组成的辽阔群岛。

他无计可施。他能制造纠缠粒子，但无法将量园彼此纠缠在一起，更不要说将它们与未来和过去的部落纠缠在一起。

他无法正视它们。眼睁睁看着自己的罪行造成的结果，这太难以接受了。可是转过身去也无济于事。他那完美的记忆力已经将这一切保存在脑海中，仿佛一张张幻灯片，记录了当他意识到自己做了什么时那一幕幕恐怖的情景。在这一刻，他的记忆变成了一种诅咒，就像之前他看到阁楼被摧毁的时候那样。他跟跟跄跄地离开了这座由他亲手筑成的活死人坟墓。

"它们之前在思考和交谈。"圣马太在他的头盔里轻声说。

"我摧毁了它们的灵魂。"贝利撒留声音嘶哑地说。

圣马太沉默不语。

"它们独一无二，"贝利撒留说，"超凡绝伦。它们真的存在于物质之外。我摧毁了它们身上永恒的那一部分。"

"阿霍纳先生，"A.I.说，"贝利撒留。您事先无法知道。您并不是故意的。"

"这与知不知道无关。是我造成了这一切。不过这也是量人项目的后果。如果我不那么好奇，更谨慎一点，量园应该都还活着。如果我能控制自己的本能，量人现在也还能拥有他们的家园。银行制造出我们的本能供他们使用，但这本能实在太过强大，无法保证安全。我没有足够的力量阻止我的本能。量人作为一个物种，必须分担这份罪过。但大部分罪过都是我造成的。"

圣马太在他耳边说着什么，但贝利撒留没有听。奇怪的是，他的大脑停止了记录。他的一部分正在停止运转。他在行走，却没有计算步数，没有测算毫米级的距离。这时，圣马太在他头盔的抬头显示屏上出现了。

贝利撒留闭上双眼，循着他脑海中记录的地表景象，继续走着。他不会听A.I.的话。他继续走着，酸楚的悲痛阻绝了外界的一切，直到他被一把扭住。有人抓住了他的翻译机绑带的胸带。

伊坎吉卡一只手紧握成拳，攥住他的胸带，另一只手上握着拔出的手枪。

"你跑到这里来干什么？"她通过宇航服间的加密激光通信喝问道，"我要你待在钻探点。"

他的罪行实在太大，无法复述。胸中块垒的体积之巨，已无法通过他的喉咙吐出。

"出什么事了？"她又问道。

"发生了一个意外，"贝利撒留听到圣马太回答道，"他当时正在神游中研究量园。它们出了点状况。"

伊坎吉卡没有放下手枪。她眯起眼睛看着那片量园。

"它们对他做出回应了？"她问道，"联盟会不会注意到？"

"我把它们全都杀了。"贝利撒留说。

"我看不出来它们死了。"伊坎吉卡说。

"它们真的是量子生命形式。"贝利撒留说，"它们拥有真正的笛卡尔心物二元性①。它们的精华并不在这里，而是在穿越

①一个心灵哲学的课题，由笛卡儿最早正式提出，根本论据是指人是由"心灵"和"肉体"两部分所组成，与唯物主义强调"一个人的肉体就是它的全部"这种论据相对立。

时空、相互作用的纠缠之中。我观察了它。我导致它完全坍缩。所有不可见的奇迹都消失了。"

伊坎吉卡把手枪插回枪套,然后伸手捧住他头盔的两侧,托着他抬头朝上看,她的头盔灯光照进了他的头盔面罩。

"你确定吗?"她问道。

他笨拙地在头盔里点了点头,闭上眼睛,逃避着她的头盔灯光和目光。

"那真是……糟糕,阿霍纳,"她说,"不过这群植物智能反正也活不了几个月了。"

"它们可以活下来的。它们的纠缠意识将在闪焰中幸存下来。它甚至可以撑过时间之门被盗。"

"我只希望,联盟也能撑过这一切。"

"任何事情,只要我一碰,就会出问题。他们把我设计出来,是要我做这一代人的典范,而我却变成了一个职业骗子。作为一个骗子,我背叛了我的客户、利用了我的朋友,而这又危及了我的人民。我与量园的相遇,是我一生中仅有的几个清白无损的时刻之一,结果却被我那基因工程设计的好奇心和强迫症给毒害了。"

"你得把岩芯样本带回去,"圣马太坚定地说,"你能拯救量人。然后,也许有一天,你可以为量园再做些什么。"

"做些什么?"他喊道,"我导致了量子纠缠的坍缩! 坍缩是不可逆的。"

"阿霍纳,"伊坎吉卡说,"按说我是最不应该安慰你的人,但这件事你要客观全面地看。这不是正常的因果关系。我们这是在空间和时间里来回移动各个事件。植物智能在你知道它们存在之前,早就死了。如果你说的话是真的,你先是回到了它们灭绝之前的某个时间,然后你可能发现是你导致了它们的灭绝。可那又如何?无论是一颗小行星、一次主恒星闪焰、还是某位量人访客,在我们的现在、在我们回到过去之前,它们都已经死掉了;而且当我们离开的时候,它们也还是处于死亡状态。"

贝利撒留犹豫了一下。她不明白。除了量人,没有人能明白。

"你现在无法为量园也做些什么。"圣马太说,"但在未来,你会知道得更多,而且也还会有人帮你。现在,你和梅希亚小姐还得领导你们的人民。这趟回到过去的旅行,让你看到了其他类型的生命。几百名拥有超级智商的量人一起努力,想办法扭转这一事件,跟你现在独自思索比起来,完全是另一番局面。再说你也可以穿越数千年,将花粉样本带回家。"

"梦想不可能全部实现,阿霍纳。"伊坎吉卡说,"你最终做到的也许不是你所梦想的,但如果你真的在乎,那总比一无所获要强。"

四十三

伊坎吉卡不知道该如何应对阿霍纳。她不是他的麻烦，然而不知怎么回事，他却成了她的麻烦。她对他的稳定性知之甚少。他多快能走出这个状态，他会不会崩溃，还是说已经崩溃了？她让他把注意力集中在岩芯样本上。那是项无聊的工作。她也不知道这样是否有帮助，但眼下她只想要他远离麻烦。

"阿霍纳，"她说，"我需要你的A.I.。"

"什么？"阿霍纳不自然地抚摸着手腕。

"我需要想个办法，帮鲁多洗刷这些罪名。历史必须回到正轨。"

伊坎吉卡调高了眼内增强模块的光敏度。阿霍纳的脸被放大成颗粒化的细部，看起来他很彷徨。

"没有他，我想不出来。"她说。

阿霍纳解下手腕上的军用手环。她把自己的手环交给他。

"待在这里，"她说，"继续钻探工作。别的什么都不要做，

293

无论你现在是什么感受。"

伊坎吉卡离开阿霍纳，回到总部维修处。

"我们现在去哪里？"A.I.的声音在她头盔里问道。

"他会崩溃吗？"

"你想象一下，自己刚刚一不小心毁灭了一个住着成千上万无辜人民的聚居地。"

"如果他崩溃了，你能接替他吗？"

"你是说钻探和获取合适的样本？我不知道。如果他垮掉了，我们只能尽力而为，然后回去找卡桑德拉和快艇。她会知道该怎么做。"

"如果我们能回去的话。"伊坎吉卡说。

"你是什么意思？"A.I.说。

"我不知道如何修复时间线。我不知道要在哪里创建证据，也不知道要如何创建，还能不被抓到。我联系了一些可以帮到我们的人，但是他们不想帮忙。"

"你指望我能做什么？"

"鲁多中将给我们的高级别密码数量有限。我需要更多。阿霍纳说你是整个文明中最先进的A.I.之一，远征军的外围安全设置应该阻挡不了你。"

"电子安全设置也许是这样，但我无法触及处于高度安全区域内的独立系统。"

他们来到了维修总部。伊坎吉卡通过了气闸。

"从这里，你应该能访问鲁多上尉的虚拟办公室。"她说。

一队疲惫不堪的列兵和下士在里面等候着。有的人掷骰子，有的人抽烟，还有三个在打盹。她了解这种人群。十几岁的时候，她也曾是一名受训列兵，整日努力训练，以期得到技术评级,从而有机会进入军官团体。她总是待在船员泊库,就像这样,身边都是兴致不高甚至毫无动力的船员,工作没有任何目标,不是为了自己,更没有什么梦想。他们只不过是这么一群人:签了三年合同,来做一份糟糕的工作,结果却突然发现自己已经永远身陷其中。他们也了解像她这样的人——自我鞭策、不断向上爬的人。

伊坎吉卡发现了一台空着的终端,旁边有把凳子,距离很近,足够A.I.建立加密数据通信连接。她点燃了一支刚才奥孔科给她的香烟。用户访问界面亮起,要求登录权限。

"把她的办公室翻个底朝天吧,但是别让人发现。"她低声说。

"总有一天,"A.I.在她的耳内植入体中说,"我要为别人的灵魂做件好事。"

伊坎吉卡安静地吐着烟圈,装出一种轻松中带着警惕的样子。有些地方偶尔会有军官突然到来,她模仿的是那里的军士和船员常有的样子。香烟逐渐燃尽,她也在谋划着逃生路线,以防军事安保处追查到A.I.的入侵行动。过了几分钟,她的耳内植入体里突然响起A.I.的刺耳声音。她吓得差点儿就要开跑,然后咬着牙把音量调低。

"什么情况?"她低声问道,"你被发现了?"

"我想没有。鲁多上尉的虚拟办公室里有些古怪的东西,还没人看到过,连宪兵都没有。"

"什么东西?"

"我偷偷搜索了她以前与同谋开电子会议时用的秘密目录服务器。那里面隐藏的整体处理器,在整个网络的其他任何地方都见不到。不仅如此,系统的功耗和连接效率也非常高,高到常规的扫描不可能注意到还有其他系统在运行。"

"那说明什么？"伊坎吉卡问道，心中隐隐觉得不妙。"这跟审查员的事有关吗？"

"这套系统架构不是典型的联盟设计。倒是跟聚合的系统架构一模一样。更糟糕的是：这套系统看起来可不像四十年前的东西。十年前，我在聚合的军用系统中见过这种设计。这里肯定还有另一队时间旅行者，来自聚合。"

她猛吸了一口香烟，消化着 A.I.说的这段可怕的话。

"不，不可能。"伊坎吉卡低语道。她的心中感到一阵疼痛。"四十年前，聚合政府就在利用尖端技术监视自己的附庸国。那些设备和设计先进到在二三十年内都无法逐步装备到常规部队。你确定那是她的系统吗？"

"那个系统使用她的DNA生物密码加密，由她的意识锁定。"

"联盟没有意识锁定技术，"她缓缓说道，"即使到现在也没有。"

"这说明什么？"

伊坎吉卡弹出一支香烟，用拇指碾碎，连卷烟纸都变成了碎片，干烟叶也变成了粉末。她没有被吓到。她的反应是一种战斗的自觉，正在帮她梳理事实、取舍信息。在肾上腺素水平下降之前，她的各种情绪反应都会被抑制住。而此刻，她的肾上腺素水平正在一路飙升。

"这说明鲁多是一名聚合的卧底特工。"伊坎吉卡木然说道。

"你们的海军司令？就是摧毁了'帕里佐号'，又从聚合偷走了弗雷亚主轴的那位？"

伊坎吉卡颓然坐下。这一发现实在事关重大,大过了天方夜谭般的时间旅行,也大过了从偶人主轴中成功脱逃的行动。四十年前,那个自称鲁多的女人,原来是一名聚合的卧底特工。

"葛瑞·蒙雅拉齐是谁?"A.I.问道。

"我不知道,"伊坎吉卡低语道,"怎么了?"

"有很多秘密文件是用他的生物 ID 加密的。我从这里可以访问远征军的乘员名单。名单里有他,但他的人事档案没有与其他人事档案存储在一起。"

她没有回答。各条线索汇合得太快了。鲁多最早讲述的那个故事——她曾经入侵了哈拉雷军官学校的系统——很难令人信服。一个平民不可能做得到。但潜伏在联盟各部门内部的聚合特工可以,而且很容易。他们甚至可能合力杀死了原来的鲁多。

这个信息量实在是太大了。四十年后,库兹亚奈·鲁多可以算是撒哈拉以南联盟中最有权势的人。她指挥着海军,也就是事实上的整个武装力量。军官和船员们都效忠于这位英雄将军,她将一支历史上已经失踪的舰队带回了家,还率领着这支部队首次与文明中最强大的海军作战,而且她还打赢了。她鼓舞着这支舰队的士气,是大家的崇拜对象。不仅如此,她还是这个国家的象征。

结果她却一直在替聚合政府充当线人和间谍。

更危险的是,也许她现在仍然是。

一个卧底特工可以选择在四十年后被激活?这个想法似乎太过荒谬,但联盟即将输掉这场战役。如果目前的战略地形不发生任何变化,他们还有八十到一百天的时间。在这种形势下,临时改变立场,甚至率领整支海军走向毁灭,对鲁多而言将是非常有诱惑力的选项。她可以变节,直接带着暴胀子驱动器技术投奔聚合政府。作为奖赏,她将在金星的云层中,住进一座属于自己的宫殿。又或者,如果她想的话,聚合政府可以任命她为联盟的行政长官,还有聚合陆战队和海军做后盾。即便这一次鲁多能够坚守立场,以后仍然会面对诱惑:将自己的人民出卖给聚合政府,对她有百利而无一害。

这一切只有伊坎吉卡知道,而她又正好被困在了过去,没有任何回旋余地,无能为力。她不能在这里射杀鲁多。事实上,为了确保时间线不被改变,她必须拼尽全力,帮助鲁多洗刷罪名,还要为她的职业生涯顺利起步助推一把。这些事情如果有任何地方做得不够,都可能因为祖父悖论引发灾难性的后果,殃及四十年的时间和三百八十光年的空间。

四十四

　　褐矮星的红光投射下来,仿佛在用谴责的目光瞪着贝利撒留。他正看着钻机碾开混凝土般的坚冰,一米一米地向下深入。他通过靴子感受着大地被碾压后发出的震颤。千百年来的花粉浸透在冰层中,每一粒都与其他花粉相互分离,解开纠缠。它们就像一堆沙子,再也不是一个宏大量子意识的组成部分。

　　他的心中一片茫然,在缓缓流淌的痛苦中随波漂荡。他从未有过这样的感觉。他驻留在自己的正常心理状态之中。此刻他的诸般感受太过直白强烈,无法进入白痴天才状态,在那里,情绪虽然寡淡,却可以更快消逝。他也不想进入神游。量园遭遇了这场灾难后,他真的无法确定这对周遭的世界又会带来什么样的影响。他的思维一会儿暂停,一会儿循环,就像一个计算机程序,已无法破解这许多错综复杂的算法。

　　未经基因改造过的天然人脑,有其本能和规程,用来承受规模过大或太过痛苦到无法处理的各种情形。在必要的时候,它还会自我关闭，就像受伤的腿或脊椎。这样一来，各种情绪就会钝化，与可怕的经历脱离关联。他的心智很容易碎裂。现在它已经碎成了一片一片。如果这样就能带走他灵魂深处前所未有的痛苦，他一定会欢迎自我的解体。可是他不能。如果他屈服了，如果他放任自己崩溃，他的人民将遭受囚禁和死亡，就像量园的下场一样。

悲苦的缓浪一次次冲刷着他，与大地的震颤节奏相互呼应。直到伊坎吉卡拍了拍他的肩膀，他才注意到她已经回来了。他们对视了许久。即使在麻木的状态下，他的大脑仍在拼接各种模式，进行分析，再用十年的职业骗子经验来打磨。他能看出，有什么事情困扰着她，而且还不是通常那种军事行动进展不顺导致的焦虑。

"怎么了?"他问道。

"没怎么了。"她努力装作若无其事的样子说。他调高视觉增强模块的灵敏度，看见她那张像素化的脸上阴晴不定。"我们两不相欠了，阿霍纳。"

"什么?"

"你跟我，咱们两不相欠了。也许你自己想要时间之门。也许你是不想让它们落入聚合政府之手，因为我们终将输掉与他们的战争。不管我们以前有什么分歧，你都留着它们吧。你要竭尽所能，带着它们远离人类，继续流亡。"

他心底的负罪感之上绽放出一丝摇曳不定的如释重负之感，孤独感的边缘也稍微变得不那么坚硬了。

"战争的形势会恶化吗?"他问道。

"战争打从诞生之日起，就变成了一头野兽。你可以引导它、围住它、驯服它，但它到死也不会有主人。"

"听起来像是一种数学上的混乱。"

"或者说像量子现实。"

"谢谢。"

"我们已经过了自己的工作时间了,"她说,"你需要回去睡觉,但我不是很放心让你自己进去。"

"我不会惹麻烦的。"

"之前我让你单独待着,你就跑出去看植物智能了。"

"那你放心,那样的错误已经没机会再犯了。"他苦涩地说。

她将驻留着圣马太的军用手环交还给他。

"你还能睡半个轮班的时间。洗个澡,吃个饭,然后回到这里。不要跟任何人说话。"

她的命令干脆而充满说服力。他不由自主就已经开始服从了。这个世界充满迷雾,而她讲话时却依然斩钉截铁。贝利撒留沿着表面呈黑色的冰层走回第四兵营。尽管他的身体已疲惫不堪,大脑却仍无法关闭。

它切换为量子逻辑途径,将可能性叠加进他的思考之中,使他对当下的感觉变得模糊和开阔,从而可以更好地琢磨量园是否真能再度活过来的问题。量园是由奇迹般的意外创造出来的,这一点很像时间之门。宇宙的本质是否允许一次观察行为被撤销? 或者,奇迹能否重现?

"你想谈谈吗,阿霍纳先生?"圣马太的声音打断了他的思考。

"我不知道,"贝利撒留说着放慢了脚步,"我在想你有没有可能是对的:也许有某种方法,可以让量园复活。"

"你有什么想法?"

"我也许需要一个奇迹。"

"你是在和我谈论上帝吗?"

"叠加量子态的坍缩是不可逆转的,至少对导致坍缩的观测者来说是如此。你不能打开盒子,看到薛定谔的猫死了,然后再回到先前存在的叠加量子态。观察一旦发生,就不可撤销。"

"可是如果没有未被观察的叠加量子态,量园就不可能存在。"

"是的。"

"你是无法打破物理定律的,阿霍纳先生。"

"超出我们所能够理解的一切,都是上帝可能存在的地方。"贝利撒留说。

"这是有些量人提出的'终极观察者'哲学理论吗?"A.I.问道。

"我观察了量园的量子纠缠本质,这就迫使整个系统选择了一个状态。但是在卡桑德拉看来,并没有什么选择。我也是量园这个量子系统的一部分,我导致了概率坍缩。我就是没有打开的盒子里面那只猫。"

"梅希亚小姐也无法撤销这次观察。"圣马太说。

"意识就像一个不断扩展的同心圆,再复杂的量子现象碰到它也会坍缩,而现实也就由此确定,这一原理,也许仍然成立。有确定的现实,也有不确定的现实,它们就像一块块补丁,宇宙也许就是由这些补丁拼凑而成的。主观意识的观察将照亮其中一些小补丁,那就是唯一真正现实的事物。不过那是量子反现实主义哲学的问题;没有什么因果关系可以连接这些补丁,更无法让遥远的过去或未来的宇宙变成现实。要使宇宙本身成为现实,可能真的需要一个终极观察者,这个意识是如此巨大,以至于它可以导致宇宙的所有叠加可能性坍缩。"

"你是相信,存在一个量人上帝?"圣马太轻声说。

圣马太的问题极其简单,却又跟那些最饱学的偶人神学家提出的问题一样深刻而严谨。这个问题的答案可以改变人生、哲学和所有的信念,同时在最经典的量子意义上又是双态并且互斥的。这个问题对于一个量人而言尤为深刻。贝利撒留的大脑划分出相互冲突的逻辑立场和概率,以此来维持量子逻辑。他大脑的一部分可能是顽固的现实主义者,不相信会存在一个巨大到可以创造宇宙的意识,认为这样的想法实在太过荒诞,无法接受。而另一部分却可能抱有这样的希望:存在一个"终极观察者",可以将量园那纯真的美丽与平静带回来。这两种信念同时存在,如同一只猫既是死的又是活的。

"只有上帝才能弥补我所做的一切。"

四十五

伊坎吉卡检查了钻探设备中的程序。运行顺畅。卡车上装载了跨度为一万年的干净的沉积样品。六个小时之内，他们的岩芯就将回溯到过去五万年。远处，灯光光环笼罩之下，那对时间之门隐约可见。

她做了正确的事情，尽管很艰难。时间之门的威力太强大了。虽然她对量人并不太信任，但是与联盟和聚合政府比起来，让量人拥有时间之门，造成的破坏或许会最小。

她的军用手环发出鸣叫。一条来自奥孔科上校的消息：传唤。她的背上感到一阵寒意。她惶恐地想着自己到底该信任谁，不应该信任谁。结果二十分钟后，她站在了奥孔科上校套房的门口，敲了敲门。一名身材魁梧的少校打开门，伊坎吉卡敬了个礼。他仔细打量了她一番，又回头看看正在办公桌前忙碌的奥孔科上校，然后走出套房。伊坎吉卡走了进去。那少校关上房门，房间里只剩下她和上校。

"我猜，那位是蒂纳西·齐瓦伊少校？"伊坎吉卡问道。那是奥孔科和鲁多的中间丈夫。

"我告诉他不能留在这儿。"奥孔科头也不抬地说道,"他不太高兴,但我是上校。"

伊坎吉卡在一张空椅子上坐下,但没有挪到桌旁。奥孔科关掉了显示器,转过身来。

"我有消息要告诉你。我的消息来源告诉我:军事安保处破获了鲁多的秘密办公室。他们发现了她的阴谋计划,她那三个同谋也都被逮捕了,"奥孔科说,"至于你们的临时身份,眼下还没有暴露的迹象,但鲁多面对审讯时会供出些什么,这就不好说了。"

伊坎吉卡心中一时五味杂陈。一方面,正义终于降临。但时间线却被破坏了。奥孔科没有提到鲁多是聚合卧底特工的事。她还不知道。他们都不知道。

"针对伊坎吉卡准将的阴谋被挫败了。"奥孔科继续说道,"我成了第一个说生日快乐的人,上校。"

"什么?"她问道,一下子感觉有点眩晕。

"伊坎吉卡准将刚刚生下了一个女婴。她给那孩子取名为艾扬。"

"我就是艾扬。"她木然道。

"我倒是想说:一切问题都解决了。可是实际情况却很糟糕。大家发现了针对伊坎吉卡准将的阴谋,以及纳布威尔中尉陷害她的企图,整个远征军里一下子弥漫着紧张气氛。过去四小时里,军事安保处已经来过我这儿两次了。我被传唤了,今天下午三点要去参加一个听证会。另外,我这儿还接到了一些来自军舰指挥官的低调询问。人们正在选边站队,远征军正在从内部瓦解。"

"为什么要告诉我这些?"

"我不能问你未来是什么样子,"奥孔科说,"但是,按照现在的情形看,鲁多很可能会烂在监狱里,或者被处决。我不知道怎么把她弄出来,而且坦率地说,不管什么时间线不时间线的,我也不想把她弄出来。"

"我明白你的意思。"

"对于历史而言,没有人是不可或缺的。宇宙不可能是自相矛盾的。既然时间旅行机器能够存在,那么当因果关系发生扭曲和波动的时候,这部机器也就不应该那么轻易出问题。"

"那可不一定。"

"你们在未来做过测试吗?"

她摇了摇头。"我们不敢。"

"我相信历史一定是可以改变的,否则像植物智能那样的生物就不可能存在。"

"可是你也没有证据。"

"历史上的人物,可能就像海军里的军官一样,都是可以被替换的。有些具体细节可能会发生改变,但总体的时间线不会崩溃。"

她不知道该怎么考虑这个问题。奥孔科也许是对的。该做的事情总会有人来做。如果救了鲁多,远征军就会落入她的手中长达数十年,她就可以牢牢把握未来。

然而,鲁多的时间线已经从其因果关系之网中产生出了艾扬·伊坎吉卡。她自己的存在也正在上演,连同联盟未来取得的所有成功。除了调整时间线,她看不到有别的办法来确保这些因果关系。整条时间线都将改变,以避免一个头绪繁多的祖父悖论——没人敢说能修复这样的悖论。

如果未来几周内鲁多被审判、处决，就不会有人派伊坎吉卡回到过去告诉远征军：遇到问题的时候，他们应该去找阿霍纳。可如果她没有回到过去，鲁多就不会在她的办公室里使用那个全局密码，并且引起军事安保处的注意了。过去四十年的历史可能会变成一条因果关系的莫比乌斯带，不断重写自己，无法达到稳定状态。

没有人知道祖父悖论在物理上到底会产生什么样的后果。如果以信息理论为最恰当的描述模型，那么历史只不过是其中涉及的所有粒子所包含的所有信息而已。重写历史就意味着擦除这些粒子中的信息，再用新的信息覆盖它们。但祖父悖论并不是一次单一的改写事件。重写会循环进行，在两个历史之间不断切换，直到永远。

但是，擦除和重写都是计算，而计算就需要能量。他们一直没敢做这种不负责任的测试，但他们推测：反复重写可能会吸取系统的能量，最后创造出一个比黑洞更寒冷的四维时空区域。这可不是什么关于祖父悖论的简单桌面实验。受到鲁多和伊坎吉卡影响的这个四维区域，时间上将持续四十年，空间上将跨越几乎四百光年。如此浩大的破坏范围，人类的头脑根本无法想象。

"蒙雅拉齐是谁？"她问道。

奥孔科掩饰不住自己的惊讶之情。

"我无意中发现了一些可疑文件，里面有他的名字。"她补充道，"但他的人事档案已经被提走了。"

"真不敢相信你是来自未来。"奥孔科诧异地说道，"你不认识班蒂亚，也不认识蒙雅拉齐。"

"但你认识。"

"葛瑞·蒙雅拉齐上校是我的年长丈夫。在我之前,内务部由他负责。可他却是聚合的卧底特工,一个非常成功、在远征军中获得的军衔最高的特工。后来他被发现,然后被处决了。"

伊坎吉卡缓缓呼出一口气,既有愤怒又有同情。"我很遗憾。"最后她说道。

"我不觉得遗憾。他们替我解决了直面他的麻烦。当你发现你的配偶背叛了你和你的人民,而之前你所付出所有情感和爱全都白费了,接下来的生活会是什么滋味?你肯定无法想象。"

令人惊讶的是,奥孔科竟然用手背抹了一下眼睛。

"你不该遭受这样的不幸。"伊坎吉卡说。

"我已经不再相信什么该与不该了。"

伊坎吉卡凝视自己的双手,想着所有那些不该遭难的人们:她,植物智能,所有的船员和军官(他们终其一生都在拼命工作,让远征军能够返回故土,参加他们的独立战争),奥孔科。

"你找到让我采集时间之门附近的岩芯样本并且不会被发现的办法了吗?"她问道,"也许再过八小时?"

"有些人会不高兴的,但我可以下令对宪兵站内的安全系统做一次较大规模的现场检查。我可以按照你的计划来安排时间。"

"谢谢你。"伊坎吉卡说道,她将自己军用手环的时间调整到与奥孔科同步的时间。

她站起身,但并没有朝门口走去。奥孔科抬起头看着她。

"在未来,你并不认识我,是不是?"奥孔科说。

伊坎吉卡摇了摇头。奥孔科看上去有些伤感。

"我很高兴现在遇见了你,艾扬。"

四十六

令他感到惊讶和困惑的是：尽管他已经通过了所有测试，但这个以1D446为支架搭建起来的新东西，不管它是什么，反正还不是稻草人。他已经装备了处理器、武器、装甲、传感设备和大量的情报报告。但他仍旧只是一台机器，一个毫无用处的工具。要想对聚合政府有用，要想让自己成为现实，他还需要获得许可。他现在正处于中间状态。间隙状态。没有生命，也没有用处，但同时也没有死亡，不乏价值。

那位第二代老稻草人召唤他回到审讯室。金星地表上方四十二公里的炽热迷雾中漂浮着一个大型军事设施，其顶部有一个钻石形状的突出部，那里就是审讯室。窗外，远处的迷雾中全是瞭望无人机，光滑的玻璃表面淌过冷凝硫酸，里面装着球形的传感器和武器舱。他回家了。

两个全副武装的人类特工站在第二代稻草人身后，面前还有一个捆绑着的人类。他的处理程序中闪过一幅幅照片，寻找匹配的对象。那两名武装人员是一个稻草人支持小组的成员，之前他曾多次见过他们，几乎立即就识别出来了。最后那个人，脸上流着血，头发垂下来遮住了额头和眼睛，所以匹配得较慢，花了几乎一秒钟。

"阿德奥达托。"他说道，停下脚步，困惑地看着第二代稻草人。

"杀了这个人。"

"他做了什么？"

"什么也没做。在玻璃化的过程中，任何与你的过去有关联的东西都不能留下来。"

"那也不必杀死他啊。他是一名聚合公民。"

他的压电肌肉上感受到了第二代稻草人的迫近。摄像头一边旋转，一边阅读着他，伴随着对他的处理器和内存的侵入性数字搜索，以及对他的想法和动机的审查。他没有什么可隐瞒的。

"为了新稻草人的诞生而付出一条生命，这是个很小的代价。"第二代稻草人说，"你将来可以为聚合政府服务好几十年，保护它不被敌人侵害。前提是你能通过这个测试。"

"你们想测试什么？"

"忠诚。"他得到的是冰冷的数字回复，甚至连声音都没有，直接插入了他的思想之中。"冷酷无情的人有很多，但不是所有人都忠诚可靠。"

为什么是我？你们为什么要选我？冷酷无情？他不知道。忠诚？其他人肯定更加忠诚。但他没有说出这些话。他不会的。不过说不说出来也没什么分别。老稻草人正在阅读他的每一个想法，阅读他处理器中的每一个输出与算法。为什么老稻草人还不判他测试失败？他的犹豫是显而易见的：他不可能杀死自己的兄弟。然而,他被困在这个数字身体和头脑之中,无法表达情感。

"玻璃化过程就是专门用来删除各种标识和身份的。"第二代稻草人说道,"我们太过强大,不能有任何二心。聚合的重要程度至高无上,不能有任何一条生命危及它。"

"我不想这么做,"他说,"阿德奥达托没有理由死。他是我一直保护的人。我们全都在保护他。我不想当稻草人了。"

"聚合政府周围强敌环伺,"第二代稻草人说,"而你已经被召唤,要为它效忠。"

为什么?他为什么要成为稻草人?

阿德奥达托孤独而恐惧地抬头看着他们,所有的电子谈话他都听不见。

他之所以被召唤担任稻草人,只能有一个原因。不是因为他受了重伤,不是因为他的分析工作无可替代,也不是因为他比所有那些想成为稻草人的无名同事都更胜一筹。只可能是因为他的头脑与忠诚十分契合,胜过其他所有因素,盖过了人性与怜悯。有多少稻草人被培养出来,却永远无法通过这一关?他会是其中之一,还是要像这位老稻草人一样?比起任何个人、任何单个生命,聚合都重要得多,值得不惜一切代价去捍卫。

阿德奥达托带着无言的恐惧,看看这个稻草人,又看看那个稻草人。他相信自己一定是被误会了,却没有一个朋友来帮忙。那个按照他弟弟的样子组装而成的东西靠过来,举起一只机械手,上面布满了电线、伺服马达和压电装置。

一颗子弹从机械手中飞出,射入阿德奥达托的心脏。

这位哥哥难以置信地喘着粗气,倒在血泊之中,直到死去。

四十七

贝利撒留睡得很差,营房里全是陌生人,充斥着他们的鼾声、鼻息、梦吃,还有身上的冰冷而潮湿的气味。他觉得自己就像一个怪物,但奇怪的是,待在这拥挤不堪、令人难受的人群之中,他反而觉得更自在。他们都暂居在这个冰雪世界的庇护之下,易受自然力量的伤害。在这个地方,人类的存在本身就是一个充满希望的声明。一想到这里,他与自己的较劲也多少平息下来,然后便睡着了。

他做了好些关于数学的梦,计算着量园的死亡率、灭绝曲线、随着人口急剧下降并最终消亡的过程而摇摆不定的基因频率。他梦中的大脑计算出了产生量园的量子思维所需的一组相互作用的概率,以及这些因素在逻辑上预期出现之前所需的时间。

就在这时,伊坎吉卡用力摇醒了他。这会儿仍然是他睡觉的班次。他断断续续地一共只睡了七十一分钟。

"穿上衣服。"她低声说。

他咕哝着穿好衣服,在物资储藏室里和她碰头,她正在用配给卡兑出更多口粮。他们一直没有说话,等到两人在气闸里戴上头盔,才打开激光通信。

"把你的A.I.给我,"她说,"到钻探点那里去。五个小时之内带上样品,走到时间之门那里,然后穿过去。"

"那你呢?"阿霍纳一边交出装载着圣马太的军用手环,一边问道。

"我会去找你,"她说。这时气闸打开,露出了接近真空的外界环境。"万一我没去,你就自己走。如果你最后不得已把我留在了这里,请一定要为你得到的东西而报答我的人民。濒临毁灭的并不只有你的人民。"

"我会的,"他说,"那圣马太呢?"

"要想保护时间线,就要冒着巨大的危险。我需要帮助。"

"你打算怎么办?"

"把你的样品带回去,"她说,"找到我们的主轴。这一次不要再欺骗我们了。"

她说完就走开了,只剩下贝利撒留独自站在被他搞得一片荒芜的、光滑的黑色地表上。

四十八

"我们要去做什么?"A.I.在她的耳内植入体中说,"我待在阿霍纳先生身边会更安全,不是吗?"

"我所知道的历史,"她一边说,一边朝维修总部走去,"已经因为我们的到来而改变了。鲁多本来不应该被逮捕,而针对伊坎吉卡准将的阴谋也被挫败了。我的历史、联盟的历史,将因为这些重大事件而一笔勾销。"

"这些变化会对未来产生什么影响,我们并不知道。"A.I.说,"鲁多是个聚合卧底特工,而你的母亲也没有死,你会由她抚养长大。"

"你没想过拯救时间线的事情?那你的未来怎么办?"

"什么是我的未来?我是个使徒。谁又知道,这是不是上帝引导我获得启示的方式?我不惧怕未来。祂的目的终将实现。"

"你疯了,A.I.。"

"也许我们都疯了,都在等待片刻的心灵顿悟。"

"生活赋予我们太多的模棱两可，我们都得努力抗争。"她说。他们来到了维修总部。"现在我要安插一些证据，以表明鲁多是无辜的。"

"她并不是无辜的。"通过气闸的时候，A.I.说道。

"她的确不是。没有人是无辜的。"

"你不是吗？"

"我正在与魔鬼做交易。"

他们出现在宽阔的仓储区，这里到处堆放着服务器，还有许多在抽烟的船员。

"你打算安插什么证据？"A.I.在她的植入体中问道。

她寻了个后排偏远的座位，将躺在上面的一名列兵推醒。"到别处睡去。"她说。列兵闷闷不乐地走开了。她坐了下来，瞪着眼睛回应周围人投来的好奇目光。

"你能不能对蒙雅拉齐的秘密文件做些手脚，好让它们看起来从来没有被鲁多读取过？"她轻声询问A.I.，"要是能让这些文件看起来像是别人用来陷害鲁多的，那就更好了。你能做到吗？"

"也许可以，但这并不能撤销宪兵们已经发现的事情。"

"我们要搞成有人成功策划了这一切的样子。这个人承接了蒙雅拉齐的勾当，想陷害鲁多，还企图暗杀伊坎吉卡准将。"

"这样一来，她那三名同谋也就脱罪了。"A.I.说，"真实的历史是这样的吗？你要释放至少一名聚合卧底特工，还有几个她的帮手，把他们放回远征军里。"

"先完成眼前的事，那些以后再想办法。需要我告诉你怎么才能搞得像栽赃鲁多吗？"

"可悲的是，因为跟阿霍纳待在一起的时间太久，我大概都知道该怎么做了。"A.I.说。伊坎吉卡靠在椅背上，扫视着维修总部。只有之前被她粗鲁对待的那名列兵还在盯着她看。她与那人对视着，直到他转头看向别处。其他人都在忙自己的事。

她从硬盒里掏出最后一根烟点上。

生日快乐。2月34日。这一天一切都改变了。新的背景，新的现实，新的她。

她以伊坎吉卡上校的身份，接受命令来执行这次任务——一个需要随机应变的任务。这些都属于军旅生涯的正常范围。但是她走得太远，超出了那个范围，结果她不再有权采取任何行动。她的任务原本只是带着一名专家，做一次采集样本的侦察行动，以保护远征军在太空深处经历的四十年历史，结果她已经偏离了这项任务。

她凭什么理所当然地认为自己就是正在执行军务的伊坎吉卡上校？她没有上级，没有后援，没有法律依靠，也没有军权。如果她隐瞒自己的发现，不报告给责任当局，即便是在这里，也算是犯罪。撒哈拉以南联盟政府甚至都没有授权这次任务，因为鲁多不信任他们。然而，不信任联盟政府的这个人，到底是谁？是爱国者鲁多，还是卧底特工鲁多？

她吐出一团烟雾，人工合成烟草的辛辣味道刺痛了她的喉咙。一切都是烟雾。艾扬·伊坎吉卡不信任库兹亚奈·鲁多上尉——或中将。也许理论家们都错了，祖父悖论会以其他方式自行解决。也许她要做的就是不去管这些麻烦事儿，带上样品，赶紧离开这里。鲁多，这个聚合卧底特工，将面临军事法庭的审判。这原本是件最纯粹的事情，一个不必考虑代价的、孤立的道德选择。

　　然后,也许她会回到一个不同的世界,在那里,一套不同的记忆填充了过去的三十九年。她现在是艾扬·伊坎吉卡,到了那里就会变成烟雾,最微弱的风也会让她飘散开去,如花粉般消失在时间里。还会有别的艾扬存在,凭借她母亲的影响力,那个艾扬也许是个上校,也许是个军舰指挥官,甚至可能是个将军。

　　但远征军就不会穿越偶人主轴到达另一端了。也许远征军压根儿就不会存活那么久。也许即便是在重写后的未来,塔卡塔法尔少将和伊坎吉卡准将仍然互不信任。在另一个版本的历史中,他们可能已经造成了彼此的毁灭,或是远征军的分裂。

　　信任是如何产生的?鲁多信任艾扬会全力保护时间线。艾扬在之后的三十九年里都信任鲁多,因为她对埋藏在过去的秘密一无所知。人们都被数十年里的诸般行动和轨迹束缚。知晓了未来,他们好像反而落入了命运的陷阱。她擦了擦湿润的双眼。

　　"我已经修改了蒙雅拉齐的文件和工作内容。"A.I.说,"现在再去看的话,鲁多的虚拟办公室里那些秘密通信就好像是为了陷害她和另外三个人而编造出来的。"

　　"我需要这事儿在十到十二小时内曝光。"

　　"我可以修改系统的用电配置文件,让它看起来就像发生了短时脉冲波干扰。军事安保处的子A.I.会迅速发现有异常情况。"

　　"谢谢。"

　　"那么,我们救了鲁多之后,就可以走了吗?"A.I.问道。

　　"这只是开始。"

她竭力控制自己的声音不要嘶哑。虽然她是个军官,但那也无济于事。没有任何军官接受过这种训练。过去从来没有人真的对历史负责。

"我需要你把我弄进地面总部。"

"这我可做不到!"A.I.在她的植入体中说,"那里是整个基地安保最严密的地方。军事安保处、宪兵和禁闭室,全都在那里。我们没有密码。安全部队也不仅仅依靠通行密码和电子授权。他们还会目视检查,并且核对生物体征数据。"

"你不是第一次面对这种情形,对吗?"她问道,"你跟着阿霍纳一起上了'木塔帕号',看着他偷走了时间之门。他可没有搞定那艘旗舰上的安全系统。是你干的,对吗?"

A.I.明显停顿了一下,考虑到他的思考速度比她快得多,这一停顿就更说明问题了。

"我是来帮你解救鲁多的,进入总部是另一回事,危险程度大不相同。"他说。

"鲁多并不安全,暂时还不安全。时间线也不安全。而且,除非远征军的未来有了保障,否则我是不会离开的。如果这样我会错过与阿霍纳道别,那就错过吧。我是一个战士。"

"我不是!"

"你的上帝会引导你,"她轻声说,"难道你认为,他会让你在被发明之前好几十年就被远征军捕获吗?所以你最好还是帮我。不管你在'木塔帕号'上用的是什么方法,我需要你再用一次,让我进入地面总部。"

A.I.没有答话。她等待着。

她现在是谁?是伊坎吉卡上校,鲁多中将的爱徒?还是艾扬,一个搞政治的准将的女儿?或者两者都不是?艾扬本身没有身份，也没有目的。如果她走出这两个阴影的笼罩，她就获得了彻底而可怕的自由，只需要为自己的选择产生的后果负责。几百万的生命取决于她下一步的选择。

"好吧，"A.I.说，"难怪祂从来没有将祂的计划透露给我。我也不配得到祂的恩典。"

"我们都不配。"她站起身说道。

四十九

刚才与快艇擦身而过的那股反物质，实在太他妈近了。其中一些可能是反质子的粒子，搞得船体吱呀作响。该死的卡桑德拉公主有个计划。她有个计划，斯蒂尔希望她别再贱兮兮地微笑了，赶紧放大招吧。他在竭尽全力催动快艇，转弯时胃里直翻腾，加速时骨头都要断了，连那话儿都感觉一阵酥痒。他希望那位公主没有被放倒。

"文森特，"她终于开口说话，"我还没有让你绕着r轴或u轴旋转过。"

"你是在背诵字母表吗，亲爱的？"斯蒂尔说，"没关系。我不管那是啥。你只要告诉我你的计划就行了。"

"下一个机动动作之后，停机，绕r轴旋转一百八十度，再绕u轴旋转一百八十度。"

"到目前为止，我们的每一次旋转和加速，稻草人都跟上来了。"斯蒂尔一边说，一边将快艇猛然提速。她的脸痛苦地扭曲了。"我敢打赌，他跟你那个疯子A.I.一样聪明。"

"这一次他不会跟着我们了,他甚至不会知道我们去了哪里。"

斯蒂尔哼了一声,猛推操纵杆,开始下一组机动动作——二十个重力加速度。

"你还清醒吗?"他说。有的人即便是在抗休克凝胶里也经受不了这样的加速度。

"我……还好,"她终于回答道,"我受得了。"

"你知道吗,阿霍纳在你这个时候说话都还是牛屄哄哄的。"他又猛然减速,开始做最后一个机动动作。因为太过突然,连快艇都在吱呀作响。停机。

"我可不牛,"她说,"我都吓傻了。"

"我想听到的回答可不是这个!操[1]!"

他们转过来后,正好清清楚楚地看见那枚装载着稻草人的导弹。两个飞行器头对着头,双方只隔了转瞬即可到达的距离。多好的射击角度,可这快艇上再没有任何能开火发射的东西。一束粒子从他们的后方射出,掠过"量化风险号"的驾驶舱。

"这他妈是咋回事?"斯蒂尔吼道,赶紧通过他的传感器看过去,连后部摄像头都用上了。他们后方什么都没有。

那些粒子擦过驾驶舱,直接击中了那枚"破脸"导弹,全都射入了前部一个突出的炮管里,干脆利索,半公里的距离上,竟没有一个粒子散射出去。然后,装载着稻草人的导弹翻滚出去,消失不见了。

"这他妈咋回事?"斯蒂尔叫嚷道,"他去哪儿了?他怎么走了?射进他炮管儿里的那是他妈什么玩意儿?你干了什么?"

---

[1] 原文为西班牙语。

他从来没有一下子问过这么多问题。上一次这样满脑子疑问，还是他在克劳狄乌斯的海洋深处醒来的时候。当时他感觉脑壳快裂开了，周围漂浮着一群沉睡的杂种人，两个被压力碾碎的聚合军官，一条啃掉一半的克劳狄乌斯金枪鱼，屁股里还有奇怪的疼痛感觉。他希望这次的解释会更容易理解一些。

"我们旋转通过了我一直在回避的两个维度，"卡桑德拉梦呓般地说道，"我们反转了自己的宇称和时间。"

"我们反转了什么？"

"文森特，"她的语气就像在说什么人人都知道的常识一样，"宇宙守恒定律放之四海而皆准，无论是在十一维度，还是我们出生的那个只有四个维度的地方。时间、电荷和宇称是保持守恒的三个性质。我们绕着一个时间轴旋转，可以反转我们的时间之箭；绕着一个空间轴旋转，就可以让左右颠倒。根据守恒定律，在稻草人看来，由于我们做了这两个动作，组成我们和快艇的每一个粒子上的电荷也会自动发生反转。"

斯蒂尔的脑筋转了很久，想跟上她说的这些疯话。她说的百分之百都是扯淡。不过有没有她的这番解释，他都无法理解稻草人到底发生了什么事。

"好吧，智多星，我认输。你说的这些屁话，我一个字儿都听不懂。"

"我们现在是反物质了，文森特，"她说，"是我们自己的镜像，在时间中逆行。"

这段话让斯蒂尔处理了许久。

镜像。电荷反转。在时间中逆行。

"我的乖乖老天爷啊[1]！"他说道。

---

① 原文为法语。

"你没事儿吧,文森特?"

她嗑药了吗?她的声音完全正常,就像她问的不过是高度或飞行速度。得是他妈什么样的现实中,才会管这叫没事儿?他感到一阵带着恐惧的颤抖,很久以来第一次有这样的感觉。但他抑制住了那种感觉。要是一个量人小姑娘都不害怕,他当然也不会大惊小怪。如果她都能保持镇定,那他也可以。

"我现在是……反斯蒂尔?"他缓缓问道。

"是的,"她说。她停顿了一下。摄像头的图像里,她在微笑。"也许这意味着你会更有礼貌?"

"我——操,"他缓缓说道,"如果你是在开玩笑,我可真的被你唬翻了。"

他放慢了思考,试图让这一切在脑中沉淀下来。他现在是由反物质组成的。他是名副其实的反斯蒂尔。她是反卡桑德拉。他们在自己的反飞船上。他们在时间上越活越往前。

不。

不。不。不。

操!

操!操!操!

这些装模作样、自命不凡、啰里八嗦的冥思者真是……量人到底是他妈什么鬼东西?

他增加了水箱中的氧气含量,又降低了温度。清爽的深呼吸流过他的鳃。冰凉涤荡,提神醒脑。全身上下,感觉正常。自己可骗不了自己。他刚才也看到了,稻草人就能反着活。深呼吸。

"所以,如果碰了不该碰的东西,"他最后说,"我们就会被彻底消灭吗?"

"我们不会觉得自己有什么变化,不过宇宙的其他部分看起来会大不相同。"

"我现在是左撇子斯蒂尔了,"他说着用自己那包裹着肥厚鲸脂的手指咻咻地划了划水。手上也并没有感觉到什么异样。

"你现在的一切都是左的了,"她说,"包括你体内的每一个氨基酸和核苷酸的手性①。"

"那么,如果稻草人朝我们发射反物质……"斯蒂尔犹豫地说。

"起不了任何作用。"她用无所不知的语气说道,"我们就是由反物质构成的,所以他的反物质会像灰尘一样从船体上弹开。而且我们的时间也是倒转的。对我们来说,它看起来就像一个倒放的视频。"

"啥?"

美腿公主又开始解释,将同样的话重复了一遍,只是放慢了语速,就好像他是一个白痴。也许他的确是个白痴,可是这他妈的……

"我操②!你们这些狗日的量人实在太危险了!你们能把人变成反物质!"

"我们以前从来没这样做过,"她说,"我也是刚刚才想到可以这样。"

刚刚才他妈的想到?

"你们怎么他妈的不去征服文明啊?"他吼叫道。

---

① 广泛存在于自然界中,在多种学科中表示一种重要的对称特点。如果某物体与其镜像不同,则其被称为"手性的",其镜像不能与原物体重合,就如同左手和右手互为镜像而无法叠合。手性物体与其镜像被称为对映体。在有关分子概念的引用中也被称为对映异构体。

② 原文为西班牙语。

"我们为什么要那么做？"

"是啊，"斯蒂尔不信任地说道，"操！你们何必要那么做呢？我只是……我不……"

"你没事儿吧，文森特？"

斯蒂尔可以说从未有过这样力不从心的感觉。他很聪明，比大多数人都聪明。他偶尔也在聪明的军官手下做过事。但有些时候，你只能保持低调，埋头做好你的脏活累活，别想着去搞懂什么大局。眼下也许正是那种时刻。他不想发疯。可是……操！

"好吧，"他最后说，"无所谓了。容我斗胆建议，尊敬的吸气儿殿下，我们能不能去追击那个舔腚沟的稻草人。"

"不能，"她说，"现在我们是在自己的过去。我们刚刚做的事情，从实验角度讲，已经足够了。我不想冒险真的去打破因果律。再说，我们也没有武器。"

"你可以留在峰顶继续思考你的大问题，公主。"他说，"只需要帮我进入稻草人的未来，剩下的飞行、格斗和破坏这些事儿，都交给我就行。"

"尺寸大于粒子的物质和反物质不能发生交互作用，文森特。你会看到未来的。结果出现在原因之前。你会弄出差错的。"

"你想想啊，智多星，只要那张破脸还在这儿和我们一起，大伙儿就都有危险，对吗？你，我，老板，伊坎吉卡，还会连累所有你那些混账冥思者朋友。在军事上，规则总是很简单。先下手为强，后下手遭殃。"

"我们的时间都不是朝同一方向流动的，文森特。"

"所以他永远也看不到我们去找他是吗。"

"那倒不是。他能看到我们的未来,我们也能看到他的。"

"是吧,但是只有我们知道这他妈的都是怎么回事。"

她终于同意,给了他一组导航指令。斯蒂尔希望自己是对的。她说的这些,他几乎一无所知。但他们绝对不能把稻草人留在这里。那个该死的电子胎盘还有可能会碰巧撞见他们,或是撞见过去或未来的他们,就像一根戳进他们屁眼的手指。更糟糕的是,假如稻草人跑出了时间之门,进入了过去或者未来,也许就会把时间全都搞乱套了? 有太多可能的意外了。避免意外最好的办法,就是杀死意外。

卡桑德拉这次给的导航指令,跟之前那些相比容易多了。遵循一个维度,要比在这个维度上旋转更容易,即便是时间维度也是如此。他不知道何时何地才能找到稻草人,但是她知道。

"稻草人看着我们消失这个事件,即使是发生在一个二十二维的时空超体积中,也有其时间和空间上的定义。"她说,就好像这话他能听得懂一样。他没有理会。如果他搭茬,她可能会滔滔不绝地说下去。

"你那部分工作,需要多少时间来完成?"她问道。

"你给我安排个十秒钟的时间窗,我就能把他的头塞进他的屁眼里去。"

"你要干什么?"

"听从《杂种人之路》的教导,宝贝。逢手必咬,逢腿必尿。"

她没有再问,只是引导飞船,沿着超体积的一个时间维度来到时间之门内的未来,然后下令停机。

"我们现在所处的,就是稻草人最后所处的位置和时间后面的未来,"她说,"我们之间还隔着一个空间维度。如果你绕着 x 轴旋转九十度,就会到达稻草人前方三百米处,相对于他的时间来说,你是从未来逆行过去的。在十秒钟内,你必须绕着 x 轴旋转回来,否则我们就会在过去看到自己了,但是我们现在已经知道,那种情况并没有发生。"

"你什么都不用担心,甜妞,"斯蒂尔说,"你说的这些我一个字儿也听不明白。我只知道我要跳进去,开火,然后在十秒钟之内滚回来。杂种人称这种任务为小朋友的瞎胡闹,所以,现在让我们来给稻草人破个处吧。"

斯蒂尔聆听着他水箱里的电波。各个指示表都是绿色的,只有后脊部位的船体装甲有些轻微损伤。携带反物质的聚合飞船总是让他不舒服。倒不是因为害怕他们会击中他,任何东西都有可能击中他。如果在错误的地点碰上轨道碎片,也会造成同样严重的伤害。他更担心的是:那些携带着反物质的傻屄们是否知道他们在做什么。如果他们胡搞乱搞反物质,结果把自己给轰了,很可能连带着周围的所有战斗小组都会遭殃。

而现在,他就是反物质。

轮到他来给别人喂一口屎心三明治了。

卡桑德拉很担心。没问题,他并不需要她的勇气。他只需要一个时间窗。不过她真的很可怕。她把他变成了反物质。操!这事儿要是以后能有机会拿出来跟人吹吹牛屄,那就太好了。可是,即便他能在这场狗屎秀之后活下来,谁又会相信他呢?

"抓紧了,公主。"他说。

他扭动操纵杆,绕着卡桑德拉称之为 x 轴的维度,将快艇旋转了九十度。快艇外喷涌的光子和热等离子雾蒙蔽了他的双眼,他感到一阵畏缩。然后,云和光撤退、收缩、崩溃,化作一团狂乱的火,中间是一枚正在旋转、即将爆炸的"破脸"导弹。

我操,没有比这更像吃了致幻药的效果了。

欢迎来到仙境。

深呼吸,抄起你的家伙,干你该干的事。

两秒钟过去。

斯蒂尔的加压水箱连接着快艇的生命支持系统。生物废料在过滤和回收之前,都储存在一个废料箱里。在进行最后一次旋转动作之前,斯蒂尔把他的排泄物从废料箱加压导入了一个检修排水口。现在,他打开了那个排水口。加压后的反尿喷入了快艇外几近真空的超空间。

喷射物冻结成一股反尿的激流,扩展开来,仍保持着它从排水口喷出时的冲击力。这股冰雪激流所到之处,旋转迫近中的稻草人飞船周围那团爆燃的狂乱之火迅速萎缩。

五秒钟过去。

稻草人飞船周围的烈火完全消失不见了,反尿喷射物砸在飞船上。稻草人的飞船原样未动,毫发无损,仍在同一个位置。

七秒钟过去。

警报响起,一排反粒子散射打在快艇上反弹开,又射回稻草人的反物质大炮炮管里。

九秒。

旋转。原样未动的导弹飞船突然缩小,然后消失了。

他愣了片刻,眼前这场战斗怪异之极,搞得他不知所措。

"我……呃,干掉他了,对吗?"他问道。

"在原因之前就看到了结果,的确会令人困惑。"卡桑德拉说道,"不过你确实用几克的反物质击中了他的飞船。如果换个你可以理解的方式来看刚才发生的事情——同时也就是稻草人看到它的方式——那你就把录像倒放一遍。你会看到：稻草人发现了我们，于是他发射反物质流，打在"量化风险号"上反弹出去，然后就是你朝他喷射那团反物质。"

"我还以为自己又发明了一项奇特的水上运动①呢，"他说，"还是反斯蒂尔牛尿。"

"现在我们要回去了，往连回过去的出口那边走，到我们的会合地点等着。"卡桑德拉说，"回去的路上，我们还得十分小心地把自己再变回真正的物质。"

"从今往后，我再也不质疑你的导航了，公主。"

---

① 指涉及尿液的性行为。

五十

"你可得把识别程序都安排好了，小圣人，"艾扬默念道，"要不然我会被当成间谍给宰了。"

"你要怪就怪联盟的多疑吧，"A.I.在她耳朵内轻声回答，"他们加了额外的认证程序。"

艾扬和A.I.已经潜入了总部，这里驻扎着军事安保处的人和那些将军。他们用伪造的电子授权通过了数道检查关口。这是联盟最严密的安防系统，A.I.却有能力突破，这让她感到害怕。如果财阀政府真的拥有很多这样的A.I.，那么除了聚合政府，联盟就还有一个可怕的敌人。他们进入了最高机密区域，来到安全门外，门后就是伊坎吉卡准将和她的保镖们工作生活的地方。

军事安保处在此设置的系统要求只能在门口进行身份认证，这里有全景摄像头监视。这位疯子A.I.特制了一个病毒程序，可以在网络摄像头里屏蔽他们，这个病毒正是他在三十九年后的未来用在"木塔帕号"上的那个。这样就给A.I.赢取了一些时间,可以尝试破解安全门的控制算法。但他们能否进入,完全取决于有多少人在看着闭路监控。那部分系统是A.I.无法破解的。他们站在这里越久,就越有可能被注意到。

每一秒都无比漫长。

终于,"哗"的一声响后,门滑动打开了。

艾扬走了进去,里面是一个门厅,右边墙上有三扇门。地板是防滑塑料,墙壁是裸露的冰层。大厅尽头有一个摄像头,估计也连入了闭路监控系统。

"有多少人?"艾扬默念道。

"这里到处都是白噪音发生器,"A.I.说,"我不知道。"

这也没什么要紧的。到这儿就不需要再搞什么糊弄人的事情了。冰冷的手枪在手中感觉沉甸甸的。第一扇门打开了,一个脑袋探出来张望。

她的手一下子失去了控制。一道等离子光束无声地击中了那名男子的脖子,而不是他的脑袋。她的脑海中听见"砰"的一声巨响,顿时感到热血沸腾。她纵身上前接住了他,同时朝办公室里望了一眼,一名本来在吃饭的上尉正站起身来。

他只来得及喊了一声,枪也只拔出来一半,艾扬的等离子光束就击中了他的脑门。乱七八糟的喷溅物涂在墙上和天花板上,瞬间冻结。那上尉可能就是将军的副官。她放到地板上的那名士兵,应该是个保镖兼勤务兵。一股气味刺鼻的液体流进嘴里,她感觉马上就要呕吐了。

她指挥过很多次战斗,但从来没亲手杀过人。她是一名海军军官,不是陆军步兵。她的武器是舰炮,是通过舰炮指挥官和船员来开火的。随着军衔的不断提升,她的武器渐渐变成了她的头脑。她考虑的都是海军战术、舰队战略、移动、选位和后勤之类的事,而非门框和天花板上烧焦的血迹。她不是这种鬼鬼祟祟的杀手。

她咽下不断涌上来的胆汁。

隔壁房间传来一个声音。艾扬迅速走到将军的门前,门锁着。她将装载了 A.I.的军用手环抵在感应面板上。"哗"的一声,门滑开了。

艾扬意外地发现,这间卧室很小,比一名准将应该享有的标准小得多:只有一张单人床,一个塑料筐,和一个床头柜。床上坐着一个面容憔悴的女人,怀中抱着一个婴儿,而她正在喂奶。她单手探出,想去抓床头柜上的一把手枪。艾扬举起手枪瞄准她,手枪在颤抖,艾扬与她的双眼对视着,准将一下子呆若木鸡。艾扬走了进来,门在她身后滑动关上。

从厚重的眼袋、焦黄的皮肤,可以看出她的母亲经历了什么:一次艰难的生产、许多个不眠之夜,甚至还有营养不良。尽管如此,这场邂逅还是有一种仿佛凝视镜子时产生的奇妙感觉。她的身体里有这个女人的一部分。艾扬走过去,拿起床头柜上的武器,丢到角落里。接下来过了良久,她和自己的母亲惊恐地盯着对方,房间里只有那个婴儿嗫奶的声音。

"上校,"圣马太的声音在耳内响起,"我们只有十分钟时间,也许更少。"

艾扬咽了一下口水。

"对不起,准将。"艾扬说。她的声音哽咽,眼里含着泪水。

"你这混蛋!"她的母亲说,"你到底是谁?"

伊坎吉卡准将倔强强悍的个性和义正词严的愤怒,给她的话平添了威严的气势。但是她们都明白:习惯于听从命令的那个女人手里反而有枪。她的表情难以控制地透露出一丝恐惧。别的人也许无法辨识她那微微的怯意,但艾扬能看出来。艾扬自己也经历过一些最黑暗的时刻,她在镜子里看到过自己那副样子。艾扬手中的枪在颤抖。她们都看出来了。

"我是谁并不重要。"艾扬说,她的声音也在颤抖。

"你不必这样,"伊坎吉卡准将结结巴巴地说,"你会有麻烦的。我们都会有麻烦。就算在这里成功了,最后你也没法逃脱。那样又有什么意义呢?他们付给你多少?我都加倍,还可以放你一条生路。我有几条船,可以找一条把你藏起来。"

我有几条船。

看来真的存在一支私人小舰队。艾扬擦了擦脸颊上的泪水,但没有放下手中的枪。

"我必须这样做。"她说。

"为什么?是为了塔卡塔法尔吗?她会比我做得更好吗?"

"不是为她。是为了别的人,我必须这样做。"

准将一下子垂头丧气。

"请不要伤害我的孩子。"她说。

艾扬几乎忘了要如何呼吸。她的嗓子剧痛。她的眼睛温热潮湿。

"她叫什么名字?"

"艾扬。"

"我为什么要放过她?"

"因为这一切都不关她的事。她是无辜的。"

不,她不是。

"还因为,我爱她。"准将说。

艾扬脸颊上的泪水变得冰凉,都汇聚在了下巴上。

"等她以后长大了,你有什么想要告诉她的吗?"艾扬问道。她的声音在颤抖。

"请告诉她,我有多么爱她。"

艾扬已经无法再说话。她想止住泪水。她连呼吸都在颤抖。"她会知道的。"

伊坎吉卡准将又紧紧拥抱了一会儿婴儿,然后把婴儿从她乳房前抱开了。小婴儿艾扬轻轻哼唧了几声,表达着不满。准将把孩子放在她的身旁。"再见了,艾扬。"她说道,轻轻抚摸着婴儿的头。

一直以来,艾扬都在想,她的母亲是否爱她,跟母亲一起生活会是什么样子。眼前这幅场景就是答案。一只温暖的手,抚摸着她的头发,安抚着她。

"我也爱你,妈妈。"艾扬说。

她扣动了扳机。伊坎吉卡准将的脑袋猛地向后一仰。婴儿艾扬大哭起来。

艾扬呆立在那里,听着她自己的哭声,听着这个受到惊吓的孤儿的哭声。她走近床边,低头看着自己。婴儿艾扬哭得更大声了。

圣马太在她的耳内植入体低声说着什么。她清了清嗓子。

"我听不清你说话,圣马太。"

"我在为你母亲的灵魂祈祷。"

"谢谢你。"艾扬颤抖着呼出一口气,"请你也为那位宝宝祈祷。"

"我已经为她祈祷好几个月了。"圣马太轻声说。

在那一刻,她觉得自己真的上当了,或者说她故意让自己上当,相信了这个疯子A.I.是有感情的,而他的祈祷也真的会起作用。艾扬拼命想赋予生命意义,为这样的牺牲找到真正的意义。这牺牲对任何人都毫无意义,除了她。可是她又有什么重要的?

她又颤抖着深吸了一口气,然后走出房间。她为什么感到愤怒,现在已经清楚了。她的痛苦也有了集中点。现在,她知道了自己和第六远征军的历史,以及为了确保远征军的生存,最后还需要采取的行动。

"扫清到羁押区的路,圣马太,"艾扬在婴儿艾扬越来越大的哭声中默念道,"我们必须帮助鲁多上尉洗刷针对她的怀疑。"

"怎么帮?"圣马太问道。

艾扬没有回答。圣马太打开了出去的门,又投影出一张地图,上面显示了最安全的路线。

鲁多上尉不在关押政委和卧底特工的牢房中。她所在的羁押区自动化程度很高,除了一排嵌入冰层里的绝缘塑料单人牢房之外别无他物。这些单人牢房都没有联网,以防止黑客入侵或犯人越狱。只有一个宪兵站掌管着整个区域的进出。圣马太打开了最后一道门。艾扬走到宪兵站,自然得仿佛她就属于那里,然后举枪射杀了站内的下士和列兵。她用那位下士的证件卡打开了牢房的门。

她打开了没开灯的第一间牢房,发现里面是鲁多的两名同谋,他们蜷缩在冰冻的地板上。她确认了那两张惊恐的脸,然后朝他们的脑袋一人给了一枪。鲜血汩汩流出,冻结成殷红的冰。圣马太继续着他那几不可闻的祈祷。他可能一直在默默地祈祷。这对他那位并不存在的上帝并没有什么作用,但这些根本听不清楚的话语却能给她安慰。

第四间牢房里是鲁多。艾扬打开门,点亮灯。鲁多双手被绑在胸前，正坐在地板上瑟瑟发抖。身旁是她的最后一个同谋。艾扬看了看那个同谋的脸，然后对准她的前额开了一枪，血溅到了冰上。

鲁多的脸上露出带着困惑的恐惧。一切到此结束了。这个女人，她一生的上级，她的配偶，现在却是个级别最低的军官。鲁多已经没有任何权力了。她的谎言已经暴露，她已经无能为力。

艾扬两步就跨到了那位卑微的军官身旁。艾扬揪住鲁多的短发，把她的头扳过来，逼着鲁多直视自己。艾扬的脸颊淌下了冰凉的泪水。

"上校，不要！"圣马太说，"不要！"

艾扬没有理会那位圣徒，而是将枪口抵在鲁多头上。

"我的母亲死了，"艾扬说，"是我亲手杀了她。就为了你。"

眼前的鲁多是如此弱小，而艾扬却如此强大。即便上尉没有被捆着，艾扬动动手指头也能击倒她。艾扬成熟而老练，正处在自己军旅生涯的巅峰时期。鲁多则是一个自负的冒名顶替之徒，一个叛徒，一个老成的青年人——正是因为她的阴谋，导致艾扬陷入了困境：要保留联盟叛乱的一线胜机，唯一的办法只有杀死自己的母亲。在未来的四十年里，鲁多还会继续她的阴谋，抹去艾扬母亲原本重要的历史地位。

"我爱过你，"艾扬说，"我仰视你的一切。可你的回报却是利用我，把我当成你的卑鄙杀手。"

"我不知道你在说什么，"鲁多呼吸急促地说道，"长官。"

"未来的你，利用了我。你需要完成这项任务。你需要我杀了自己的母亲，这样你才能一路升迁，尽管你是个聚合的卧底特工。然后你什么都没告诉我，把我骗到了这里来，陷在你一手造成的烂摊子里,还得给你收拾残局。现在,我的母亲已经死了。"

艾扬用枪管斜着顶在鲁多的脑袋左边。在未来,每个人都会看见那个地方的伤疤,都会知道曾经有个聚合卧底特工试图暗杀她,结果却失败了。

鲁多瞪大了眼睛。

"不要,"她喘着粗气说道,眼中原本的算计和欺骗一下子都消失了,取而代之的是发自内心的恐惧。"时间线……"

"这笔账我们三十九年后再算,到时候你会为自己犯下的罪行付出代价。"

艾扬扣动了扳机。鲁多的头从艾扬的手上朝着一侧猛地弹开,她的头颅左侧划开了一道长长的口子,鲜血喷涌而出。艾扬松开鲁多的头发,上尉瘫倒在地板上。冰冻的地板十分寒冷,但可以保证她活着,直到有人发现她。

五十一

有些时间、有些地点的寂静与别时别处的很不一样。卡车箱里放着折叠收起的钻头,旁边是一整吨的样品。只有他宇航服内的供氧管时不时发出的嘶嘶声,扰乱着这种寂静。贝利撒留曾经呆坐在那里进入神游,目光迟缓迷离地凝视着阁楼那绿草茵茵的山丘。他曾经乘着小飞船,从驾驶舱里遥望外面的真空中飞驰而过的群星。他曾独自坐在位于自由城的那间阴暗寒冷的公寓里。而现在,他又站在了这片失去灵魂的旷原上。就是在这里,量园曾经思索着它们那些古怪离奇的问题,看着那个与他的时代完全隔绝的世界,却并未借助任何可以参照的意识与自我方面的洞察力。它们的智能从复杂性的各处缝隙中出现,跨越由神经元和化学记忆组成的确定的、经典的世界,仅仅借由纠缠,便创造出了一种穿越时间的意识。然而贝利撒留却一手制造了尼扬加上这片新的量子寂静。

远处的工具棚那边,一个人影走过来。那人别着一把枪,那枪在红外线成像仪里看起来发着橙色的光,说明刚刚开过火。伊坎吉卡。

她做了什么？她会以同样的方式对付他吗？他不知道自己为什么突然会这么想。他一个月前曾经欺骗过她，她现在也可以反过来欺骗他：留下他和圣马太在冰面上被烤焦，自己则带着样品回去交给卡桑德拉研究。不是报复，而是复仇。然后他会与世隔绝，孤独地死去，就像量园一样。

伊坎吉卡停在他面前。他调大眼内植入体的增益，想看清她头盔内的脸。她看起来很不安。心里很痛苦？还是身上受了伤？她将驻留着圣马太的军用手环递过来。

"时间线安全了，"她通过激光通信对他说道，"时间门周围的摄像头将在八分钟后停止监视。我们得动身了。"

伊坎吉卡接管了卡车的遥控器，他们静静地在卡车旁边随行。量园一片死寂，仿佛一座座正在进行光合作用的雕像。贝利撒留之前将翻译机胸板丢进了卡车车厢那一堆样品之中。他不知道联盟是不是还需要那东西。他要把它带去未来。他唯一能够坚持下去的理由，就是相信自己还有机会与量园再次对话，即便所有的事实都与此相悖。

伊坎吉卡伸手挽起一株量园的叶片，一把将其扯了下来。贝利撒留发出抗议，但为时已晚。眼看着这株默默无言、如吊灯玻璃般的植物被啪的一下折断，令他心痛不已。她递给他一块碎片，它像个吊坠般晃动着。

"你把它折断了！"

"它们已经死了，阿霍纳。短短三个月内，它们的每一株都将融化。拿走这一块对它们没有影响，但对你可能会有。要重新制造植物智能，光有花粉不行，你还需要雌性器官。"

黑色的油线上挂着一根根细细的冰柱，闪闪发亮。贝利撒留将这一枝举起,小小的冰柱折射着各处的光——这些光来自卡车、他们宇航服上的指示灯和远处的聚光灯——将每个光源都压缩成了一个聚焦点。他的大脑开始在这些焦点之间绘制模式。这些光点组成的模式,很像阁楼的地表上闪耀的那些灯光模式。单纯的美。冰中的生命。黑焦油中的奥秘。他轻轻地将破碎的叶片放进宇航服胸板上的一个冷冻暗格里。

视野里没有看到宪兵。他们把卡车开到虫洞位于过去这一端的入口,那里没有花粉出现。伊坎吉卡设置了卡车程序,让其自行返回工具棚,然后抓住那重达一吨的冰芯样本四周的绑带,利用小行星上的弱重力和她那军用级的肌肉增强模块,将样本举了起来。她调整姿势,将冰芯投入视界。贝利撒留揸紧了自己的胸板。

两人紧紧地抓住对方,跃入时间之门内那片怪异的浩瀚之中。光线大多消失了,但切伦科夫辐射幽灵般的蓝色使得超空间本身就在发光,尽管维度还难以辨认。"量化风险号"悬在暗淡的虚空中,就在他们前方五十米。它的航行灯闪着红光。

他们俩抓住冰芯周围的绑带,打开宇航服上的冷冻气体喷射器。样品的质量太大,他们因此进展缓慢。"量化风险号"逐渐靠近。船体上有几处醒目的、长长的伤痕。另外还有几块看起来像喷射燃烧的痕迹,把整流罩都熏黑了。

"好像是反物质武器留下的痕迹。"伊坎吉卡在激光通信里对他说。

贝利撒留的大脑已经对那些喷射模式做了分析,并得出了同样的结论。可是,这个超空间里并没有武器,他也没有看到过任何天然的反物质。

船底货舱的门打开了,斯蒂尔的压力舱就在那里。伊坎吉卡关上舱门的时候,贝利撒留把冰芯固定好了。在某种意义上,他算是回到了自己的家。只要钻进这个狭窄的船箱,他就可以飞快地逃离,任何人都再也追不上他。他们通过泊库的气闸,进入了狭小的驾驶舱。

五十二

贝尔从气闸里一出来，卡桑德拉立刻上去抱住了他，甚至没等他脱下头盔。他也搂住她的后背，起初有些犹豫，紧接着力气大得近乎疯狂。

"你们两个狗日的这一趟回去，玩得开心啊。"文森特的电子声音响了起来，"我们可是一直在这儿吃屎呢。"

伊坎吉卡和贝尔摘下了头盔。他们都大汗淋漓。贝尔脸上涂的伪装油彩有些地方已经掉色了。

"发生了什么事？"贝尔问道。

"操他妈的稻草人！"文森特说。

贝尔用质询的目光看着卡桑德拉。

"操他妈的稻草人。"她说，然后大笑起来。

"我告诉你，你可别吓尿了。"文森特说，"我们把那个电子基佬轰掉了。"

"用的什么？"伊坎吉卡问道。

文森特开始叙述经过，原本相对简单的一组几何事件，被他添油加醋,讲得污秽而粗鄙。贝尔震惊不已地看着卡桑德拉。伊坎吉卡摇着头,坐了下来。贝尔的表情有些阴郁,仿佛正在哀悼。伊坎吉卡的心情也很糟糕。她系好座位上的安全带,随即转身看着驾驶舱的窗外,好像在凝视一个无比巨大的维度,这种维度会让任何一个正常人类头疼欲裂。

"我来导航,去另一端的出口。"卡桑德拉说,"好了,大家系好安全带。"

贝尔点点头,她伸手轻抚了一下他的脸,然后坐上驾驶座,开始给文森特发出指示,把大家带到超空间的另一端。没有人讲话。

到了距离通向未来的出口视界大约五百米的地点、距离他们进来之后大约二十分钟的时间,卡桑德拉让文森特停下飞船,以免遇到过去的他们或是稻草人。接着,为了让他们准确就位,她让文森特把快艇向前走了一步,进入一组维度中,其中包括一个与他们进入虫洞时所遵循的时间轴正交的维度。在这里,他们可以寻找通天轴的其他虫洞。她解开安全带,飘回贝尔身边。

"准备好了吗?"她问道。

他点点头。

"需要多久,梅希亚?"伊坎吉卡问道。

卡桑德拉耸了耸肩。"几个小时吧,但愿如此。"

上校看起来并不觉得这有什么了不起,她转回去又望向窗外。卡桑德拉和贝尔飘过厨房,来到通往货舱的气闸前。这里没人能听到他们讲话。

"怎么了,贝尔?"

他嘴唇紧抿,转头看向别处。

她轻轻拉回他的脸。他在哭泣。

"怎么回事?"

他伸出手臂搂住她,紧紧地拥抱着她。她在他的耳边低语,轻抚着他的脸安慰他,就跟当年他们都还是孩子时一样。那时候他们刚刚开始学习白痴天才状态和神游,一天到晚又慌又怕。然后,他哑着嗓子,断断续续、缓慢沉重地给她讲述了一切:他发现了谁,它们是什么,而他又做了什么。他讲的每个词似乎都在不断扩展宇宙及其所有可能性,直到最后它们全部坍缩。

人类在开发其他星球的过程中曾经发现过微生物生命。还有传言说,有些宗主国甚至已经发现了别的智能生命形式。但没有证据也没有迹象表明,存在别的生命形式,而且它们更像量人而不是正常人类。竟然还有其他量子生命,这个发现实在太过出乎意料,即便是她那基因工程改造过的大脑也很难将这一情况具象化。

贝尔却摧毁了它们。

"这不是你的错,贝尔。"她轻声说。

"如果这不是我的错,那就是整个量人项目的错。"他痛苦地说。

"你不是故意要让这样的事情发生,贝尔。你也不是个鲁莽的人。如果早知道是这样的结果,你会尽一切可能阻止其发生。"

"话是这么说,卡茜。"

"这不只是说说而已,贝尔!量园所占据的时空区域在时间上是有界限的,就像其他所有事物一样,也包括我们。它们有开始,也有结束。任何人类——特别是量人——的出现,对它们来说都是破坏性的。但具体而言,你在那里的出现也获得了显著的成果。你看到了它们是什么。你看到了量子过程可以形成什么样的智能。而且在它们终结之前,你还带走了配子样本。它们原本就注定要因为闪焰的爆发和时间之门的失窃而被归零。现在配子和时间之门都在你这里。宇宙可能认为量园十分重要,所以让你充当了将它们的种子带到新环境的那个媒介。"

"宇宙没有目的,卡茜。"

"我们给它赋予什么目的,它就有什么目的,贝尔。你就好比一只将种子带到新大陆的鸟儿,而非什么毁灭者。"

"我真希望你说的这些是真的。"

"我们可以让它变成真的。"

他点点头,她又拉起了他的手。

"我们来切割冰芯吧,"她说,"希望可以再找到一些主轴,那样就可以帮到联盟和我们自己的人民了。"

第五十三章

艾扬坐在她的座位上，绑着安全带，在时间之门里那令人身心俱疲的空间内焦躁不安地等待着：一个小时，三个小时，然后是六个小时。那对量人已经忙乎好几个小时了。飞船底部钢铁加压舱内，斯蒂尔也一直很安静，不知道他在想什么。

她的任务报告改了一遍又一遍，已经简化成只是一条条笔记了，但最终她还是全篇删除，连平板电脑的硬盘都清空了。她的一切所见所为，都无法真正用语言来确切表达。再说又有谁会读它呢？鲁多曾经是——也许未来仍是——卧底特工？海军部长的能力存疑？联盟内阁内讧频生，优柔寡断，正在走向崩溃？

两周之前，一切看起来都还清晰明了，至少对她来说是如此。她一直安全地生活在一套理性而忠诚的军衔等级体系中，背负着非常具体的使命。但从那以后，无论是空间、时间还是职权，全都乱了套，而且空间和时间还不像从前那么容易适应。现在，除了道德上的灰色地带，她别无立足之处，也没有更高的权威可以代替她做出超越她军衔的那些决定。

不仅仅是远征军,甚至整个撒哈拉以南联盟面临的风险,现在都由她一人全权承担。她被揠苗助长,变成了一个超现实的成年人,成了自己长辈的长辈,必须照看和训诫他们。她所做的每一个抉择,都决定了自己的国家是生存还是死亡,以及他们的人民是什么样的。她不想承担这个责任。她实在想不通:到底是什么样的一连串循环因果事件导致了她在这里的存在。她也不知道怎么才能回到正常的生活。她甚至不知道是否还有个正常的生活可以让她回去。

鲁多中将十分狡猾。她有三十九年的时间,去反复回想她跟艾扬的上一次见面;有三十九年的时间来计划她们的这次重聚,同时拥有整个联盟的权力来帮助她实施她的计划。鲁多知道,伊坎吉卡上校会从她最忠诚的支持者变成一心想干掉她的人。艾扬现在明白,自己就是一个工具,她一生所受的培养,就是为了回到过去,回到鲁多上位的这一关键时刻。现在她的使命已经完成。地已经犁开,种子已经播下。

她的生命也好,忠诚也罢,或许已经毫无意义。虽然她并没有什么过错,但是对于舰队和联盟来说,最有利的情况可能就是她先交出那十个通天轴的坐标,然后死掉。她本来就时刻准备着死在敌人手中。她早就准备好了为了赢得一场战斗而牺牲,她甚至完全接受自己的生命可能会终结于友军的误伤。但一想到要因为政治权术的原因而非战略战术上的原因献出生命,她就感到很难接受。

但她没打算就这样撒手而去。她不知道联盟的未来是否已经有了安全保障。也许鲁多中将已经无法信任,也许联盟内阁也是靠不住的。只有自己的忠诚,才是毫无疑问的。如果她不再隶属于任何权力结构,而这个国家位居高位的那些人并不可靠,她要怎么做才能拯救自己的人民?

换作一个星期前,她压根不会去想这样的问题。

她要寻找盟友,强大的盟友。

联盟政府的外交姿态一向都是墙头草随风倒。艾扬能够想象,他们拿到那十个通天轴坐标之后会怎么做。他们会像宗主国那样秘而不宣。

但出于军事需要,远征军对于评估风险与优势早已有了新的方法。他们必须考虑新的战斗方式,有时甚至改变战术,连战略方针都会重新制定,仅仅为了比之前的战略有所变化。联盟的体量太小,仿佛一叶扁舟,漂泊于宗主国这个巨大的海洋上;它绝不能让自己的一举一动都在别人的预料之中。如果把关于新通天轴的秘密藏起来,就无法拥有新的战略优势。

"斯蒂尔。"思考良久之后,伊坎吉卡说道。

"咋?"

"杂种人都有什么目标?你的人想要什么?"

"我希望别人不要再把东西塞进我的屁眼。"

"我在认真问你话,"她厉声说道,"你的人都在做什么?你们打算永远为聚合工作吗?"

"我现在没给聚合干活儿啊。我现在的活儿,我觉得这就是那种'闭嘴等着'的任务,能够让我远离臭狗屎就行,超空间什么的也无所谓。"

凭斯蒂尔这种浑不懔的德性,一定可以成为一个出色的谈判专员。

"如果我这儿有足够多的暴胀子战斗机,我们能从聚合军队里面策反多少杂种人过来?"她说,"你带了三十个人,但还是敌众我寡。"

"我不知道。喜欢痛痛快快大战一场的狗子们多的是,但你们现在看起来胜算可不大哟。"

"给我个数。"她催促道。

她想象的数字是好几千。如果他们能建造那么多暴胀子战斗机并投入战斗,那战力将是十分恐怖的。他们在制造暴胀子设备的时候加装了好几道自毁系统,但如果这么多战斗机投入使用,系统肯定会有出故障的时候。一旦如此,聚合就有可能捕获设备,并对暴胀子驱动器和暴胀子大炮进行反向工程,最终掌握这项技术。不过,那类问题可以留到来年再说,眼下他们先得活过今年。

"你们要是给够银子,也许能来个两三百吧。"

"那留在聚合部队里的还剩多少?"

"全算上?妈的。也许……一千五?"

不是好几千。她原本希望能有许多个中队的杂种人战斗机,像大黄蜂群一样铺天盖地涌向聚合的各个据点。

"我们得怎么才能让他们都过来?"

"那你们得稳赢才行。"

她深吸一口气,让自己平静下来。和杂种人讲话总是很困难。

"我们的巡洋舰装备了很多新发明的战术,"她说,"你开暴胀子战斗机的时候也临场发挥了新的战术。我在想,如果我们要把杂种人的战术应用到巡洋舰上,我应该从你那里学习什么。"

"你带队拿下弗蕾亚的时候,我看到了你们的打法。"斯蒂尔说,他那人工合成声音中第一次流露出一丝冷淡的钦佩之意。"如果队伍里每个人都能拉到三十个 g 的话，你们找艘大飞船来，看看杂种人能把它搞成什么样，那应该会很有意思。"

"也许得比三十个 g 更大。印地之泪上还有多少杂种人？我们能把他们拉过来一些吗？"

"你们要是打算挖地三尺，也许还能再拉上个几百人，但这些新手同时也可能搞得一些杂种人老兵丢了性命。"

"训练一个杂种人，需要多久？"

"如果他们的卵蛋够大，几个月吧。杂种人在海底生活，已经具备了像样的三维空间意识，但开飞机要的是操作硬件设备和精细地控制电肌块。不是所有的杂种人都有这本事。所以你的招募计划会碰到无法突破的上限，更不用说他们还会在每个音调上都把你嘲笑一通。"

"如果让他们当巡洋舰船员呢？"

"我操①，"他说，"那就要人命了。放两三个杂种人在指挥岗位上，负责呼叫炮击和导航。脑瓜不灵的杂种人，就让他们去当炮兵或工兵。有点儿意思。不过我还是拿不准你能不能找得到那么多杂种人。"

"我要是给这笔交易再加点儿甜头呢？"

"说来听听，甜妞。"

"如果我告诉你，杂种人政府能够拥有自己的主轴，并且与联盟成为永久的盟友，你觉得他们会有什么反应？"

"等会儿，甜心。你说什么政府？"

"杂种人政府。"

"没有这回事儿。如果你没有眼力见儿发现这一点，那我可以告诉你：官老爷的命令会让我们的狗皮起疹子。"

———
① 原文为西班牙语。

"那你们是怎么做成事的？"她问道，很好奇他是不是在扯谎。

"我们要做成什么事？"

"国防、金融、法律、健康、教育，一切。"

"妈的，我们才不做那些事儿。再说了，谁会来入侵我们？我们生活在一个漫天都是小行星碎片的星系中，生活在海洋的深处。我们干的事儿里面，我能想到跟政府最沾边儿的，就是大家聚在一起性交和分娩。我们也不是聚合的附庸国，因为谁他妈的能代表所有人去签署庇护条约？每个飞行员都有自个儿的合同。"

她大惑不解。怎么能有人在这种无政府状态下生存？

"这么说，就算我给杂种人部落一个主轴，也是毫无意义的。"她说。

她的心一下子凉了。她感觉自己陷入了困境。就算她能活过这一周，联盟也无法活过这一年。

"我说不好，"他说，"我们倒也有些物件儿，比如性交设备还有分娩设备。杂种人部落从来没有说要团结起来捍卫我们拥有的一切，因为那看起来好像有一大堆破事儿要干。"

"你们真让我感到很吃惊。"

"我又没直接说让你滚。我只是说这事儿好像不合直觉，对吧？我们要住在哪里？"

"我觉得等你们有了主轴，就会自己操心这个问题。巴克维兹星系里没有像印地之泪那样的重水世界。"

"这事儿得让我想想。"

"反正到头来也可能是一场空。"

"反正我觉得你无权决定这么大的交易。"

"情况发生了巨变,"她说,"我也不知道事情会发展到哪一步。"

"我不会给联盟超过六个月的时间。"斯蒂尔说。

"给联盟三个月就行,而我可能活不过这一周。"

"你是不是把事儿给办砸了?"

有趣的问题。驾驶舱外那片光线微弱的昏暗空间,偶尔会忽然发生令人眼花缭乱的视角转变,仿佛也在注视着她。一片令人想打呵欠的虚无。

"我在过去找到了两个非常重要的人物,然后给她们脑袋上一人来了一枪。"她说。

扬声器里传出一种声音。过了一会儿,她意识到那是笑声。

"哈哈,"他说,"也许你这人还真能跟杂种人一起干点儿什么。"

五十四

　　贝利撒留和卡茜已经做完了所有的准备工作,还利用冰芯里的花粉测量了通过时间之门的最低能量时间,不过花费的时间大大超过了他们的预期,到最后他们都撑不住想睡觉了。但他们还在时间之门内,而且他马上就意识到,这里可不是个适合睡觉的地方。贝利撒留觉得就连自己那些正常人类的感官也全都错乱了,令人很是焦躁不安,而这种感觉并不是由引力造成的。在这个区域,卷曲时空已经平展开来,神经元中的电信号之丰富简直难以言表,为感觉平添了一种回声放大的效果。

　　还有运动,这也很重要。如今他们是一个区域中的四维构造,在这个区域中,他们可能不经意间就会通过其他七个维度中的某一个开始旋转。这种情况倒不会经常发生,可一旦如此,那种错乱的感觉就会压倒一切。所有这些效应在睡眠状态下都会成倍放大。

　　身为量人,情况就更糟糕了。他的肌肉细胞中栖居着数以百万计的磁小休。每一个磁小体就是包含着一个微型铁线圈的细胞质流体,如果感应到有环境磁场或者从他自己的电肌块发出的电流,线圈就会旋转。

时间之门内部通常没有真正的磁场,但有时候,其他超空间子集中的电磁场会影响到他的一部分磁小体,让它们转向十分荒谬的方向,从而赋予电磁世界一种虚假的结构,让他产生磁幻觉,再也无法睡着。

更糟糕的是,之前他观察到的阁楼被摧毁的那一个个时刻,会以摄影照片般的清晰度在他眼前一幅幅重播,仿佛一场醒着的噩梦。然后当所有叠加概率编织到一起的时候,量园也崩溃了,那是最令他恐惧的时刻。时间之门的内部又为这些反复重演的噩梦增添了一份触觉质感。

卡茜躺在贝利撒留身旁,在睡袋里同样辗转反侧。最后两人决定干脆不睡了。贝利撒留没有问伊坎吉卡是怎么睡着的,更没敢问斯蒂卡。那家伙体内也有磁小体,只不过远比贝利撒留和卡茜身上的磁小体粗糙原始得多。这个被困在波江人身体内的家伙,他的噩梦在时间之门内部的纷扰之下又会变成什么样子,他实在不想知道。

"你害怕进入神游吗,贝尔?"卡茜紧靠在他身旁问道。

他摇摇头,扣好了神游服上的密封扣。"我再也无法伤到自己了,再说我自己伤不伤又有什么打紧的。"

"别这么说,贝尔!"

"因为我脑中一直有量子智能在运行,我没法做到和你一样好,而且我还可能干扰你神游时的观察。"

"如果你干扰到我了,我会告诉你出去。"她最后说,又帮他紧了紧神游服上的绑带,扣好密封扣。他也检查了她的神游服。

卡茜此刻比平时更热情、更活跃,兴奋得有些可爱,连他也受到了感染。

"我们要第一次透过一种新的望远镜来观察宇宙了,贝尔!"她咧嘴笑了。

他吻了吻她,两人密封好各自的头盔。他们通过外层气闸,到了"量化风险号"的外面。时有时无的磁场笼罩了他们的身体,那种深厚的质感犹如一种他们无法言说的超空间语言。他们将自己挂在气闸周围的环扣上,然后飞离"计算风险号",以避免飞船干扰他们的量子感官。

贝利撒留增强了他那独特的量子神游。为了防止他的主观意识导致自己的观察所到之处概率发生坍缩,他减弱了自己的大部分磁感,将它们全都路由到量子智能那里。只有剩下不到百分之一的感觉到了他自己这里,但即使是这一小部分,也仍然像一幅巨大的画布。

然后,哪怕他只感觉到了整个世界的这么一个小片段,它也还是一层层地坍缩了。虽然一张张照片飞速掠过,但他看到的数量已经足够多。他的大脑可以把它们连接起来,就像一部电影。他当初就是这样杀死量园的。但现在,他并不是在一颗黑色的小行星上看着一种脆弱的生命形式,他是在凝视整个宇宙。在这里他才是脆弱的,眼前这片大海如此浩瀚,即使是他的量子智能那最大、最宽的感知,相形之下也只不过像大教堂里的几粒微尘而已。

他的身旁,那个爱笑的、好奇的卡茜消失了。那个主观的自我,那个曾经是卡桑德拉的意识,现在已经熄灭,给她的量子智能腾出了空间,以便控制她的感知。这里只剩下他一个人。奇怪的是,他却抱有十足的信心,相信她会再次存在。神游只是她的主观暂时停止一阵子。

也许卡茜对量园的看法有其道理。也许它们只是暂时离开,直到他能把它们带回来。量园曾以一种量子意识的状态自然地存在,而那种状态的熄灭或许可以类比成卡茜现在的样子:离开了,但很快就会回来。他的大脑总是这样,沉迷于寻找模式和相似之处。

他闭上眼睛,让自己只依赖磁小体来感觉。他张开双臂,让自己的肌肉和其中包含的磁小体变成一个更大的望远镜阵列,照入量子世界。他的世界扩展了。只有几道坍缩中的概率波击中了他的主观——有意识的那部分他,但这已经够了。随着更遥远的量子效应以光速冲入他的感官,世界也变得越来越巨大。他以脉冲的方式,不甚精确地感知着时间之门外面八光秒的范围。每过一秒,他就能多看远一光秒的距离。但那并不是卡茜和他从时间之门内部进行这次观察的目的。他们从这里进行观察,是因为可以看到通天轴的纠缠。

卡桑德拉脑中的量子智能要观察这对时间之门彼此之间的纠缠,以及它们与通天轴其他虫洞之间的纠缠。贝利撒留大脑中运行的量子客观负责从量子现象的泥沼之中发现那些消失中的纠缠线。那些千里挑一的快照,一被他看见就会迅速坍缩,但还是足够建立起一幅图画。

卡茜之前一直无法在纠缠网络的尺度上进行通信,因为没有足够的时间或研究。几个月前,当他第一次登上"琼莱号",第一次试图导航飞船循着纠缠线穿越太空的时候,他的量子智能几乎立即感知到了时空中的整个路径,而不需要一光秒一光秒地等待着遥远的信号缓缓传到他这里。这就是为什么他没见过眼前这样的景象。

百万亿的位置信息和量子信息涌进他的大脑，那还只是这两个量子智能所感知到的几千分之一。他的脑海中绘制出一幅引力与时空之网，覆盖了一大片宽广的宇宙。网上那些一闪一闪的亮斑，分布模式与星系非常相似。这张大网十分明亮，组成它的并非零星的纠缠粒子或波，而是难以计数的纠缠线。

什么能把这些虫洞如此稳固地绑定在一起？它们可能全都始创于同一个地点，有着同一个起源，但纠缠应该随着时间的推移而衰减，而他看到的纠缠数量却非常多，超过了他的预测中一组物体同时被创造出来时所能拥有的纠缠数量。这说明，在这张由虫洞组成的通天轴网络中，随着时间的推移，纠缠不仅不会变少，反而变得越来越多。

而且它是如此广袤，大到他根本无法感知其边缘或尽头。他的大脑识别出了各种分布模式：从由星系组成的点、线、面，一直到已知宇宙中最巨大的结构——武仙－北冕座长城①。

但这张庞大的网络中有些部分并不符合超星系坐标结构。

他一旦开始注意，就发现了越来越多这类异常现象，存在于一条条星系之间的无星虚空中。它们与网络里其余部分的共鸣更弱、更少，仅由为数不多的纠缠线绑定在通天轴主网上，因而难以辨认。这些部分为什么更暗？通天轴的能量来源是恒星和星系的活动吗？他的视力有限，并且很不稳定，但他看得越多，就越是注意到这个暗网完全位于星系组成的点、线、面和超星系团之间的虚空之中。没有一处属于宇宙的可见结构。纠缠的各种模式显示，位于星系间虚空中的那些虫洞编结在一起，自己又形成了另一张网络。

---

① 一个由星系组成的巨大超结构，延伸超过100亿光年，是可观测宇宙中已知最巨大的结构。

时之间,他那有意识的自我竟无法吸收自己的大脑所得出的理论:

在他们已知的那个通天轴网络之外,还有第二个完整的通天轴网络。

认识、顿悟、突然获知宇宙的真相,就像触碰到了无限。他那基因工程改造过的大脑过分好奇、渴望了解,那种激情几近恶癖,现在这种渴求终于可以消除了。他的大脑现在无比满足。它现在到达的境界,甚至已经超越了量人项目的工程师当初的目标。一种宗教般的狂喜充盈着他的身体,他尽情体会着这种感觉。这是一个量人的奇迹。

既然这个世界真的存在奇迹,那他也真的有可能为自己的人民找到一个新的家园。在这个奇迹世界中,他可以找到一座新花园,可以让他的人民用灯光来装饰,也可以在其中安静冥思、敬畏神明。而且,在那个花园里,他们还可以播下新的种子,期望新的奇迹。比如说:量园的复活。

五十五

　　这对量人屏息凝神,淹没在自己的情绪之中。艾扬曾经在"琼莱号"和"林波波号"上见过他们俩发高烧倒下的情形,但这次不一样。圣马太一看两个人的体温达到了四十点五度,并且神游服中的退烧药已经耗尽,就马上把他们带回了飞船。

　　艾扬无法评估量人会对联盟甚至整个文明构成多大的军事威胁。他们看起来是和平主义者,虽然手脚不太干净。他们很脆弱,又容易发烧,这些都限制了他们。然而她认识到,这些人可以作为工具使用。当然了,是脆弱的工具,但他们的成就是惊人的。

　　正是这些脆弱的天才从联盟最严密的防范措施下偷走了时间之门,并且发现了如何利用它们进行时间旅行回到过去,最后还搞明白了如何找到通天轴网络的虫洞。他们不是战术资源。只要她能知道量人真正的需求和欲望,他们将成为彻底改变军事领域的战略资产。

　　阿霍纳的手在颤抖。梅希亚体温更高,根本不与艾扬或阿霍纳进行眼神交流。他们又进入白痴天才状态了吗？量人真是令人费解。

梅希亚取过一部平板电脑，输入一串数字。她动作激烈地打了好几秒钟的字，最后近乎粗暴地把平板猛推到艾扬面前。艾扬拿起平板。显示屏上是一组简单的数字，二十行坐标，用的是熟悉的太阳系比例单位，还有些银河系比例单位，不过标上了括号。二十行。

"这是什么，梅希亚？"艾扬问道。

"通天轴。"她冷淡地说道。

"二十个？"

"二十个。"梅希亚说，"贝尔仍然在为拿走了你们的时间之门感到内疚。所以我们商量好了，还给你们二十个虫洞。"

艾扬再次注视着那组数字。哪件事让她更为震惊？是阿霍纳竟然会感觉内疚？还是撒哈拉以南联盟如果能够幸存，将会进入文明的第一等级？又或者，更令人不安的是，虫洞的位置信息对量人而言竟然没什么价值。就因为阿霍纳心有亏欠，他们就这样随随便便地多给了她一倍的虫洞坐标？

"我能和你们谈谈吗？"艾扬说，"认认真真地谈谈。你们现在还在白痴天才状态吗？"

两个量人都没有理会她的问话，好像就连关心他们的头脑状态都会令他们感觉很不舒服。几秒钟后，阿霍纳长长呼出一口气，他的呼吸在颤抖，那是发烧的症状。接着梅希亚也抬眼看着她。艾扬在他们旁边，绑好了安全带。

"我告诉过阿霍纳，我们两不相欠了，梅希亚。"她说，"我不知道自己这么做对人类和文明会造成什么样的后果，但时间之门放在量人手中，也许比留给联盟更加安全。我们无法使用它们,而且我们也并非全都值得信任。"

"为什么改变心意?"阿霍纳问道。

"我很乐意把二十个虫洞照单全收。有了它们的帮助,我们或许可以结盟。我不知道你们以后要去哪里,要做什么,但也许有一天,你们或许会需要一个有支海军的盟友。如果联盟能够幸存下来,我希望我们能成为你们的那个盟友。"

阿霍纳擦拭着额头上的汗水。

"我们要把量人带去远方,"他说,"我们可能再也不会与文明相见。我们只想待在像阁楼一般安静的地方。"

艾扬摇了摇头。"你不是个冥思者,阿霍纳。"

"我有很多事情可以冥思。"

"我的提议,"艾扬说,"你们可以考虑三个月。希望大家能挺到那么久吧。不过在此期间,请先带我回家。斯蒂尔和我还有一场战争要去打赢。"

"我操,可不是嘛!"斯蒂尔的电子声音说道。

五十六

斯蒂尔没有驾驶飞船将艾扬送回弗蕾亚主轴。艾扬让他跟着贝利撒留一起走，不管他要把量人们藏到哪儿去，都用得上斯蒂尔的驾驶本领。而且她想给予斯蒂尔更多的信任，所以给她开飞船的是另一个杂种人飞行员。

艾扬此时已经精疲力竭，面无人色，对于她跟阿霍纳和梅希亚说的话，她自己也是将信将疑。自从拥有了时间之门，在短短四十年的时间里，联盟已经一跃成为人类文明中科技最先进的一股势力。四十年后，量人又会变成什么样子？

也许是神。

神最好在又高又远的神坛上生活。

艾扬的问题更接地气，也更直接。

她要怎么做？她的宇航服下藏着那枚数据晶片。这枚晶片经过加密，只有她可以解开。宇航服的腰部挂着她的手枪，她曾经用这把枪射过鲁多的头。

艾扬的飞行员到达弗蕾亚主轴后，给各处防御工事发出信号,他们被放进了主轴,通往巴克维兹那一端。这是个典型的黑洞,有着典型的仅四维的史瓦西喉。飞行员疾速冲过了里面古怪而静寂的空间。从另一端出来后,飞船切入长圆筒形的"木塔帕号"的阴影之中,以躲避巴克维兹的炽热光照。她一生中大部分时间都生活在这艘战舰上,这里一直是她的家,但此刻她却并没有回家的感觉。她的心仿佛被一块盖棺布罩住了。

舱面人员和军官纷纷向她敬礼。当然,这是军规的要求,但更是因为她赢得了他们的尊敬。在海军最年轻的这批上校之中,艾扬的军衔和经受的训练足以让她指挥联盟的任何一艘军舰。在所有这些同辈年轻上校中间,她排名首位。她是海军司令的年轻配偶。如果联盟能够幸存下来,今后每个人都会记得,在穿越偶人主轴的传奇事迹中,她发挥了重要作用。然而,讽刺甚至残酷的是,没有人会知道她对这场起义的最大贡献是她的弑母行为。她的未来与死亡或痛苦的荣誉捆绑在了一起。

在鲁多的住处外,艾扬看到了三名宪兵,还有舰队的宪兵队长,一个坚毅的年轻中校。他干脆利索地向她敬了个礼。"中将正在等您,长官。"她说,"但我得替您保管您的手枪。"

艾扬并不觉得意外。三十九年前,三天前,艾扬已经答应,要结束他们之间互相用枪指着的对话。有时应该把工具拿出来用,有时又应该把它们丢弃。也许现在艾扬该被丢弃了,没人会倚重一个不值得信赖的工具。艾扬解开枪套,把武器交给宪兵队长。中校带着一丝尴尬,示意她配合他做身体扫描。中校敬了个礼,鲁多的房门随即打开。

艾扬迈步进屋,一直等到门在身后关上,才与鲁多四目相对。海军司令坐在一张小会议桌旁,椅子上系着安全带。她那一头灰白卷发剪得很短。她的头部左侧有一道等离子烧伤,与

363

艾扬一直以来见到的一样。鲁多忧郁的棕色眼睛周围布满熟悉的皱纹,但艾扬却从这个人身上看到了另一个上尉鲁多。过去和现在共同存在。

"宪兵队长亲自站岗,排场不小。"艾扬说。她省略了"长官"这个尊称,换作从前,甚至在两人独处配偶宿舍的私密场合,她也从不会忘掉加上这个称呼。艾扬在墙上推了一把,飘到鲁多桌子对面的一把椅子旁边。

"我想阻止你做出有损自己前途的事。"鲁多说。

艾扬坐进椅子,捆好安全带。她的心情依然很阴郁,而她并没有试图隐藏。

"如果你想杀了我,"鲁多说,"不要在冲动愤怒的时候动手。联盟不能同时损失我们两个人。你有足够的本领,可以在自己不会受到牵连的情况下刺杀我。"

这不是艾扬预料中的回答。

"他们就是用这样的手段料理了蒙雅拉齐上校,对吗?"艾扬问道。

鲁多睁大了眼睛,然后面有愧色。

"我很久没听到那个名字了,"她小声说,"没想到你发现了他的事儿。"

"但是他造就了你,不是吗? 是因为他帮你杀了真正的鲁多,还是说他只不过利用了你有见不得人的秘密这件事?"

她的话里散发着辛辣的味道。

"是我杀了她,"鲁多直截了当地说,"我的上线许诺给我一条晋升的快速通道。我对联盟没有任何亏欠。掌权阶层不希望看到有我这样的人。然后,就像现在这样,联盟的政客无法像聚合政府那边的人一样,围绕一个共同的目标或政策团结起来。所以这是一笔应该做的交易。如果远征军没有找到时间之门，我原本会有一个非常好的职业前途。"

"这么说来，聚合政府那时候就已经知道你了，"艾扬说，"他们现在肯定也知道你。"

"那是当然。"

"你是他们的人吗？"

"自从你开枪打了我之后就不是了。"

两人之间的空气变得凝重起来。这些都只是口头的话语。艾扬有什么证据？她的军旅生涯从担任审查员开始，她知道证据是什么。但是她并没有看到可以表明忠诚的证据。

"那么奥孔科呢？"艾扬说。

鲁多不自在地动了动身体，然后摇了摇头。

"我辜负了她的期望，还有齐瓦伊，"鲁多说，"她告诉我，她见过你。她痛恨我所计划的事情，痛恨自己无法为此主持正义。她解除了我跟她们的婚姻。奥孔科获得晋升，接管了生化武器的研究。"

就差直接说出"取代了你的母亲"。

"你输了。"艾扬说。

鲁多紧抿着嘴唇。

"塔卡塔法尔少将知道我参与了暗杀行动。不仅如此，我还告诉她，有人从未来回来找过我，我还会从未来派人回来杀死伊坎吉卡准将。我有证据。除此之外，没有别的解释。塔卡塔法尔知道了这些，也就对我束手无策了。最后她提拔我做少校，成为她的手下。"

鲁多脸上显露出十分痛苦的表情，艾扬之前从未见过她这样。真是这样吗？联盟的命运，就取决于艾扬是否相信鲁多是诚实的？这太可怕了，他们的全部未来不能就依靠相信一个人。

艾扬对鲁多的怒气消退了。她已无力继续这样的攻击。她的这部分世界随时可能崩溃。鲁多撒了谎，还密谋暗杀，而她却获得了提拔。如果连奥孔科上校或塔卡塔法尔少将都不能主持正义，艾扬更不能。

再说，什么样的正义才算正义？鲁多是联盟政治中丛林法则的产物，也是聚合霸权政治干预的一记重手。但是，在天平的另一端，她同时又是联盟崛起于那个时代的总设计师。而作为设计师，当然只能使用自己了解的工具。假冒、谋杀、恐吓、勒索、欺骗，这些就是鲁多的工具。

然后，就在鲁多三十九年前成为上尉到她几周前成为中将之间的某个时间点，又多了一个工具落入她的手中——一个叫作艾扬·伊坎吉卡的工具。鲁多特意创造了适宜的环境，给这个工具提供了最好的位置，以便将来能为她的崛起提供有力的支撑。

艾扬真的是个年少成名的天才，是个值得信赖的军官，是个至关重要的年轻配偶吗？或者，她只不过是一部机器中的关键齿轮？艾扬曾被用于各种作战计划，与不同的士兵、军官和军舰一起，在特定的时间，充当特定的角色。有时候差点被杀死，但通常都是她杀死别人。但是，时间和历史比任何作战计划都更强有力地抓住了艾扬。

如果她不能发挥自己应有的作用，代价可能就是牺牲别人的生命，甚至输掉整个战斗。如果她不能发挥作用，时间可能会被撕裂。以前她不相信运势和宿命，但她人生的头三十九年如果不是命中注定，还能是什么？艾扬的宿命就是谋杀自己的母亲,为少校鲁多扫清道路。上校鲁多,少将鲁多,中将鲁多。她没有那么强大,无法挑战命运和时间。一直以来,她只是做了自己该做的事。

而现在,人生中第一次,她可以自由选择了?

她并不确信鲁多是否忠于联盟。如果她推翻了鲁多——假设那是可能的——之后怎么办?远征军还在进行一场战争。如果发生了将军级别的领导危机,那是绝无可能赢得战争的。

更令人郁闷和困扰的是,鲁多所做的一切,艾扬都无法谴责。是鲁多带领远征军走到了今天这一步,是鲁多摧毁了"帕里佐号",夺取了弗蕾亚主轴。在这样的大背景之下,损失一些战士难道不是可以接受的吗?或者是一位母亲?如果换作艾扬自己,她会做出不同的选择吗?她希望自己会。如果在从前,她会说谋杀是绝对不可接受的,可现在她却已经连杀了六个人,以此来挽救时间线。她也得到了想要的结果,和鲁多一样。

唯一的区别是鲁多到底属于联盟还是聚合。对于这一点,艾扬没有任何信息。这个问题只能靠信任来解决,没有证据,只是本能。然而,艾扬的本能也是鲁多塑造的。她正身处一场决定联盟未来的决定性战斗,而她唯一能用的工具就是谈话。

"于是鲁多从此开始崛起。"艾扬讥讽道。

鲁多无奈地摇了摇头。

"你回去后也都看到了。"鲁多说,"三十九年前,远征军正面临着四分五裂的危机。那时我们拥有人类所发现的最伟大的军事资产,却即将失去它,因为每个人都想要那顶王冠。"

"所以是你让争斗停止的吗?"艾扬嘲弄道。

鲁多适时地露出了羞愧和悔恨的表情。

"塔卡塔法尔所接受的训练,就是在军队里拉帮结派。可在尼扬加,即使在你母亲死后,那种训练也并没有给她带来什么优势。"鲁多轻蔑地说道,"我可是看着黑帮争夺地盘长大的。"

"从黑帮分子到叛国者,再做回黑帮分子。"

"我在塔卡塔法尔手下整合了远征军。我不能说自己做的所有事情全都问心无愧,但我起码让远征军能够保持团结。"

"老太太一定对你的忠诚深感欣慰。"

"她并不信任我,但她需要我。最终她把我带入了她的政治婚姻,作为她的年轻妻子。"

两个人都沉默下来。艾扬感到心绪不宁。鲁多说这些,是想从她这里得到什么? 这也是一种黑帮的策略吗? 赶在艾扬除掉她之前,先让艾扬乱了方寸? 或者她也跟阿霍纳——还有艾扬自己—— 一样,在寻求宽恕?

"塔卡塔法尔想用更好的武器和推进系统重新装备舰队,可是等有了新舰队,她却不知道该如何使用了。"鲁多轻声说道,"但我知道。我制订了计划,我创制了所有的战略,我训练了远征军,我把新人安排到了正确的指挥岗位。"

"包括我,"艾扬苦涩地说,"我以为你邀请我加入你的婚姻,是因为欣赏我。结果直到短短几周之前我才意识到:你娶了我,只是为了避免因果冲突。这可真是让人跌落云端的恍然大悟啊。但过去几天里,这种幻灭又来了个再次幻灭。你要避免的,还不仅仅是因果冲突。你明白我知道什么,所以你不会信任我。对你来说我很危险,但我又不能被除掉。所以你就让我做了你的年轻妻子。这一切全都是谎言。"

"你当时开枪打我之前,最后说了一句话:'这笔账我们三十九年后再算'。我后来本来可以不必栽培你。"

"你选择我去找阿霍纳,和他一起执行任务,也并不是因为我有多好。"艾扬继续道,"只是因为你知道,我是唯一肯定能活下来的人。"

"你是一名优秀的军官。看看你和阿霍纳一起为联盟做出了多大的贡献。时间旅行会把你的次序和选择搅得一团糟,但它不会消除你在每一时刻选择去做的事情。"

"可是这并没有降低我对你的危险性,是不是?你我之间的时间债,现在已经两不相欠了,不是吗?你终于可以除掉我,还不会危及时间线了。"

"我不想这样。"鲁多说,"你和我,我们有一个共同的梦想,而且我也没有什么秘密了。你知道我的一切:丑陋也好,良善也罢。没有人比你更了解我。我已经花了四十年的时间去思考:当我遇见你的时候,我是谁,你又是谁。你是我认识的第一个高尚的人,第一个告诉我应该追逐什么样梦想的人。

"我原本和别人一样,只为自己着想,选边站队,两边下注。是你让我为此感到羞愧;是你向我展示了一个更大的梦想;也是你向我展示了能够实现这一梦想的人应该是什么样子的。我不想掉队。当年我成为一名少校的时候,就知道自己不想成为塔卡塔法尔那样的人。我想成为和你一样的人。如果我们之间的一切还没有完全被我毁掉,我仍然希望你来领导我的队伍。我仍然希望你做我的年轻妻子。"

"好帮你执行更多暗杀任务?"

"是你告诉我,我们正在输掉这场战争。没有枪,没有炮,还缺兵少将,领导我们的这个政府又习惯了对聚合政府俯首称臣。即使是巴克维兹培养出来的军官队伍,里面也净是些靠着政治裙带关系才进入军校并获得晋升的人。"

"那你有什么建议?"

"我还不知道。如果这个体制受到一些冲击,也许能让大家醒悟过来,进而努力追求我们的共同梦想?但我没有把握。我不知道。"

远征军重新回到联盟之后该如何应对里面更为复杂的文化,艾扬不知道。她也不知道该不该信任鲁多。但梦想之火还没有熄灭,梦想还在。她的信仰并非源自知识,她仍旧拥有这份信仰,而信仰也是艾扬的一切。

"向我发誓,"艾扬说,"你不是聚合的卧底特工,你也永远不会把我们出卖给他们。"

"我发誓。"

"你还要发誓:我们之间不会再有任何谎言。"

"我发誓。"

艾扬缓缓点了点头。疼痛和悲伤仍在悸动,但就像被切开的感染伤口,压力已经开始减退。

艾扬从口袋里掏出一枚数据晶片。

"这是阿霍纳给我的,"艾扬说,"二十个通天轴出入口的坐标。"

她把晶片插在桌子上,解锁打开。那些坐标转换为一幅全息几何图像,呈现在两人之间。一个魔法般的庞大世界,一个全新的王国。两个人都惊叹不已,目不转睛地看着那幅投影。

"谢谢你,艾扬。"鲁多轻声说道。

"这是一次长期行动,"艾扬说道,她在零重力下飘开了。"我需要厘清这些信息,然后吸收消化。"

鲁多坐在椅子上，看起来很瘦小，一副精疲力竭的样子，跟艾扬自己差不多。她脑袋侧面那道疤痕的褶皱像一次丑陋但有效的焊接痕迹，反射着房间里的灯光，似乎比之前在尼扬加微弱的红色光芒下的时候更为醒目。

鲁多被焊接起来了。这位库兹亚奈·鲁多，诞生于之前那位库兹亚奈·鲁多被谋杀的那一刻，也诞生于伊坎吉卡准将被谋杀以及她背叛联盟和艾扬的那一刻。但就像植物智能一样，鲁多并不仅仅出生在过去，来自未来的信息和观察同样是她的一部分，而且那一部分就跟谋杀一样，也是一个她背负着的沉重秘密。作为爱国者和领导者的那个库兹亚奈·鲁多，在未来和过去被不完美地焊接在一起之前，是不存在的。

如果说鲁多也像植物智能那样，是从过去、现在和未来一起被创造出来的，那么艾扬可以说是从一无所有中被创造出来的。高尚的军官艾扬，是作为鲁多梦想的一部分被培养长大的。可是鲁多的这个梦想，却又是艾扬赋予她的。艾扬不来自任何地方。

"再过几个小时，"艾扬缓缓道，"我们该讨论一下新的盟约了。"

鲁多谨慎地笑了。

鲁多只有六十二岁，只有从眼里的悲伤才能看出她的年龄。她仍在为年轻时所做的事付出代价。艾扬看透了鲁多的心，知道她不会杀了自己。与之相反的是，鲁多希望的是艾扬能杀了她。鲁多渴望救赎却无法企及。她让自己安心的唯一希望，就是可以被宽恕，而那只有艾扬才能给她。

五十七

　　贝利撒留和卡茜在"红色号"的舰桥上，他们刚刚从通天轴网络里的第三个中转虫洞钻出。圣马太和他们在一起，另外还有西蒙和勒蒂西亚，这两位年轻的量人正在学习如何成为飞行员。驾驶舱的窗玻璃在极化，面对突然闪耀的黄白光，他们也降低了视觉增强模块的敏感度。另外两艘大货船"蓝色号"和"绿色号"载着其余的量人，也从他们身后的主轴里钻了出来。

　　自动导航驾驶系统在各个波长范围对这个新的星系进行了望远扫描。全息显示屏上开始出现数据。半个天文单位之外，一颗巨大的G型恒星闪耀着炫目的光芒。辐射警报响了起来。无线电排放和X射线迫使传感器反复调节着各种显示。

　　一颗脉冲星像一座灯塔般向四周发出光束，他们刚刚钻出的那个主轴口，正位于那光束平面之上。货船周围涌动着X射线和无线电波，其中一些还穿透了进来。三艘飞船一边获取更多的信息，一边奋力朝着主星以北驶去。无线电和X射线的排放量在下降。

这是一个双星系统。一颗白矮星绕着那颗畸形的 G 型恒星旋转,缓缓瓦解着它。恒星上的氢落到白矮星上,还从旋转的两极发射出猛烈的 X 射线和无线电波。

贝利撒留没有料到通天轴的出口会如此接近脉冲星的辐射平面。这又是一个错误,但还不算代价高昂。这段时间,他和卡茜必须照顾好所有这些人。文明中的各个政权,现在都被他们甩到了九霄云外。他们的未来,在一段时间之内将抛开其余一切事情,先忙于一项工程——创建一个家园。所有的量人,只要能暂时停止只盯着各种模式的话,都可以成为非常能干的工程师。

这一小队飞船首先通过了印第安座ε星系中那个无人看守的秘密主轴,那是贝利撒留最早交给联盟的一个。接着他们又出现在位于鲸鱼座γ星系的天困八,那是一个三星系统,其中包含了一颗静寂中子星。围绕着这颗中子星的轨道上,还有通天轴网络的另外三个出入口。等联盟接管这个星系后,它们也都会归属联盟。

围绕鲸鱼座γ星,有通天轴的第五个出入口,它位于那颗 F 型恒星一个遥远而混沌的轨道上。卡茜没有将它的坐标交给联盟,估计他们永远也找不到它。正是通过那个只有他们自己知道的主轴,量人又到达了鲸鱼座α星系。这个星系有五个通天轴出入口,它们的坐标卡茜也都没有交给联盟。

最后正是通过其中第三个出口中转,他们来到了这里:J2307+2229,脉冲星轨道上有五个通天轴虫洞。这是一个连名字都还没有的恒星系。一个新的开始。他们也许不会给它命名。相比字母和单词,量人更喜欢数字。

他松了一口气,握住了卡茜的手。J2307+2229初看之下并不算宜居。活跃的脉冲星喷发着 X 射线,附近还挨着一颗炽热的 G 型恒星,这使得各个轨道上都是一片混沌,也阻止了行星的形成。但初步遥测发现了数以百万计的小行星,有球粒的,也有铁镍的。有了这些,就足够他们建造一个新的家园,隐遁于所有文明之外。卡茜捏了捏他的手,又指了指多频望远镜。透过望远镜可以看到,有些物体正从一个主轴口飞出,速度很快。

那些物体体积不大,只有两三米长,呈扁平的三角形。这些冰刀状的物体是一种由陶瓷和金属组成的非智能光合生命形式,在一些环绕脉冲星旋转的通天轴节点周围时常可以看到。它们十分奇特,但也是鲜活的生命。

量人从来没有机会接触冰刀,从而对其进行研究。宗主国将所有关于通天轴的知识都作为国家机密严加看管,包括在通天轴周围萌生的动植物群落。现在,量人可以用他们独特的感官来认识它们了。宇宙的本质不仅仅是量子化和概率性的,它也是丰饶多产的。生命随时会产生于能量转换的漩涡之中。

卡茜打开了三艘飞船的公共演讲系统。

"我们到了。"卡茜对量人们说。她的声音很平稳,却也略带些犹豫。"我们已经到达 J2307+2229,这是一个 G1 型脉冲双星系,距离印第安座ε星二百三十光年。"

圣马太帮她把所有的舰桥遥测和天体测量数据发布到了三艘货船的通信系统中。此刻,没人说得清有多少量人正在听她讲话,又有多少量人正在头脑中计算着轨道周期。

"重建一个新的阁楼还需要一些时间,但绝不会有人发现我们在这里。聚合政府不会,财阀政府也不会。这里有连接通天轴的五个出入口可供我们学习,还有时间之门。而脉冲星本身就可以当作一部望远镜,用来窥探我们的世界。"

量人项目的重点一直都在于构建自己和自己的新感官。他们还没有去过任何地方,也没有关注过任何新的东西,却已经发展出了喜欢安静和羞怯的性格。现在,这一整个星系都属于他们了。

"我们也有邻居,"她说道,声音略有提高。"冰刀。"

他们来到的并不是一个死气沉沉的星系。不管这里的生命多么奇特,这也是一个活生生的星系。卡茜看向他,然后继续道:"如果有一天我们能成功复活量园,那我们还会有新邻居的。"

她关闭了演讲系统,牵起贝利撒留的手。他们一起望着自己的新家园。

五十八

思绪在噼啪闪烁。错误信息本应该按照精准的节拍每秒闪烁一次，然而这些闪光却来得太快，要么就是停顿的时间太长。稻草人无法立即判断，这是因为什么损坏了：是导弹外壳？还是他自己？

物质与反物质在导弹外壳表面相遇，引发的爆炸威力是如此巨大，连钢铁框架都已经弯曲。稻草人能幸存下来，完全因为最初的爆炸将"破脸"导弹外壳的炽热残骸抛出，躲过了后续的一波反物质，而且大部分的湮灭产物都处在伽马辐射范围之内。稻草人的固化电路和碳神经网已经及时关闭。又闪了一次。A.I.遭受的损坏有可能很严重，也许已经无法修复，这取决于在他重新启动之前经过了多长时间。这里没有可靠的钟表。

很难进行思考。许多事情都很不对劲。内部广播充满了错误。传感器无法确定扭曲的导弹外壳的飞行速度，但它在好几个轴上飞快旋转，稻草人能感觉到一直在变化的巨大视重力。

传感器终于完全失效,但稻草人不会放弃。他不能。他被制造出来,就是要冷酷无情、永不疲倦、坚定不移地致力于在聚合政府的领土范围内消灭叛乱。量人不仅协助了联盟的叛乱,他们还带来了危险的新式武器。量人在他们的小飞船上携带了很多反物质,多到可以任意挥霍。那些反物质甚至不必仔细载入武器系统并精确发射。稻草人无法完全理解那些人是怎样思考的:他们有那么多的反物质,想用都用不完。他们怎么会没有被摧毁?

稻草人被困在了这个奇怪的地狱,被困在了一个虫洞里。但他会逃出去的。他会就所发生的一切向海军发出警告。然后,聚合的全部力量必将以雷霆万钧之势砸向她的敌人。